卿本娘子漢

3

風 文創 608

鴻映雪 著

風文創 608

目錄

第三十一章

楚昭業從皇宮離開後，也不回府，直接帶著御前太監來到林府。

此時，在林府一間側廳，擺著的靈堂供桌上，素燭白帷，靈牌上寫著「愛女林意柔靈位」。因林意柔是未婚姑娘，沒有子女，只好讓她的貼身丫鬟來守靈。

如意被林夫人盛怒之下，下令打死了。楚昭業走進靈堂時，見到林意柔的另一個丫鬟知意跪在靈前舉哀。

死者為大，又是三殿下楚昭業的嫡親表妹，御前太監很給面子地上了三炷香，然後才走出靈堂。

楚昭業和林文裕在靈堂外等候著，看到他出來，林文裕連忙上前說：「公公，聖上是有旨意下來了？」

御前太監點點頭。「林尚書，聖上有口諭。聖上聽說了林姑娘之事，到底是疫症，還望您節哀。為了京城治安，林姑娘的屍身……」

御前太監說得委婉，到底人家死了女兒，楚元帝也不好直說「你把女兒的屍身拖出去燒了吧」，所以這太監的話拖了尾音，看著林文裕。

林文裕哪有不明白的，連忙躬身道：「臣明白，已經讓人去城外安排了，小女的屍身會盡快運出城去火化，還望公公轉奏聖上，允臣入夜出城。」

「好、好，林尚書大義啊。咱家馬上回宮，向聖上請旨。」那公公很滿意林文裕的識相，有了這答覆，他也算完成使命。「三殿下，那奴才先回宮覆命去？」

「好，你去吧，跟我父皇回稟一聲，就說天晚了，我就不再進宮了。」

「奴才明白。」那御前太監躬身領命後，又轉向林文裕。「林尚書，咱家告辭了，將開城令一事回稟聖上。」

「好，有勞公公了。」林文裕道謝。

林府的管家上前遞上一個荷包。「公公辛苦了，這些給公公去買個消夜吃。」

那太監掂量一下，知道荷包不輕，滿意地點頭。他剛想露個笑臉，想到人家家裡還有白事，又將笑臉憋回去，臉色肅穆地向楚昭業和林文裕行了一禮後，帶人回宮去。

林府管家將御前太監一行人送出府去，看看府門前又掛上白燈籠，暗自嘆息。去年掛了兩次，今年才正月呢，又掛上了。

主人家家門不幸，他們這些奴才的日子也不好過。他搖搖頭，轉身吩咐門房。「先把府門關上吧。」

靈堂裡，林文裕鬆了一口氣，心想，楚元帝願意給這口諭就好。

楚昭業看了看靈堂裡伺候的下人。剛才有些下人聽到林文裕說要燒了遺體時，都面露驚色，又趕緊低頭做事，靈堂裡的紙錢燒得更多了。他慢慢走出靈堂，來到院子裡，深深吸了一口外面的空氣。在裡面，滿是香燭紙錢的味道，太過烏煙瘴氣，讓他不喜，林文裕也連忙跟著走出來。

楚昭業沈吟片刻，直接道：「舅舅，晚上我父皇召我進宮，我看他那樣子，並不信表妹是得病去世的。」

林文裕一聽，心裡就咯噔一下，隨後又有疑惑。既然元帝不相信，為何又下旨要以疫病處置呢？

「父皇如今不想朝中動盪，所以有些事，睜一隻眼閉一隻眼也就算了。」楚昭業從宮中到現在，想了一路，能明白楚元帝的心理。

大楚連著幾代休養生息，朝中漸漸重文輕武，如今，真正能獨當一面的大將太少。南邊的鎮南王府，北邊的顏家，代代出良將。

原本以為，這一代的鎮南王府要衰敗了，沒想到鎮南王世子楚謨長成後，依然驍勇善戰，現在才十五歲的年紀，領兵用兵不拘一格，將南詔打得一敗塗地。

而顏家，顏煦十二歲上戰場，屢立戰功，如今十八歲，已深得將領們愛戴稱讚。這可不是靠他父親顏明德，而是憑他自己的本事，一場仗一場仗打出來的。

楚元帝不想靠著顏明德和鎮南王，可如今大楚上下，找不到什麼替代的人。若是林家坐實了欺君，處置起來，兗州的林天虎也不能倖免。

林天虎在北地，就像秦紹祖在南州一樣，都是楚元帝好不容易扶持著站穩腳跟的人家，一旦丟了，再栽培一個可不容易。

「舅舅放心，父皇今夜既然下了這個口諭，就表示他不追究了。」楚昭業安慰道：「您盡快將表妹這事處置，也就沒事了。」

「好！只是，就可憐了我的柔兒。」塵埃落定，林文裕想到女兒，也忍不住流下兩行老淚。

靈堂素燭嗶啵一聲，燭芯炸了一下。在這寂寂深夜，這聲音格外響亮，楚昭業和林文裕站在院中，都能聽到。

這時，管家又回來稟告，說有御前的人送了開城令來。

林文裕深深吸了口氣，將湧上的那股悲傷又壓下去。「將馬車備好，盡快出發。」

內院裡，林夫人哭得幾次暈死過去，正躺在床上默默流淚，聽到林文裕要將林意柔的棺木連夜運出城，連忙帶著人趕到靈堂。「老爺，你這是要將柔兒送到哪裡去？」

「夫人，柔兒是得疫症死的，聖上剛才讓人傳了口諭，讓連夜運出城，免得疫病傳開。」

「運出城？運出城去幹麼？你要把柔兒葬在哪裡啊？」林夫人覺得自己腦子有些僵了，不明白這些話是什麼意思？

「夫人，這是聖上的口諭！柔兒得運出城去燒了。」林文裕看著林夫人，幾乎是一字一頓地說完。

「燒了？為什麼要燒了？不，她不……」

女兒上吊自盡，連個屍身都不給留？林夫人想要大叫——她不是得疫病死的。

林文裕就站在她邊上，看林夫人失魂落魄地要叫，抬手在她後頸處拍了一下。林夫人話音未完，就軟了下去。

「夫人傷心過度，你們快扶她回後院去！」林文裕也顧不得在下人面前，將林夫人摟靠在自己肩頭，讓幾個婆子將她抬進去。

楚昭業就站在邊上，一言不發。

林文裕也不再耽擱，讓下人盡快動手，將棺木從後門裝上馬車，親自帶人，拿著出城令，出城去了。

楚昭業看著林文裕離開，還是站在靈堂外的院中。

靈堂裡，知意仍繼續跪著守靈，好像自己是瞎子聾子一樣。其他丫鬟婆子們看她如此，也強作鎮定，繼續添香燭的添香燭、燒紙錢的燒紙錢。

楚昭業走進靈堂。「妳們多燒點紙錢，讓妳們姑娘帶著用。」

他其實不信鬼神，也不信命，若是萬事命中注定，還要人為做甚？他走到今日這步，可不是靠神佛保佑，而是靠自己一點一滴掙扎出來的。

「明兒，就走了吧。」他幽幽地又說了一句，慢慢踱出去。

這話沒頭沒腦，難道是對姑娘的鬼魂說話？府裡私下都說姑娘是為了這個三殿下自盡的……信鬼神的婆子們感覺後背寒毛豎立，互相靠近了些。這靈堂裡沒棺木，怎麼比有棺木還可怕呢？

林府門前，今夜格外熱鬧。

楚元帝的使者離開後，長街上又傳來一陣馬蹄聲，打破寂靜寒夜。來的一行有七、八個人，這些人到了林府門前提韁下馬。

領先一人偏頭示意，從後面走上一人，叩響林府的門環。「開門！快開門！」

林府的門房這一晚上不停地開門，好不容易躺下又被叫醒，兩個人睡眼惺忪地爬起來，合力將門閂拿下。「是誰啊？這就開！」

兩人應聲，慢慢拉開大門。門外的人卻等不得了，一下將大門用力推開，倒把兩個門房給撞了個仰倒。

「哎，你們誰啊？你們……」林文裕這兵部尚書位高權重，哪個上門的不是客氣有禮，從未有人敢瞎闖過。

「這是我們二殿下！還不快去通稟？」

原來門外站著的人，正是楚昭暉。他頭戴鹿皮帽子，脖子上是狐狸圍脖，一張臉遮了大半，林府的門房壓根兒沒看清他的臉。

「聽說爺未過門的側妃去世，爺知道後，親自來送她一程。帶路，去靈堂！」楚昭暉說著，也不等人領路，沿著路上的白燈籠直接往裡走去。

「二殿下，奴才給二殿下請安。」林府的管家聽到這消息，在路上攔到楚昭暉，也顧不得地上陰冷，跪下請安。

「領路，去靈堂！」楚昭暉也不廢話，沒等管家站起，抬腳就走。

「二殿下，因我們姑娘是得疫病去世的，晚上聖上下旨，讓把姑娘靈柩連夜運出城去。我們老爺剛才親自帶著人，將靈柩運出府了。」管家在後頭小跑著追上楚昭暉，一邊輕聲解釋。

「什麼？已經運出城了？」楚昭暉猛地停步。

管家擦了擦額頭的汗，聽到問話，連忙說：「是啊，老爺親自運出城，我們夫人傷心過度，暈過去了。」

簡單地說，現在林府沒主子能招待您，姑娘的靈堂也空了，您還是走吧。

楚昭暉此時已經闖到靈堂院門外，聽了管家這話，氣得抬腳就踹去。

在靈堂等著林文裕回來的楚昭業，聽到有下人來說二皇子楚昭暉來了，他慢慢走出靈堂，看到楚昭暉要踹管家，出聲問：「二哥，這奴才怎麼惹到你了？」

楚昭暉聽到楚昭業的聲音，倒是頭腦冷靜了些。「三弟好快的腿腳啊。林意柔過世，我這未婚夫不知道，怎麼三弟你倒知道了？」

「二哥，屋外寒冷，不如我們進來說話吧。」楚昭業也不回話，勸說著，往邊上一側身，讓著楚昭暉。

楚昭暉騎了半天馬過來，是感到冷了，沒有多想。待進了院子，看到靈堂，才想起來這是靈堂，他心裡嫌晦氣，卻不好退開。

「沒事了，你退下吧。」楚昭業又對林管家道。

「是，兩位殿下，奴才告退。」林府的管家如蒙大赦，躬著身，連頭也不敢抬，退出了院子。

「表妹得的是疫症，父皇怕傳染，讓我過來勸慰一二，讓舅舅節哀，將表妹屍身送出城去火化。二哥你來晚了，表妹泉下有知，若知二哥親自來送她一程，一定很高興。」

楚昭業一邊引著楚昭暉進靈堂，一邊慢慢說著。他這話，解釋了自己知道林意柔去世，不是林府告知他的，而是楚元帝告知他的；而他會在這裡，也是他們父皇的旨意。

他說話時，語氣沈重，話裡話外，好像林意柔真對楚昭暉情深意重、至死難忘，如今楚昭暉能來靈堂，讓林意柔芳魂告慰。

楚昭暉被楚昭業拿話堵著，彷彿一拳打在胸口，悶得透不過氣來。

「既然她這麼高興，就不能等我來看過嗎？林尚書未免太不知愛女心意了。」楚昭暉譏諷地回道。

他聽到消息說林意柔是上吊自盡的，只覺得被林家打了一個大耳光，讓他怒火沖天。娶林意柔當側妃他已經夠委屈，結果這賤人早不死晚不死，竟然進門前一天死去，這是嫌自己宮宴上的笑話不夠，還來給自己添一筆嗎？

他今夜本是不知此事的，晚上楚昭鈺忽然來訪，將這事告訴他。他怒不可遏，丟下楚昭鈺在府裡就帶人快馬加鞭趕到林府，打算親眼看一下林意柔的屍身。

若真是上吊自盡，那林家就逃不開以死抗旨的罪名，敢令他不爽快，他就讓他們一家不死也脫層皮。沒想到他還是慢了一步，林家居然屍身都不過夜，就運出城去火化。

「舅舅是嚴父，女兒家心思最是難猜，何況表妹去得又急。」楚昭業還是不慌不忙地說著。

兩人說著話，進了靈堂，楚昭業拿起供桌上的香，遞給楚昭暉。「二哥，表妹的棺木雖然運出城，不過靈堂還在，你要上香還是可以的。」

「哼！」楚昭暉再也忍不住，直接一拂袖。「讓我上香？我只怕她陽壽盡了，再折了她的陰壽。說起來，還是三弟你情深義重，人家屍身都運出去了，你還在這裡為她守靈呢。」

「她是我表妹，都是親戚，陡然亡故，讓人唏噓不已。再說，我還須等舅舅回來，確保無事後，明日好向父皇交差呢。」

楚昭暉這種話，完全刺不到楚昭業，倒是楚昭業的話，把他又氣了一下。

沒有棺木的靈堂，顯得格外空曠冷清，他和楚昭業又一向是話不投機半句多。

「三弟，你慢慢守著，我就不陪你了。」說完，也不等楚昭業說話，轉身就走。

「我送二哥出去。」

楚昭業還是慢條斯理地在後走著，看著楚昭暉一行人離了這院子，直到看不到人影，他才轉身回院，嘴角閃過一絲輕蔑的笑容。

楚昭暉怒氣沖沖地回到二皇子府，楚昭鈺還等在他的客廳裡，靠著一個炭爐烤著手取暖。

看到楚昭暉進來，楚昭鈺指了指桌上的茶水。「二哥，先喝杯茶暖暖身，我讓你府裡的下人弄的熱茶。」

楚昭暉解下大氅，丟給旁邊的下人，走上去端起熱茶，咕嚕幾口就喝完。喝完之後，還是怒氣難消，恨得就想摔杯子。

楚昭鈺伸手，將他手裡的杯子拿下來。「二哥，何必生氣？我就跟你說別去林府白費力氣，你偏不聽，果然被我料中了吧？」

「哼，林文裕的手腳倒快！也虧他真捨得，好歹是親生女兒，居然一夜都不留！」

這一定是自己那個三弟的主意了！倒是動作很快。

「一大家子的人命，別說是女兒，就是他老子娘，林文裕也是捨得的吧？」楚昭鈺笑問：「看二哥氣成這樣，是不是林文裕還給你氣受了？」

「他敢！借他個膽子。我是看到老三也在林府。」

「三哥怎麼會在那裡？」

「他說是父皇讓他去林府勸慰的。」楚昭暉洩氣地道。這個理由，讓他不能口出任何怨言。

「林意柔一死，林家又只能靠著三哥了，這林意柔，死得還真是時候。」

「你的意思是……」

「我還能有什麼意思啊，人都死了，屍體也燒了，搞不好現在灰都散得差不多，想什麼都是白想。」楚昭鈺又低頭，認真烤火了。

楚昭暉狐疑地看著他。自己和這四弟一向交往不多，在宮裡時，幾位皇子們除了到御書房讀書，其他時候很少會玩到一起，為何四弟要告知自己這消息？難不成是為了看自己笑話？

「四弟，多謝你今夜特意來告知二哥這消息。這麼多年，我們兄弟難得這麼親近啊。」

楚昭鈺知道楚昭暉的疑惑，也不隱瞞。「我告訴二哥這消息，也不全是為了二哥。林家倒楣，我也是高興的。可惜，二哥到底還是慢了一步。」

劉妃的事瞞不過幾位皇子的耳目，所以楚昭鈺這話，楚昭暉是相信的。

「反正，跟二哥你說句交底的話，我以後就想做個閒散王爺了。只是，說句大逆不道的，就算最後不是太子，我也不想三哥坐上那位置。」

「四弟真是多想了，有太子殿下在，誰敢多想？我和你一樣，也等著做個閒散王爺呢。」楚昭暉好大喜功，到底不是傻子，一聽楚昭鈺的話意，也跟著說道。

「呵呵，二哥你怎麼說都好。只是，三哥可不是你我這樣的，他想那位置，不是一天、兩天了吧？我派人去南州查訪過，我外祖家可能就是他下的手，還有我遇上的刺客……二哥，你可要小心啊。」

「他敢？」楚昭暉瞪大眼睛。

「他敢不敢不知道，我只知道，我要想活著，就不能讓他好過。柳貴妃被禁足，也是因為林妃娘娘吧？」楚昭鈺提起去年柳貴妃被禁足一事。

這事，是柳貴妃和楚昭暉的心頭大恥，等閒人提起，都會惹得楚昭暉大怒。此時楚昭鈺提起，楚昭暉卻沒有發怒，想著這番話，倒是點點頭。「可惜，他楚昭業做事一向謹慎周密，不會給你留下什麼把柄的。」

「三哥沒有，可林家有啊。沒了林家，你說三哥是不是等於斷了胳膊腿？」

「要找林家的把柄也不容易。」楚昭暉慢慢說道。去年他能得到林天龍貪墨的消息純屬意外，現在顏府那裡，顏忠沒了消息，估計被發現了。

林天龍貪墨案發生時，他以為父皇肯定會嚴懲，結果林天龍吊死在天牢裡，林尚書稱病一段時間，這事就這麼過去了。

「二哥，你知道我現在管著戶部，在查帳的時候，我發現一些好玩的事情。」楚昭鈺說著，眨了眨眼，難得有些稚氣。

在二皇子府兄弟倆談論時，林文裕帶著人，從京郊慢慢往城中走去。

已經是子夜，林文裕坐在轎中，渾身如脫力一般。從發現女兒自盡，請太醫遮掩，再到楚元帝面前哭訴，然後，就是在府中等到元帝下令火化的口諭，到自己趕緊帶人將棺木運出城去……今日一日，如作夢一般。

林文裕回到府中時，已經凌晨了。

楚昭業還坐在靈堂旁的側廳等候，聽到林文裕回府的消息，才長吁一口氣。

昨夜看到楚昭暉離去後，他就派人去四個城門打聽，有沒有二皇子府的人出城？居然沒有？自己的二哥，到底還是不夠周全啊！若是他，獲知這消息後趕到林府，同時就必定會派人去京城四門等著，只要有一絲希望阻止，就會趕到林府火化處，將林意柔的屍體給扒出來。

楚昭暉這個蠢貨，看這裡靈堂空了，居然就回府了。

楚昭業腦中想著，人已經迎出去，看到林文裕兩眼紅腫的樣子，嘆息道：「舅舅，你也忙了一夜，早些歇著吧。表妹在天有靈，必定會體諒你的。今日早朝，就告病吧。」

林文裕無力地點點頭，看著靈堂，又心有不甘。「三殿下，柔兒……柔兒是被他們給逼死的啊！顏家，還有太子，他們是逼死柔兒的凶手！」

「舅舅放心，我有安排，總不會讓柔兒白白犧牲。」

「好，三殿下，您也歇著吧。」林文裕聽到楚昭業說有安排，不再多問。

楚昭業應聲後帶著自己的人回去三皇子府，這一夜，總算過去了。

凌晨的京城，街道上幾乎沒有行人，看著安靜無比，不過也就是看著安靜罷了，昨夜的京城，估計各府的下人們，藉著夜色掩映，互相走動通傳著林府的消息呢。

現在京城各家，應該都知道林意柔疫病去世、楚元帝下令連夜運出城火化的消息了。

這日清晨，顏寧很早就醒來了。

昨夜聽到林意柔死了的消息，她一臉平靜地回房歇息，睡了這一夜，好像才回過神來。此時，院中的人還未起來，她一個人站在薔薇院的院子裡，想起前世那個冬夜，自己被拖到京郊荒山，拋屍荒野。

現在，林意柔死了，而且屍骨不能入土，被燒了。

林意柔，就這麼死了？讓她死在楚昭業手裡，該是最好的報復吧？

「林意柔，妳現在後悔嗎？」顏寧對著院中的空氣，喃喃問道。

正月還是寒意十足，一陣寒風拂面吹過，帶起地上的殘雪，吹起顏寧的裙角。

這冷意，好像比那個冬夜要好點，畢竟正月快開春了呢。

綠衣起來，看姑娘這麼早就站在院裡，抱怨道：「姑娘，您也真是，這麼冷的天，站在這裡吹冷風。」嘴裡嘀咕著，將手上拿著的斗篷給顏寧披上。「這大清早的，有什麼風景好看啊？就算要看風景，也不知叫奴婢們多給您添件衣裳……」

顏寧聽著她溫柔的數落，一滴淚就忍不住流下來，輕聲道：「綠衣，我給妳報仇了。」

「姑娘？您魔怔啦？怎麼了？」她的聲音太輕，綠衣沒聽到說什麼，只是看到自家姑娘紅著的眼眶，嚇了一跳。

顏寧被她的手一拉，回過神來，擦了擦眼角。「沒事，被風沙迷了眼睛。我們進屋吧。」

綠衣狐疑地看了看，跟在顏寧身後進屋，伺候她梳洗。

顏寧梳洗完後，又到校場練了拳腳，才換衣到正院跟秦氏一起吃早飯。

秦氏用完飯，忙著準備恭賀太子殿下遷入東宮的賀禮。這種事，顏寧插不上手，索性坐著喝茶，看母親和王嬤嬤兩人忙活。

自從二哥去了御林軍後，沒人跟她鬥嘴，家裡冷清不少。

秦氏忙裡偷閒，抬頭看女兒在發呆，趕人道：「妳在這兒發什麼呆，若是無趣，不如給安國公家姑娘下帖子，一起玩啊？」

「前日才剛一起玩過呢。」顏寧說道。

她心裡納悶，李錦娘最近對她越來越熱絡，正月裡除了要拜會親戚外，幾乎隔個一、兩天就邀她過府，或者自己來顏府，難道是因為劉琴出嫁後，實在無人可說話了？以李錦娘在京城的人緣，應該不會啊。

秦氏也說：「今年安國公家的姑娘和妳倒走得近，妳跟她交好也好，總比妳一天到晚跟妳二哥比武強。還好妳二哥領了差事，不再跟妳胡鬧。」

「母親，我哪有胡鬧啦？每次都是二哥闖禍。」顏寧有些不服氣。「母親，您選了半日，給太子哥哥的喬遷賀禮選好沒啊？」

「選好了，妳看，先定了這些。」秦氏拿起謄好的冊子，遞給顏寧。

顏寧看了一下，竟然寫了三頁紙。「怎麼要這麼多啊？」

「妳這孩子，什麼時候成守財奴了？太子殿下遷宮可是大喜事，當然要好好賀一賀。我們的禮肯定算輕的，其他人家也許更多呢。」

顏寧咋舌。「聖上知道了，會不會不高興？」

王嬤嬤在邊上誇獎。「如今姑娘長大，處事越來越周全了。」

「就妳想得多。」秦氏很高興女兒如今思慮周全，嘴裡還是嗔怪了一句。「放心吧，去年幾位皇子殿下離宮建府，各家都送賀禮。如今太子殿下遷宮，比照去年的禮，至少也得多一倍，才算不辱沒太子殿下的身分啊。」

「老奴聽說，還有人家怕賀禮寒酸，為了人情，要賣東西呢。」

「王嬤嬤，這傳言是什麼時候的事啊？」

「老奴是前兒跟著夫人去李家時，與他們家的婆子閒聊聽說的。」

「這話我也聽說了。不過老爺昨夜說，太子殿下已經傳話，說他遷宮一切從簡，不收重禮。」秦氏看顏寧一臉凝重，失笑道：「妳真當自己是太子殿下的智囊啊？放心吧，妳看我們家這禮單，東西看著是多，但是真算起錢來就不多了，大多就是圖個喜慶的東西。」

顏寧一聽說楚昭恒和父親已經知道，而且也有應對，點點頭，不再多想了。

正月二十九，太子楚昭恒從內宮移居東宮，欽天監選的吉時是巳時三刻。

一大早，顏寧起床，聽到窗外淅淅瀝瀝的雨聲。「今日下雨？」

「姑娘醒啦，是下雨啦，卯時就下了，下得不大。」虹霓昨夜當值，聽到顏寧問話，一邊拿著東西進屋，一邊回道。

「太子哥哥今日遷宮啊。」顏寧有點遺憾。這欽天監怎麼選日子的，昨日是晴天，不會選昨日啊！

「春雨貴如油，姑娘，這可是好兆頭啊。」虹霓看她一臉不豫，說起民諺。「以前奴婢家種田時，看到春雨，大家都高興呢。」

「哦，原來這樣啊，妳說得對。」顏寧暗自笑自己，什麼時候也在乎這種東西了。「管它下雨還是天晴，反正今日都是好日子。」

「姑娘說是好日子，就是好日子。」綠衣走進來，聽到這一句，取笑般附和道。

卻說宮內這日，一早就忙碌起來。

楚元帝罷朝一日，顏皇后穿著皇后禮服，文武百官也在承乾宮內外分列兩側，既是觀禮，也是恭賀。

巳時一刻，太子楚昭恒走進承乾宮。他頭戴雙龍戲珠金冠，紅色綢帶繫於頷下，穿著太子淡黃服飾，腰纏玉帶，腳蹬朝靴，緩步而進。一直溫和有禮的人，在這樣的穿戴下，看著就多了幾分貴氣和威嚴。

他上前走到楚元帝和顏皇后座前的臺階下，下跪大禮參拜。

楚元帝指了德高望重的弘文殿鄭大學士為太子太傅，又指了國子監祭酒潘肅為太子少傅，還有其餘太子屬官若干人，由他們跟隨太子殿下入主東宮。

楚昭業看了看父皇指的太傅那些人，吁了口氣，都是掛著虛職的文臣。鄭大學士雖然德高望重，但是長年埋首學問，朝中並沒太多人脈，其餘眾人，也皆類似。

太子楚昭恒只滿臉微笑，依禮向太傅、少傅行禮，又接受其餘屬官的跪拜。

欽天監這時大聲道：「吉時到，太子殿下起駕。」

太子楚昭恒向帝后跪拜後，當先向承乾宮外大步走去。他剛走到承乾宮門口，下了一早上淅淅瀝瀝的雨，居然停了。

天上烏雲散開，一縷陽光落在承乾宮的殿門口。

「雨停了！」

「太子殿下大福之人啊！」

站在承乾宮兩側的官員們看到這巧事，暗自驚奇，悄聲議論著。

「龍子啊，這是真龍啊！」一個聲音忽然從右列傳出，霎時四下寂寂無聲。

龍，是一個敏感的詞。

這話傳出後，很多人都不再作聲，暗自打量楚元帝神色，想看看這個皇帝的態度。

不過，楚元帝面色如常，毫無異樣。

太子楚昭恒背對著眾人，聽到這話，面色一沈，又面帶微笑，轉身高興地大聲道：「父皇，兒臣忝為龍子，得您庇佑，您看，連老天爺都得給兒臣這龍子面子呢。」

剛才那官員的話，聽在眾人耳中，只覺刺心。

如今，楚昭恒強調自己是龍子，等於是恭維楚元帝這個皇帝是龍，那麼，自己是龍的兒子，自然是龍子了。

楚元帝收回看向殿外的目光，點點頭。「好！這是吉兆，上天庇佑我兒，是大楚之福！天佑大楚啊！」

「天佑我皇！天佑大楚！」楚元帝的聲音剛落，太子太傅鄭大學士、顏明德等人帶頭，大聲呼道。

他們一帶頭，武德將軍等人都跟著山呼起來；其他官員也跟著山呼恭賀，一陣陣恭賀聲傳出殿外。

林文裕在人群中，與楚昭業對視一眼，也跟著跪下恭賀。

楚昭恒在眾人的山呼聲中，頭也不回地上了太子鑾駕，往東宮而去，太子太傅等人緊跟其後。

「你們都散了吧。」楚元帝看太子鑾駕離開後，向殿中的百官們下令道。

眾人依次散去，楚昭業笑道：「父皇，兒臣也要去向太子殿下討杯酒喝，今日就不去衙門辦差了。」

「怎能為了恭賀誤了辦差？」楚元帝看了看楚昭業，淡淡地道。

「三哥，你想偷懶，也別拿太子殿下當藉口啊。」楚昭鈺在邊上笑道。「我們一起恭賀太子去。」

「父皇，兒臣告退了。」楚昭暉行了個禮，往殿外走去。

楚昭鈺挽著楚昭業，看著很親熱地跟在楚昭暉身後。

楚元帝站起來。「去勤政閣！」

「妾身恭送聖上！」顏皇后看楚元帝站起來擺駕，連忙也站起來，恭敬地行禮。

楚元帝看了她一眼。「妳也回去歇著吧，今兒也忙了一早。」

東宮門外，明福作為東宮主管，帶著太監宮女們，分列左右，在宮門外跪迎。

鄭大學士看著楚昭恒入內，才跟著招壽去東宮官署的書房，想起剛才那幕，心驚不已，幸好楚昭恒應對及時。

「你們都各自歇會兒吧，我們下午再議。」鄭大學士說了一聲，大家也都散去了。

太子太傅和少傅只是太子的老師，但是楚昭恒跟大家吩咐過，讓大家遇事多向太傅請教。加上鄭太傅的資歷，眾人隱隱以他馬首是瞻。

鄭大學士名鄭思齊，已六十多歲，原本想要告老還鄉，可楚元帝說他德高望重，請他教導太子。

他學貫古今，為官多年，當然知道伴君如伴虎。做太子太傅，做好了就是榮耀，若是做不好，或者太子倒臺，就得跟著一起倒楣了。

在他猶豫不決時，楚昭恒卻來到弘文殿。「鄭大學士，我慕學士學問，聽父皇說您對太傅一職心有顧慮，若是大學士不做太傅，以後也沒機會向您討教。今日，先來向學士討教一二，也免得我留有遺憾。」

鄭大學士有文人的迂腐性子，聽說討教學問，與楚昭恒談論起來，兩人談史論今，說起做學問之道。他原本聽說太子殿下長於深宮，自幼體弱，楚元帝都沒讓他天天去御書房讀書，這樣的人就算讀過書，學問也有限。

沒想到一番對談，楚昭恒引經據典，信手拈來，所欠缺的，或許就是宮外的見識和歷練了，讓他大為驚訝。

楚昭恒如此年紀有如此學問，若是下場應試，三甲必然有望。而且他對民生、政事，很多見解居然與自己不謀而合。

「鄭學士，我曾拜讀您當年的《鑒才錄》，其中提到『苟利國家，何懼白骨歸鄉』，這為國公心，讓人佩服。」

鄭思齊聽到這話，卻是一陣慚愧。為臣子的，輔佐明主乃是平生幸事，自己有機會做太子太傅，將自己的平生所學和抱負教導給未來天子，居然還為個人榮辱猶豫不決？

他慚愧地起身長揖。「殿下，老臣慚愧！若有幸做太子太傅，老臣必定盡心竭力，輔佐殿下！」

「太傅多禮了。」楚昭恒連忙扶起他。「我知道，自古老師難做，皇家的老師更難做，而做歷代太子的老師，更是難上加難。然而我對太傅的文章人品一向欽佩，實不想失去每日求教的機會，只好請太傅勉為其難，教導我！」

楚昭恒說著，也是起身長揖一禮。

鄭大學士又是羞愧又是感動，跪地道：「老臣願為殿下效力，肝腦塗地，在所不辭。」

「太傅言重，學生只願師徒攜手，一展平生抱負。」

當日楚昭恒這話，至今讓鄭思齊想來，還是熱血沸騰。他自然知道，楚元帝會選上自己，除了自己薄有文名外，還因為在朝中一向唯楚元帝之命是從。

楚昭恒進到東宮後，臉色沈了下來。

明福跟著進來伺候，稟告道：「殿下，按您吩咐的，原來華沐苑伺候的，奴才都帶到東宮來了，而且都在正院伺候。另外，奴才還選了新進宮、看著可靠的人，分到宮內各處伺候。」

「好，華沐苑那些人，你得盯好。」楚昭恒坐在躺椅上，端起一碗參湯，喝了一口。

「太子爺，今日在承乾宮的人，奴才也去打聽過了。」

「哦？」楚昭恒直起上身，明福辦事，倒是很快。

「奴才找承乾宮內的人打聽過，當時說話的時候，那地方站著七、八個人，濟安伯、工部給事中張敬之、禮部侍郎吳逑、戶部侍郎趙易權等人站在那裡。」明福提的這幾個人是楚昭暉和楚昭業的人。

「你去找顏大將軍問一下，讓他聽聽，今日之事，民間有什麼傳言？」

明福知道此事關係重大，連忙答應。

楚昭恒不再說話，看著窗外。今日那句話太過誅心，他雖然描補了兩句，但還是從楚元帝的話裡聽出不悅。

去年他一直跟在父皇身邊，別的不敢說，對他的喜怒卻瞭解很多，就算楚元帝語調平平，自己也能揣摩個八九不離十。

去年父皇暈倒後，正月裡，又差點暈倒一次，近來夜裡咳嗽也多了。父皇一心想讓大楚在自己手裡成就盛世，勵精圖治。但是，大楚建國至今已經四代，國庫卻還空虛，朝中人心不穩。父皇雄心仍在，卻日漸老去，這樣的時候，他遷宮這日若是傳出「真龍」的傳言……

他嘆了口氣。都說聖心難測，其實也不難測，一句「臥榻之側豈容他人鼾睡」，足以解釋歷代皇帝的疑心。今日這傳言，若是惹了父皇忌諱，那他這太子之位就要坐不穩了。

原本他還可藉口身體孱弱避諱一二，可剛入主東宮，若是自己緊接著就病倒，傳出太子身體孱弱不堪重任的話，豈不是寒了人心？

「太子爺，三位皇子殿下和朝中大臣們都來恭賀了。」明福又進來稟告。

「好，請他們稍候，我馬上就來。」楚昭恒提起精神，讓人進來伺候著換上家常錦服，出去招呼。

東宮裡開了宴席，可開席沒多久，太傅鄭思齊就派人來請太子，說今日就要開始授書，楚昭恒只好將大家送出門。

不少官員都暗笑鄭思齊這個老學究不通世故。

第三十二章

顏明德從東宮回到家中，在東宮宴席上維持的笑臉不復見，滿臉凝重。

進了正院，秦氏看他那臉色。「怎麼了？今日太子遷入東宮可是大喜事，你板著個臉幹什麼？」

顏寧也跟著母親走出來，看父親那臉色，猜想今日出了什麼事？

「哎，大喜事也有人添堵，妳是不知道啊……」顏明德將承乾宮裡的事說了一遍。

「這還不是最糟的，最糟的是，我回府路上，已經聽到路人議論，說什麼『太子殿下真龍下凡，走出門就看到萬道金光』，那話要多玄乎有多玄乎。」

秦氏再不通政事，也知道此事嚴重。「這事聖上知道了嗎？太子殿下打算怎麼辦？」

「我從東宮宴席上回來，聽到路人的傳言，又去了一趟東宮，將此事告知太子殿下。太子殿下找了太傅等人商議對策呢，我就先回來了。」

顏寧聽了父親的話，知道此事肯定有鬼。宮裡巳時才發生的事，現在已經路人皆知？哪有消息傳得這麼快？

「父親，您快讓人查查，流言是從何處開始傳的？」顏寧急著說道。

「太子殿下也交代讓我看看是否有流言？如今這流言傳得比我們想的還要快啊。」顏明德回了顏寧的話，又跟秦氏說：「聖上早上是親耳聽到有官員叫『真龍下凡』，當時那地方人多嘴雜，也不能肯定是何人說出的。這種話，聖上就算聽了不悅，也不能放在明面上查。現在又有市井傳言，聖上必定不悅。」

太子楚昭恒這幾年貴為太子，但從未遭楚元帝忌憚防範，如今遷入東宮，有了屬官，在朝中還有了聲望，這流言要是愈演愈烈，難保楚元帝不起忌憚之心。

這幕後之人，是想要動搖楚元帝對太子的信任啊。

先有流言，若是再扯上別的就更不好了——不對，扯上別的，也未必不好。

顏寧想到一個主意，笑著跟顏明德說：「父親，我有個辦法，就是怕晦氣了些，您看可行不？」

「什麼辦法？」顏明德對女兒時不時的妙計已經習慣了。

顏寧附到顏明德耳邊，悄聲低語。

秦氏看父女倆這樣，笑道：「還不讓我聽！你們有主意就好，我去安排家事，這裡就讓給你們父女議事吧。」

顏明德也顧不上回秦氏的話，聽完顏寧的主意，他有些猶豫。「我再去東宮，先把妳這主意告訴太子殿下，看看他覺得行不？」

「嗯，您快點去，女兒在家等您，若是可行，得快些安排。這種事，宜早不宜遲。」

顏明德來去匆匆，回家連口水都沒喝，又趕緊讓人備馬去東宮求見楚昭恒。

此時東宮裡，楚昭恒也正和太子太傅鄭思齊等人商議今日之事。聽說顏明德去而復返，大家都盯著，生怕他又有什麼壞消息。

樣子？

顏明德被幾雙眼睛死盯著，有些不自在。這又不是他做壞事，幹麼一副恨不得咬上來的

「舅父，可是又有什麼事？」楚昭恒問出大家心裡的話。

「沒事、沒事，沒其他的事了。」顏明德連忙搖頭。

大家更疑惑了。沒事，你一天跑來三趟？

「哦，有事。關於流言，臣這兒有了個主意，想跟殿下說說，看您覺得行不行？」

「哦？這裡都是自己人，舅父且說來聽聽。」楚昭恒大方地道。

鄭思齊等人卻都是心中一暖。太子殿下，果然是用人不疑，疑人不用啊！

雖然從未明說，但是朝廷裡二皇子、三皇子對太子之位虎視眈眈，大家也是清楚的。自從去年林天豹之死，林家和趙家互相攻擊，引得二皇子派、三皇子派爭鬥不休。在座的人裡，也有和兩位皇子接觸過的，沒想到楚昭恒卻是全不避諱，視大家為心腹。

有了楚昭恒的話，顏明德也不避人，將顏寧說的話說了一遍。

「這……會不會太兒戲了？」蔣立淳叫道。

「這話，太晦氣。」潘肅也覺得有些不妥。

「我不怕晦氣，大家只說說是否有效吧？」楚昭恒一聽顏明德的話，就知道是顏寧的主意了。

「此法也算劍走偏鋒，老臣覺得可行，而且得快。」鄭思齊狐疑地看著顏明德。這辦法，可不像顏明德這樣的大將軍能想出來的。

「臣覺得還得三思。」陳昂也打量顏明德幾眼。他一直以為顏明德只是太子的靠山，難道他還是太子的智囊？看看顏明德五大三粗的樣子，實在不像有這種急智的人。

眾人又議論了半晌，最後，還是聽從太傅鄭思齊的意見。既然沒有辦法，就姑且一試吧。

「那臣就回去準備了。」顏明德看楚昭恒贊同，又匆匆回府，打算和顏寧商量一下具體怎麼辦。

「好，有勞舅父了。」楚昭恒道謝後，又對其他人說：「今日大家也累了，不如先各自回去歇息吧。太傅，講書就從明日開始？」

「老臣豈有不從之理？」鄭思齊看楚昭恒玩笑地問自己，也笑道。

剛才還擠滿人的議事廳，轉眼空空蕩蕩。

楚昭恒獨自在這廳裡站了片刻，叫了明福。「你把東宮的侍衛都叫過來，讓我先見見。」

「是，奴才這就讓他們到院裡來。」明福連忙躬身退下，去召集侍衛們。

東宮的侍衛，大部分是元帝指派的，還有一些人是顏烈推薦的。

這些年，顏烈在京城天天闖禍、時時打架，打得多了，最大的收穫，就是知道哪些人身手不錯，哪些人值得結交。

大內侍衛裡，身分高低不一，身分低微的大多是靠武藝入選，家世好的人，則靠著家族混入，希冀做個幾年，成為天子近臣；也有一些是想在大內侍衛裡貼個金，然後再外放出去。

顏烈推薦的人，有身手很好的平民子弟，也有家世不錯、身手也還行的權貴子弟。偌大的東宮，一共有三百多個侍衛。

楚昭恒自然不能一一見到，他將顏烈提過名字的人叫出來看了看，問道：「你們當中，誰的身手最好？」

那二十幾個侍衛互相看了看，有志一同地指向一個魁梧大漢。「稟太子殿下，小的們平時比武，都是姜嶽獲勝。」

那個叫姜嶽的一看面相就是忠厚的人，他嘿嘿一笑，也不否認。

「你們平時經常比武？」楚昭恒不知道大內侍衛如何訓練的，好奇地問道。

其中一個大內侍衛忍不住道：「回太子殿下的話，因為小的們喝酒時，贏的人才能喝得多，每次一大半的酒都被姜嶽給喝了。」

「哈哈，原來如此啊。」

顏烈跟楚昭恒提過，大內侍衛裡也是分三六九等的。末等侍衛辛苦，薪俸不多，還沒油水，除去養家餬口的銀子，幾乎就沒剩多少了。

楚昭恒笑道：「那以後你們好好幹，爭取每個人都能大罈子喝酒。」

「是！」那個回話的大內侍衛是個機靈的，一聽楚昭恒這話意，立即大聲答道，還想再說些表忠心的話，卻說不出來了，幾個家世好的侍衛都忍不住偷笑。

楚昭恒笑笑，指了姜嶽做自己的侍衛長。

姜嶽出身平民，平時少語寡言，也不會溜鬚拍馬，他在大內侍衛裡做到現在，還只是個末等侍衛，如今太子殿下親自點自己做侍衛長，那就是越級升到二等侍衛了。他大為感激，站在院中，就一個響頭磕下。「小的謝太子殿下信任，肝腦塗地，在所不辭。」

楚昭恒扶起他。「你若肝腦塗地，我必危矣，還是免了。」

姜嶽愣住，摸了摸頭，憨厚一笑，不知該說什麼了。

楚昭恒笑了笑，又指了幾個隨身護衛的侍衛，其餘人等，則由侍衛總管安排輪值。

顏府裡，顏寧等著父親消息，左等右等，卻等來了李錦娘。

她暗自奇怪，李錦娘都不讓人知會一聲，就來了？往日她從未如此失禮啊。

顏寧到二門相迎，見李錦娘步履匆匆、心神不定的模樣，往日行不動裙的大家閨秀，今日竟然連鬢髮都有些散亂。

李錦娘的丫鬟跟在她身後，有些無措，顯然她也不知自家姑娘為何如此？

「李姊姊，出了什麼事啦？」

「寧兒，出大事了！妳快來，我跟妳說。」李錦娘拉著顏寧，就往顏寧的薔薇院走去。

顏寧看到如此失態的李錦娘，忍不住眨眼，沒想起近日安國公府有什麼事。她眼神看向虹霓，虹霓和綠衣對視一眼，也是微微搖頭，表示不知。

走進薔薇院，李錦娘看沒有別人後，一把抓住顏寧的手，手指冰涼。「寧兒，妳聽說外面的流言了嗎？」

顏寧有些驚訝，她今日聽到的只有太子哥哥的流言，只好裝傻。「什麼流言啊？我這幾日都沒出門。」

「哎呀，就是今日太子遷入東宮，雨停日出，金光照耀，都說太子是真龍脫枷呢。」

真龍脫枷？流言已經傳到這分兒上了？

「居然有這樣的流言？」顏寧心中暗惱，又摸不準李錦娘的來意。

李錦娘脾氣雖然和自己有兩分相似，也是眼裡不容沙子的，但是她性子一向謹慎，又恪守閨訓，這種流言又涉及到太子和朝廷，按她的性子，不該來和自己說的。

「是啊，妳快告訴妳父親，也告訴太子殿下，這事可不能等閒視之啊！」

顏寧看李錦娘一臉焦急神色不似作偽，試探地問道：「李姊姊，太子哥哥今日才遷宮，妳怎麼就知道流言啦？」

「我……哎呀，我偷聽我父親和兄長的話才知道的，我怕你們還不知道，趕緊來告訴妳。我父親說這種流言要是傳久了，惹聖上不喜，一個不好是要釀大禍的。」

李錦娘看顏寧還是不急不慌的樣子，怕她年紀小，不知道厲害，又道：「這就叫三人成虎，我是為你們好！」

「我知道了，李姊姊，謝謝妳。」顏寧真心實意地道謝。雖然她疑惑李錦娘為何如此關懷備至，但是她的這些話，的確是為太子哥哥著想。

李錦娘看她這麼鄭重道謝，倒是有些不好意思。她是國公之女，自小也是嬌生慣養、眾星捧月一樣長大，從來都是眼高於頂的人。可是，小年夜的宮宴上，她差點摔倒時，楚昭恒扶住她，還囑咐她「小心」，歸家之後，總覺得那人的樣子恍如眼前。

第一次，她為一個男子失態。這種女子懷春，無處可訴，就連她母親也不能說。想起宮宴上，看到太子對顏寧的親厚，她想起一直聽說太子和顏家兄妹感情甚好，就忍不住老是來找顏寧。

偶爾從顏寧嘴裡聽到有關太子的言語，就覺得高興不已。

李錦娘知道自己這種心事若被人知道，是不得了的事，自然深藏心底。若是換個姑娘，看她有意無意地老是將話題引向太子，或許會猜她心意，偏偏顏寧無知無覺。

她高興顏寧的毫無察覺，有時又惱恨她的遲鈍。其實，她也不知自己這份心意，是想讓心上人知道，還是不想讓人知道？午夜夢迴，想起今年太子殿下必定要選太子妃了，她就心中忐忑難受。

今日，偶然路過家中書房，聽到父親和兄長談論太子處境凶險，她急了，因自己進不了東宮，只好跑來顏府。

「不要謝我了，妳快去告訴太子殿下，快點想法子轉圜啊。」李錦娘催促道。

顏寧看李錦娘三番兩次提到太子，腦中靈光閃過，覺得自己有點明白了，一句話脫口而出。「李姊姊，妳喜歡我太子哥哥啊？」

李錦娘正滿心著急，乍一聽到這句話，藏在心底之事忽然被顏寧揭穿，一下鬧了個大紅臉，吶吶不能言。

顏寧卻是不顧李錦娘的羞澀之情，拉著李錦娘，興奮地說：「李姊姊，我太子哥哥長得好，脾氣又好，學問更好，妳喜歡他是有眼光。」

「寧兒，我是和妳說正事，妳扯什麼喜歡不喜歡啊。我來告訴妳，是因為……是因為我們一向交好，我覺得妳就像我妹妹一樣，我們談得來，這是大事……」李錦娘語無倫次，想解釋自己今日的失態。

顏寧卻是一副我明白的樣子。「李姊姊，要不我明日就去告訴我太子哥哥？」

顏寧覺得自己就像一個操碎心的老媽子。自從聽說皇子選妃後，京城裡挨得上號的各家千金，她都扒拉一遍。李錦娘的家世、相貌、性情、才藝，樣樣都不錯。

也不知李錦娘是什麼時候對太子哥哥上心的，不過她覺得不錯沒用，還得太子哥哥覺得不錯。

李錦娘卻被顏寧打量得坐不住了，羞紅臉說了一句「我先回去了」，就走出花廳。走到花廳門口，卻又遲疑地停下來，囑咐道：「流言的事，妳務必要告訴太子殿下啊。」

「好！李姊姊，我送妳出門啊。」顏寧看她要跑，只好跟著出門。一路上，李錦娘簡直是落荒而逃，連回頭看她一眼都不敢。

顏寧站在二門，送她遠去，想到她羞成那樣，不禁好笑。

顏明德聽管家說安國公府的姑娘來拜訪顏寧，他走到垂花門，看到顏寧正站在那兒笑盈盈的。「安國公府的姑娘走了？妳站在那兒笑什麼？」

「父親，您回來啦？」

「嗯，走，跟為父到書房去說話。」顏明德點點頭，很自然地招呼著，儼然將女兒視為自己的智囊和幕僚。

父女倆走進外書房，還沒來得及說話，管家又來稟告說東宮總管明福來了，只好先請他進來說。

明福還是第一次來顏府。如今他做上東宮總管，在外巴結的人不少，可是，在顏家，他可不敢拿大，不說楚昭恒與顏家的關係，對顏寧，他心裡就敬畏得很。顏家姑娘年紀雖小，可總好像能未卜先知一樣，好像只要她看上幾眼，人家想做什麼，就被她看穿。所以，不管顏寧對自己如何客氣，他在顏寧面前從來不敢放肆。

明福走進外書房，就想行禮問安。

「明總管，這些虛禮就免了。」顏明德笑著止住他行禮，請他進屋。「可是太子殿下有什麼話？」

「回大將軍的話，太子殿下命小的來接封平封先生，到東宮一敘。」顏明德雖然發話了，明福還是恭恭敬敬地行禮後才回話。

聽到是找封平，顏明德不說話了，只看著自家女兒。封平是她找來的，何去何從當然要她說了算。

顏寧叫了虹霓進來，讓她去後院請封平前來。

當初乍然重生，看到封平時，她看他可憐，起不了殺心，又不想讓這人為楚昭業所用，所以將他收留進府；後來，為了應對楚元帝，又拉了楚昭恒做幌子。再後來在府中，顏明德看中封平的穩重，請他教導顏烈，三人相處融洽，她也視封平為家人。

的意思了。

今日，楚昭恒才正式入主東宮，就派了明福這個東宮總管親自上門接請，這是看重封平

她很為封平高興。做太子幕僚，就算沒有官職品銜，也沒多少人敢看輕的。

過了片刻，虹霓進來回報。「老爺、姑娘，奴婢去請封先生，可是他不在院裡，聽伺候的小廝說，他下午出門去了。」

這卻有點意外了。封平因為身分尷尬，並不太願意上街露面，除非幫顏家辦事，無事時從不出門。

「明總管，您稍等，我這就讓人去找他回來。」顏明德連忙叫來管家，讓他叫幾個人上街，去封平常去的地方尋找。

三人在書房中沒多久，顏管家又火燒火燎地跑進來。「老爺、姑娘，找到封先生了。」

「找到了你跑什麼？還不快請封先生過來？」顏明德看他一把年紀，還跑得這麼快，瞪眼問道。

「不是，人找到了，可沒回來。」顏管家從前院大門一路跑到書房，大口大口喘氣，好不容易憋出一句話。「小廝在醉花樓外看到封先生，當時，封先生正跟著三皇子府的李貴李總管，走進醉花樓裡去。小廝沒進樓，就先回來稟告了。」

封平竟然和三皇子楚昭業的人走在一起？

顏明德意外地看著顏寧，明福也有些驚訝。

封平如今也算是顏府之人，竟然擅自見三殿下的人，還一起走進醉花樓？

「再叫小廝去醉花樓，直接找到封先生，就說老爺找他有事相商，請他回府。」顏寧不相信封平和楚昭業有勾結。

管家看顏明德沒有其他吩咐，就照著姑娘說的去做了。

這次，等的時間久了些。

封平此時正坐在醉花樓的雅間，對面則坐著三皇子楚昭業。兩人的面前，擺著一桌酒菜。

楚昭業倒了一杯酒，對封平舉了舉杯。「封公子，請！」

封平並沒有拿起身前的酒杯，只是疏離地一笑。「罪人之後，哪敢稱什麼公子，殿下直呼我封平就是。」

「封平，其實去年我也曾找過你的，可惜，我比顏寧晚了一步。」楚昭業指的自然是封平在醫館時，顏寧和楚昭業在醫館門前的那一幕。

「能得殿下看重，是封平之幸，只是，看來封平沒這福氣。」

「福氣這種事，是要靠人為的，你看，今日不就見到了？早就想跟你敘敘話了。」對封平的回應，楚昭業一點不悅也沒有，還是慢條斯理地說著，好像兩人是多年的好友一般。

「封平一個罪人，從來無福結識皇子殿下，不知今日三殿下，要和草民敘談什麼？」

「封平，你想不想擺脫罪臣之後的名聲？」楚昭業也不拐彎抹角。「你就甘於埋沒市井？我知道，顏寧肯定把你舉薦給太子殿下了，只是，太子殿下會違背我父皇的旨意嗎？你若進了我三皇子府，將來若有機會，你可以堂堂正正走入仕途。」

楚昭業的聲音還是不急不緩，但他的話卻讓封平一震。擺脫罪人之後、擺脫三代不許入仕的束縛、為封家翻案，這些，的確是他夢寐以求的。

楚昭業看他不開口，笑了笑，又道：「封平，你流落市井，世安侯退婚，如今，你喜歡秦家姑娘，可秦紹祖夫婦未必看得上你吧？」

封平只覺得心中一緊。「殿下的消息好靈通啊。」

「男兒丈夫，生於世間，當快意恩仇，那才叫活得痛快，你要一輩子過現在這樣的日子嗎？不敢站在人前，時時受人白眼？」

快意恩仇？不再受人白眼？楚昭業，的確是很能針對人的弱點。

像封平這樣從高高在上的侯府公子，一朝跌落塵埃，受人欺辱，哪會心平氣和？最想的，自然是有朝一日翻身再起，將這些欺辱過自己的人踩於腳下。

封平閉上眼，深深吸了口氣。「三殿下，您所說的，自然是封平想的。只是，封平還想有家人、有朋友。出來久了，恐他們掛念，封平告辭了。」

在他心裡，顏府是他的第二個家。顏明德豪爽，秦氏溫和，顏烈魯莽熱情，顏寧善良直率，還有孟良、孟秀……想起顏家，他心裡就會覺得有股暖意。

封平說著，站起來，長身一禮，拉開雅間的門，走了出去。

「殿下，就這麼讓他走了？」李貴有點不明白自家殿下的打算。

下午聽人說封平在街上，三皇子就帶著李貴出門，請封平到醉花樓談話。李貴本來以為收攏不成，殿下會下令殺他，沒想到就這麼放他走了？

「不放他走還能如何？難道當街把人帶回府，或者當街殺人？」楚昭業看了李貴一眼。

「是，奴才犯蠢了。」李貴遲疑片刻，又問道：「殿下，那流言之事……」

「無妨，顏寧既然有應對的主意，且先看看他們如何做吧。」楚昭業對李貴擺擺手，自己拿起酒杯，慢慢喝了一杯。他讓人守在顏府外面，看著顏府的人進進出出，其中，封平出門最可疑。他上街幾次，到底是為顏寧辦什麼事呢？

楚昭業直覺肯定，封平是為顏寧辦事，而不是為顏明德辦事的。

封平走出醉花樓，剛好遇上顏府來找他的小廝。

回到顏府，走進書房，看到顏明德、顏寧都在，還有一個陌生的宮中太監，他想應該就是小廝提起的東宮總管明福。

他本想解釋今日遇上楚昭業之事，現在有外人在，他反而不好說了。

「老爺，您找我有事？」封平先向顏明德行禮。

「封先生，來，這是東宮明福總管，太子殿下請你到東宮一敘。」顏明德拉著封平，走到明福身前，說道。

「明總管。」封平拱手行禮。

明福連忙避開。「封先生客氣了，奴才哪敢受您的禮。太子殿下等了多時，要不我們現在就去？」

封平看顏明德和顏寧都微笑點頭，也點點頭。「多謝太子殿下看重，如此，我們走吧。」

「封大哥，早去早回啊。」顏寧笑著囑咐。「晚上二哥和我湊錢給你擺酒。」

「呵呵，好！」封平知道顏寧是恭賀自己的意思，爽朗一笑，大步跟著明福離開。他背影挺直，忽然，很有少年意氣飛揚之感。

「這小子，其實到戰場也不錯，有股氣勢。」顏明德笑道。

「父親，封大哥可不會武，在沙場上沒有他施展的餘地。」前世的封平，是一個很好的謀士，今世顏寧相信他還是個很好的謀士。

「好吧，我閨女看人眼光準，我不說了。」顏明德爭辯不過顏寧，往後一坐。「我們還是說說流言的事吧。」

顏寧本想問問父親對李錦娘和安國公府的看法，想想還是先算了。與顏明德商議停當後，叫了幾個人來細細吩咐。

封平成了太子府的幕僚，這消息也就讓世安侯覺得自己被打了個大耳光，其餘世家倒並未注意。現在，最讓大家關注的，還是京城的流言甚囂塵上。

由最初的太子乃真龍脫枷，到後來就傳成有百姓說，看到東宮上方有三龍飛過，有一條白龍掉下。再聯想到太子殿下一直被民間稱為病太子，有人覺得這是上天示警，預示太子命不久矣。

流言越傳越離譜，官府不得不派人闢謠，提出太子當日雨停日出，乃是天佑大楚的吉兆。

如此反覆幾次，流言堪堪止住時，二月初六，金州傳來急報，楠江中游的岷山山洪爆發，沖毀兩岸良田。

這份急報是在初六晚間送到京城戶部的。戶部今晚剛好是趙易權當值，他思索片刻，抄錄一個副本，讓人送去二皇子府，隨後讓人去尚書府，將此事告知戶部尚書魏公亭。

魏公亭坐上戶部尚書之位後，頭髮都白了大半。都說當今天下太平，國富民強。只有他這個戶部尚書知道，國庫裡長年空著大半，南邊打仗要錢糧，北邊打仗也要錢糧，可稅收呢？楚元帝想要休養生息，只能輕徭薄賦，搞得國庫越來越窮。各地的府庫也是十庫九不滿，虧空得厲害，他一聽到天災就頭痛。

楠江兩岸，可是大楚的糧倉啊。現在正是開春準備春播之時，洪水一沖，一年的收成就沒了。百姓們餓幾天肚子還能忍，餓上一年，可是要引起民亂的事啊。

此時宮門已經落匙，他趕到戶部衙門，拿著急報看了半日。

「這事，你們怎麼看？」魏公亭看著自己的兩個副手侍郎，問道。

兩個侍郎都知道，這意思是楚元帝知道後，肯定要賑災，到時該怎麼賑災？

「大人，屬下覺得，可以讓金州先開府庫賑災。」戶部的閔侍郎是前年剛從外放調上來的。

「去年金州上繳存糧時，還拖欠四百萬兩銀子，糧庫也不知還有否？」趙易權主管的是各地府庫糧銀收繳，他很清楚這事。

「那怎麼辦？此次山洪淹了上萬畝良田，還不算周圍小災。」

「前幾日聽工部的人說，楠江兩岸堤壩都多年未修，若是再江水潰堤，那楠江兩岸可就毀了。」閔侍郎說的，魏公亭和趙易權也知道。戶部沒錢糧，工部想修堤壩自然也不行。

「這樣吧，你們倆先擬個章程，就說從益州、金州府庫調錢糧賑災。」魏公亭最後拍板。「明日早朝時，再將此事上報吧。」

「尚書大人，此事，您看要不要告訴四殿下一聲？」四皇子楚昭鈺，如今領著戶部的差使。

「嗯，閔侍郎提醒得是。這樣吧，你親自去四皇子府上，將此事告知四殿下。」魏公亭自然同意。「若四殿下要連夜入宮上報聖上，你就陪四殿下入宮去。」

「是，屬下這就去。」閔侍郎連忙拿起急報，向四皇子府上去。

魏公亭看他那副著急的樣子，輕蔑地一笑，轉頭看到趙易權正一臉沈思地站在面前，想想朝廷的事，又笑不出來了。

誰也別笑誰啊，這年頭，誰不是想巴著大樹好乘涼呢？自己做官以來，一直講求公心、忠於聖上，可是有時世事不從人願啊。

他站起來，拍了拍趙易權的肩膀，回家去了。

這日晚上，幾位皇子的案頭，都放著一份急報的抄錄副本。

楚昭暉拿到抄錄的副本，正在找幕僚商議時，趙易權親自到了二皇子府。

楚昭暉看著這內容，忍不住哈哈大笑。「趙侍郎你來得正好，魏公亭對此事打算如何處置啊？」

「魏尚書也是沒辦法，要賑災就要錢糧，如今少的就是錢糧，朝廷能省的都省了。」

「北方反正沒大戰事，可以裁軍嘛。楚昭恒，這是老天爺都要你倒楣啊。」

趙易權點點頭。「二殿下，居然有這麼湊巧的事，真是天都要讓太子陷入泥潭啊。只是這事，要不先看看三皇子那邊的動靜？」

「你放心吧，他也不會放過這種讓太子倒楣的機會。」楚昭暉嗤笑道。

「二殿下，屬下看，您應該親自去告訴三殿下這消息。」一個幕僚覺得，這時應該先聯手三皇子，扳倒太子的好。

趙易權點頭。這是個好主意。

「讓我去找他？哼，不用了，他做他的，爺做爺的事。」楚昭暉一想到林家的事，還是忿忿到不行，斷然否決這個提議。

「二殿下，太子殿下才是當前要對付的啊。」

「爺知道，有了前面的流言，再有這天災，還怕楚昭恒不倒楣嗎？」楚昭暉覺得，就算不聯手楚昭業，也足夠扳倒楚昭恒了。

那幕僚看楚昭暉心意已決，也不再多說了。

趙易權看楚昭暉這樣，只覺得有些心灰，心事重重地離開二皇子府。因為自己的夫人是柳貴妃的親姊姊，他只能是二皇子一派。

上了官轎，他沈思如今的局面。忽然，行到十字街道時，轎子停了下來。

「何事？」他在轎內問道。

一個侍衛上前攔住他。「趙侍郎，我家殿下請趙侍郎過府一敘。」

趙易權聽說是楚昭業的人，不敢怠慢，掀起官轎看去，卻是楚昭業站在一盞街燈之下，對他含笑點頭。

第二日早朝，魏公亭出列上奏了金州急報，楠江兩岸上萬畝良田被毀，滿朝譁然，一時間有參奏工部未能及時維修堤岸的，有參奏金州未能及早發現險情的。

指責了半天，當務之急，還是得先賑災。金州兩岸百姓數十萬，至少要有十幾萬人無家可歸了。

魏公亭將昨夜擬定的方案說出來，楚元帝果然下令賑災，讓金州和益州兩地開官倉放糧安置災民。

魏公亭雖然覺得兩地官倉都放空了，也未必夠養災民一年，但是這當口上，還是不要給楚元帝添堵。

這時，欽天監俞大鴻出列上奏。「聖上，臣等夜觀天象，有子星犯帝星，引起天象大亂，才有這洪水之災。」

俞大鴻忽然跳出來說天象，百官們有些吃驚。

當年，楚元帝還只是皇子時，欽天監捲入奪嫡，幫的是當時的大皇子，說大皇子是天命所歸云云，先帝為此很長一段時間都屬意大皇子。後來，楚元帝順利登基，大楚欽天監的作用，就是報個天象、測測黃道吉日了，要不是朝廷需要有人測天象，估計楚元帝都能把欽天監上下給一起撤了。

大楚的朝堂上，已經有很多年沒見欽天監出來說話，今日，欽天監居然又出來湊熱鬧了？

「天象？子星犯帝星？」楚元帝淡淡地問。「是昨夜犯的？還是犯了很久？」

這，真是當眾調侃了。

俞大鴻咬咬牙，跪下稟報道：「子星犯帝星之事，以往未曾有過，臣等不知會應在何事，不敢妄奏，這是臣等失職。」

「那該如何破解呢？讓朕將幾個皇子都趕出去？」楚元帝的聲音不怒自威。

「聖上，臣等覺得太子殿下身分尊貴，可代眾為國祈福，消除禍患。」

「哼！荒謬！若是太子殿下為國祈福後還有天災，那該怎麼辦？」楚元帝對欽天監的鬼話壓根兒不信。

楚昭暉說道：「父皇，兒臣覺得欽天監這話，寧可信其有，反正只是讓太子殿下為國祈福一下，也沒什麼大不了。」

按大楚規矩，為國祈福，都是要到皇家寺院皇覺寺去的。

皇覺寺，是大楚的國寺，香火鼎盛，據說當年大楚太祖皇帝攻打京城不利，後來在皇覺寺搖到了三支上上籤，第二日居然一舉攻克前朝的都城。太祖親筆題寫「皇覺寺」三字，至今還掛在寺廟山門上。

但是，皇覺寺位於邙山山頂，靠近荊河，地勢寒冷，尋常人自然無礙，太子楚昭恒卻是身患寒疾，要在皇覺寺住一月，就比平常人凶險了。更何況如今天氣尚寒冷，從京城到皇覺寺，路上要兩日路程。

「臣覺得太子乃國之儲君，就算不為欽天監所言之事，天災降臨，太子為國祈福，也是一樁美談。」林文裕附和道。

「聖上，老臣認為不能為了這種無稽之談，而讓太子殿下離京。前段時間的流言剛剛止息，若再有流言，可如何是好？」鄭思齊反對道。

一時，朝堂上有些爭執不下。

楚元帝原本沒想聽欽天監的荒謬之語，但是，眼看著說太子不能離京的官員越來越多，他的眼神一瞬，轉向楚昭恒問道：「太子，你如何看？」

楚昭恒出列道：「父皇，兒臣不懂天象，但是若欽天監早就察覺天象有異，卻不上奏，乃是失職。再說子星犯帝星，怎能就說是兒臣們沖了帝星？從兒臣起，到下面幾位皇弟，誰敢冒犯父皇，兒臣第一個不容他。欽天監挑唆皇家父子之情，其心可誅。」

俞大鴻一聽太子給自己扣了兩頂大帽子，急得就想辯解，但楚昭恒壓根兒沒給他開口的機會，繼續道：「如今金州山洪，楠江兩岸百姓流離失所，兒臣無心在皇覺寺避世祈福。」

「太子殿下是無心，還是不願去啊？」楚昭暉陰陽怪氣地問道。

「二皇弟，我是無心去祈福，待百姓安頓好了，我倒願意去為國祈福。」楚昭恒正色回道。

「父皇，兒臣覺得太子殿下所言有理，兒臣願去楠江賑災。」楚昭業也出列大聲請命。

楚元帝看了看他，有些欣慰。

「父皇，欽天監既然提議讓兒臣為國祈福，不如讓兒臣去為國賑災吧。」楚昭恒也請命道。

楚昭業聽到他這話，視線向下一瞟，看向了趙易權。

趙易權出列道：「臣覺得，太子殿下離京不妥，倒是三殿下去楠江賑災可行。」

楚昭恒並不爭辯。他做了太子，離京賑災是壓根兒不可能，他的父皇就不會放心。

但是，楚昭業想藉此離京，卻也不可能。大楚幾代慣例，諸皇子們都得在京不得私自離開，新皇即位分封屬地時，才可離京。

楚元帝看向顏明德，問道：「明德，你怎麼看？」

「聖上，臣只懂打仗，這種事臣不懂，不敢亂說。」顏明德一口回絕。

「讓太子代朕去皇覺寺祭天，三皇子負責賑災調配，四皇子從旁協助。」

楚元帝這話，等於是和稀泥。

太子不去為國祈福，而是代他祭天，得了名聲，但是未得實權，只能說不輸不贏。最大的贏家是三皇子楚昭業，主持賑災，調派人手，堂而皇之的入主戶部、工部，得了實權。

最大的輸家，卻是二皇子楚昭暉。他一向將戶部視為自己的囊中之物，四皇子管戶部時只是協理辦差，手插不進去。如今楚昭業主持賑災，人員都得由他調動，幾番調動後，還有他什麼事呢？只是，他想反對也找不到理由，只能恨恨地瞪了趙易權一眼，暗惱他多事。

趙易權碰上楚昭暉的目光，低下頭去默默看著腳下的地磚。

「你們看如何啊？」楚元帝看眾人都不說話，又問道。

「聖上英明，萬歲萬歲萬萬歲！」楚元帝這個決定，大家都找不到反對的理由。

隨著楚元帝的旨意下去，幾位皇子都忙碌起來。

太子代元帝祭天，這可是輕忽不得的大事。禮部官員擬了一個又一個章程，呈交到楚昭恒這兒，楚昭恒全否決了。

「楠江山洪，百姓遇災，一切從簡即可。」

刪減再刪減，連百官城外送行都省了，最後就剩下太子鑾駕到皇覺寺，在皇覺寺的通天塔念祭文祭天。

楚元帝拿著這份祭天章程，點點頭。太子楚昭恒力求節儉、行事不張揚的作派，讓他很滿意。「到底是太子離京，還是讓百官到城門送行吧。」

「父皇，兒臣只是代父皇祭天，來回也就十來日，百官送行又得罷朝一日，城門百姓進出又不便，不如就不擾民了。」

「也好。既然這樣，就依這章程吧。」

楚元帝首肯後，楚昭恒和太子府上下鬆了口氣。

第三十三章

第三日，太子楚昭恒收拾停當，趕在早朝前，向楚元帝辭別。

這還是楚昭恒第一次離開京城。

知道太子鑾駕出了南城門，顏寧待在城中，聽著派出的人不斷傳回消息。

出了南城，楚昭恒執意換馬騎行半日，到官道邊一處地方下馬歇息。

這處位於官道路邊，離左邊山麓還有段距離，前方一里左右，就是官道的轉彎處，轉過去就到了山麓另一邊，而右邊地勢較平坦，有一片樹林。

楚昭恒下馬，將韁繩丟給招福，自己慢慢在草坡處行走，看著風景。

姜嶽連忙下馬，帶著侍衛們鋪氈子，搭帳篷。

很快，帳篷搭好，姜嶽看到楚昭恒已經快走到樹林邊，趕過去想請他回來歇息片刻。

陳昂和蔣立淳歇息片刻，緩過勁來了，看楚昭恒往樹林邊走去，也慢慢跟過去。

這時，姜嶽忽然覺得情況有異，樹林處撲出幾條人影。

「殿下，小心！」他一邊大叫一邊抽出腰刀，雙腳一蹬，就向楚昭恒那邊竄過去。

樹林裡竟然冒出十多個手持尖刀的蒙面人。

「大膽！你們是什麼人！」姜嶽踢開一個蒙面人的刀，喝問道。

那些人也不說話，提刀就刺。

楚昭恒沒有習過武，看姜嶽擋住蒙面人，他連忙往官道退去。

陳昂和蔣立淳兩個文官看到這情形，都嚇呆了。

蔣立淳最先反應過來，大叫「殿下小心，到這裡來」，往楚昭恒身邊衝過去。跑得太過匆忙，忘了自己穿的是文人長袍，一下就被長袍下襬給絆住，摔了個跟頭。

蔣立淳也顧不上風度，爬起來，撩起長袍下襬往腰帶處一塞，再跑過去。

陳昂看著那些蒙面人，臉上一臉錯愕，聽到蔣立淳的話才如夢初醒，對其他幾個侍衛大叫。「你們幾個，快上去幫忙，擋住那些人！」說著，他也跟在蔣立淳身後，提起長袍下襬，往楚昭恒身邊跑去。

楚昭恒已經退到官道邊。他帶了九個侍衛，此時那些侍衛衝上去擋住蒙面刺客。

招福是學過些拳腳功夫的，看到這情況，就想讓楚昭恒上馬。

一個蒙面人看到這邊，揚手一招，招福就地一滾躲開，那蒙面人扔出的暗器，招呼到馬身上。馬吃痛後受驚，揚起蹄子跑起來。

招福手裡還拽著馬韁繩，由於拉不住驚慌的馬匹，他眼看自己也要被拖倒，便丟下馬韁，往楚昭恒身邊奔來，護在他身旁。

那些蒙面人的武藝，竟然都不弱。

姜嶽跟為首的交手後就被纏住了。他看沒有侍衛去楚昭恒身邊護衛，心急不已，轉頭看到幾個侍衛都往自己這邊來幫忙，想要叫「你們去護衛太子」，可是，跟他交手的蒙面人，讓他沒有找到說話的空檔。

楚昭恒退到官道邊，這時樹林裡又竄出三個人，直接往楚昭恒身邊殺過來。

招福踢開一個蒙面人的刀，看後面站著蒙面人，他只好拉起楚昭恒，往前邊跑。

楚昭恒跑了兩步，卻跑不動了。

蔣立淳和陳昂已追到楚昭恒身邊，看到這情形，蔣立淳也不管不顧地撲上去，抱住一個蒙面人的腿。那蒙面人甩腿，甩了兩次愣是沒甩開，他猶豫一下，舉起刀柄，在蔣立淳脖子上一敲，將他敲暈了。

蔣立淳暈倒前，還下著死力抱著那人的腿。陳昂叫了一聲「蔣兄」，連忙扶起他查看。

這時，前方山麓的轉角處，忽然轉過來一隊人。

那群人看到這裡有廝殺，又看到楚昭恒和招福往自己這邊跑來，連忙提刀警惕。

那隊人顯然是哪家的家眷，帶了二十多個護院，中間還有兩輛馬車。

一輛馬車裡的人掀起車簾一角，看到招福扶著楚昭恒跑近，忽然驚訝地掀起車簾。

「快，你們快上去幫忙！」

那聲音，原來是李錦娘。

她跟著母親去皇覺寺上香，今日才回來，沒想到在這裡居然遇上楚昭恒。

皇覺寺裡，為了太子祭天的事，這幾日正在清寺，她當然也有耳聞。

遠處和姜嶽那批侍衛交手的幾個蒙面人，有兩人打倒了侍衛，也向楚昭恒追過來。他們斜刺裡追來，倒是比後面那三個蒙面人的速度還快些。

李府的侍衛和護院，聽到自家姑娘的吩咐，連忙上來接應。

李錦娘只覺得自己在馬車裡坐不住了，忍不住扶著織夢的手，就要下馬車。

「姑娘，那些人手裡有刀，您還是別過去了。」織夢哪敢讓姑娘冒險，拉著她苦苦勸道。

李錦娘伸手推開她。「那是太子殿下，快去救駕！」

安國公夫人在前面的馬車裡，聽到女兒叫「那是太子殿下」，一驚之下也拉開車簾，她出入內宮多次，自然是見過楚昭恒的。

「快、快！去護衛太子殿下！」安國公夫人也急著叫道。

李府的侍衛和護院，身手雖然一般，勝在人多，倒是將斜刺裡追來的蒙面人給擋住了。

李錦娘看楚昭恒臉色蒼白，胸口起伏，恨不得撲上去將他拉過來，遠離險地。

此時，楚昭恒已經走到李府眾人前幾步處。

「納命來！」三個蒙面人追上，其中一個揮刀就向楚昭恒的背部砍去。

李錦娘看到那刀往楚昭恒揮去，腦中只覺得有個聲音在大叫著，她忘情地撲了上去。

「小心！」

楚昭恒看到安國公府的徽記，正鬆了口氣，沒想到李錦娘忽然向自己撲來。

後面的蒙面人看到李錦娘向自己刀口撲過來，也是愣住了。

安國公夫人尖聲驚叫。「錦娘！」

楚昭恒眼看這姑娘要受傷，轉身將李錦娘推開。

這時，蒙面人的刀已近在身前，那刀在猶豫之中刺入了楚昭恒的胸膛。

李錦娘被推倒在地，就看到那刀尖刺入楚昭恒，嚇得大叫。

那蒙面人的眼中閃過猶豫，手臂微顫，姜嶽等人已經趕過來，那蒙面人看形勢不妙，踢開一個侍衛，逃入山麓中。

安國公夫人手腳發軟，跌跌撞撞地走到楚昭恒邊上。「殿下，太子殿下，您還好嗎？」

「快來人，找大夫！找太醫！」李錦娘指著馬車叫道，想讓人將楚昭恒搬到馬車上，送回京城就醫。

姜嶽走過來看到是胸口中刀，臉色一沈，他連忙制止其他人的動作，唯恐傷勢更重，便叫過一個侍衛。「你快騎馬去後面，找太醫過來！」

他們的馬全被蒙面人趕跑，被姜嶽指派的侍衛，騎上李府侍衛的馬，往後打馬急行。

大家不敢擅自移動楚昭恒，就在官道上先拿氈子搭了一個頂棚。

安國公夫人看到女兒這神色，哪像是忠君之舉，分明是心上人的掛念啊。她想將李錦娘叫過來，讓她回馬車去。無奈李錦娘看著楚昭恒，對織夢的拉扯毫無知覺。

安國公夫人暗暗嘆了口氣。總不能讓人將她架上馬車去，只好裝作不知，自己讓人取了人參過來，讓楚昭恒含著補氣。

很快，兩個侍衛帶著太醫來了。

「快！太子殿下在這裡！」姜嶽看到他們，立即大叫。

兩個太醫也顧不上緩口氣，抱著藥箱衝到楚昭恒身邊。

「得先把刀取出來！」一個太醫說道。

「那您快取啊！」姜嶽就差沒抓著太醫的衣領大叫了。
「取刀，讓我來！」另一個太醫緩過勁來，走過來看了傷勢，倒抽一口冷氣，這刀離心口只差兩寸。
楚昭恒此時已經無知無覺，暈了過去。
那個太醫拿出一瓶金瘡藥。「我取刀之後，你們趕緊將藥給殿下敷上，只要血止住就好了！」
「要是……要是止不住呢？」李錦娘哭著問。
那太醫噎住了。這讓他如何回話？
安國公夫人上前一把捣住李錦娘的嘴，往地上呸了一聲。「童言無忌、童言無忌！」再顧不得難看，讓身邊的婆子架起李錦娘回馬車上。
李錦娘還想掙脫，安國公夫人走到她邊上，死死拉住她的手。「錦娘！別忘了妳是安國公府的姑娘。再說，太醫要割衣取刀了！」
李錦娘沒再掙脫。「母親，我就站在這裡看著，行不行？」
冤孽啊！安國公夫人不知道女兒是什麼時候對楚昭恒種下情根的，只好由她站著。
那邊被蒙面人敲暈的蔣立淳終於醒過來，被陳昂扶著，深一腳淺一腳地走過來，看到楚昭恒這傷勢，差點再暈過去！
官道之上，大批人馬圍著，楚昭恒被抬到安國公夫人的馬車上，兩個太醫進入車廂，讓招福和姜嶽進去幫忙。

在野外藥材也不全，無法給楚昭恒熬麻藥止痛，只好讓姜嶽按住楚昭恒的肩膀。要是取刀的時候，楚昭恒掙扎起來，刀子扎入心口，那真是難救了！

姜嶽不敢怠慢，使出吃奶的力氣，按住楚昭恒的肩膀。

取刀的太醫將楚昭恒傷口邊的衣服剪開，讓招福拿紗布在邊上等著，他伸手比劃一下，拿住刀柄，筆直地往上一拉，將刀拉了出來。

霎時，楚昭恒胸口的血就如水一樣，噴了出來。

大家看到那血大量噴出，都被嚇住了。

「快！上藥！」拔刀的太醫看另一個太醫還愣著，喝道。

那太醫手一抖，回過神來，連忙將手中的藥粉唰地一下，倒了大半瓶上去，蓋住傷口。

那藥蓋在傷口上，初始還被血沖掉一些。

「繼續倒，血要止住！」拔刀的太醫又喝道。

那太醫將剩下的藥全倒下去，只見那血從開始的如泉湧，到後面慢慢少了，終於不再流出。

楚昭恒被拔刀的劇痛痛醒，姜嶽看他睜眼，生怕太子殿下耐不住痛，要掙扎。「屬下無禮了！」他嘴裡說著告罪的話，手上又加大幾分按壓力道。

可楚昭恒卻只是睜眼後看了一眼，又合上眼睛，再無動靜。若不是看到他的上眼皮不住顫動，會以為他只是又暈過去。

姜嶽一直以為皇子都是嬌生慣養的，沒想到太子殿下如此硬氣耐痛，倒是意外。

「止住了！太醫，止住了！」招福直盯著，終於看到血不再流出。

「嗯，得趕緊回京！」那太醫點頭說道，擦了擦自己額頭的汗。

另一個太醫也是呼出一口氣，跟著擦起冷汗來。

太子的血止住了，他們兩個的老命應該也能保住。老天保佑啊！

招福和太醫的話傳到車外，姜嶽大聲地轉告眾人知道，讓眾人都吁了一口氣。

李錦娘站在馬車邊，剛才連口大氣都不敢出，現在聽到說血止住，她只覺得滿手冷汗，腳下一軟，她的丫鬟織夢連忙扶住她。

一個太醫走出車外，看著安國公夫人道：「太子殿下此刻，最好不要移動。」

安國公夫人連忙上前道：「太子殿下若是不嫌臣婦馬車簡陋，不如就坐這輛馬車回京？」

「如此，多謝夫人了！」楚昭恒在車內道謝，聲音低弱，但是語氣平緩有禮，光聽聲音，聽不出他的傷是重是輕。

「能為太子殿下效力一二，是臣婦之幸。」安國公夫人連忙謙遜地道，也是呼出一口氣。

若是太子殿下有個萬一，他們遇上了，也是會遭受無妄之災的。現在沒事，就好了。

「太子殿下，此時還是靜養，少說話為好。」車中的太醫勸阻，不讓楚昭恒再開口。

楚昭恒點點頭，不再多言。他失了不少血，隱隱覺得有些頭暈，身上又感到一陣陣發冷，說了那一句，只覺力氣都被抽完一樣。此時，自然是太醫的話最大。

前方官道上，一片塵土飛揚，跟著太子鑾駕後行的侍衛們，終於趕到了。

姜嶽點了五人留下看守刺殺現場，又讓兩人快馬回京，向楚元帝稟告太子遇刺之事。

蔣立淳和陳昂兩人除了摔得狼狽點，倒是沒受什麼傷。聽說太子殿下還好，兩人鬆了口氣，也顧不上儀態，互相扶持著上了李府另一輛馬車，坐進車廂中，還覺得回不過神。

真是太凶險了！

一群人護著楚昭恒的馬車返回京城去，行了一半，又有兩人騎馬飛奔而來，後面跟著一輛馬車。

原來是顏寧。

「讓開！快讓神醫看傷。」顏寧也不下馬，直接從眾人讓開的路裡，騎馬穿過，到了楚昭恒的馬車前，下了馬，她身後跟著孟秀。

孫神醫這一路被顛得骨頭都要散架了，但是非常之時，咬咬牙爬下馬車，上了楚昭恒的馬車。

招福和招壽是見過孫神醫的，連忙掀開車簾請他入內。

孫神醫看了一眼，呼出一口氣。「還好、還好，放心吧！就是野外寒涼，要誘發寒疾了，這個可有點棘手。」

他說話大喘氣，一會兒讓人放心，一會兒又說有點棘手，顏寧急了。「孫神醫，到底怎麼樣啊？」

「莫慌莫慌，不妨事，有老夫呢！」孫神醫摸了摸自己的山羊鬍子，篤定地道。

顏寧早上目送楚昭恒車駕離去後，總覺得有些不安心，幸好沒出大事。遇上報信的說太子在官道遇刺受重傷，她連忙回府，拖著孫神醫，上了馬車就趕過來。

「不要耽擱了，快點回京去！就算有老夫，這藥還是得煎著吃。」孫神醫看大家還站著不動，又悠悠地說了一句。

「走！快點回京！不要站著！」顏寧搶了姜嶽的活，大聲招呼，自己一馬當先地往前走。

楚昭恒昏昏沈沈中，聽到顏寧在車外大聲說話，忍不住一笑，看著孫神醫說：「接下來，要有勞神醫了。」

「老夫分內之事，何足掛齒。」聽到楚昭恒的話，孫神醫正了神色，鄭重說道，又從身上摸出一瓶藥來，倒出一顆讓楚昭恒含服。「太子殿下還是閉目歇息片刻，莫再說話傷神。」

楚昭恒點點頭。讓他再開口，他也沒有力氣了。

楚元帝接到太子殿下在官道遇刺，盯著跪在自己腳下的侍衛問道：「太子傷得如何？」

「稟聖上，太子殿下傷得很重，刀口還差兩寸就刺中要害。幸好，太子殿下吉人天相，屬下趕回來時，太醫已經為太子殿下取刀，血止住了。」

聽到刀口沒有刺中要害，血也止住，楚元帝感覺自己屏著的那口氣才呼出來，他忍不住罵道：「你們是怎麼伺候的？都不知道要勸著太子殿下嗎？就由著他胡鬧？好端端的，為何不坐鑾駕，要微服上路？」

那侍衛很委屈。他又不是太子的幕僚屬官，怎麼勸啊？只是楚元帝正在盛怒上，他除了跪著聽罵外，還能怎麼辦？

楚元帝罵了一通，將胸中的擔憂和怒火發洩出來後，心情平復下來。他長吸一口氣，又指著這侍衛道：「你去找大理寺，讓游天方親自帶人去查。光天化日之下，京城官道上，竟然就有刺客敢刺殺當朝儲君！他這個大理寺卿是幹什麼吃的。」

說著說著，楚元帝又覺得怒氣有些上來了。

「是！」那侍衛連忙磕了一個頭，退出勤政閣，匆忙去大理寺了。

「聖上，既然刀都拔出來了，太子殿下吉人自有天相，必定沒事了。」康保連忙對元帝說道。

楚元帝一驚一怒，現在只覺得頭一陣陣發緊。

是誰要刺殺太子？

他忍不住重重地一拍御案，對康保道：「你先去太醫院，讓太醫快點派兩個治外傷的好手去迎接太子。再去給三位皇子報個信，告訴他們太子遇刺重傷了。」

「讓三位殿下去探望太子殿下嗎？」

「不用，就告訴他們這事，他們自己要怎麼辦，讓他們自己定吧。」

「是！奴才這就去。」康保看楚元帝陰沈著臉再沒別的話，連忙退下去。

這麼快，自己這些兒子們也要廝殺了？

楚元帝不知自己是該喜還是該悲。當初為了對顏家有個交代，楚昭恒生下後就立為太子，但是顏家已經掌了大楚大半兵權，皇后又是顏家女，若是幫著太子謀反，他這皇位豈不是立即易主？再說，若是其他兒子更有才能呢？

他相信顏家的忠心，又擔心顏家的忠心不能長久，想罷了顏家的兵權，又怕顏家不服而天下動盪。

如今，不管楚昭恒是稱職的太子，還是不稱職的太子，其他幾個兒子都不會輕易罷手了。

楚元帝放下手裡的奏摺，往龍椅後一靠，揉了揉額頭。

康保帶著楚元帝的命令，不敢怠慢，到三位皇子府一一走了一遭。

二皇子府裡，楚昭暉聽完他的話，陰沈著臉。他盯著康保問道：「康保，父皇讓你來告訴我這話，是什麼意思？」

「二殿下，奴才哪敢揣測聖意啊？奴才來告訴您後，還得去告訴三殿下、四殿下一聲。」康保低頭哈腰，躬身說道。

聽說是幾位皇子都要告知，楚昭暉臉色緩和了些。「我知道了，不耽誤你辦差，你去吧。」他擺擺手，讓康保退下。

「是，奴才告退。」康保低頭退了出去。

二皇子府的總管康和是當年和康保一起進宮的，楚昭暉離宮建府後，柳貴妃將他派出來，做了總管。他站在屋外，看到康保出來，連忙走到邊上。「康大總管，我送您出去。」

「老弟啊，不勞動你了，擔不起啊。」康保笑道。

「您看您說的，這讓我老臉往哪兒擱啊？我家殿下今日心情有些不好，您老擔待啊。」

「你看你說的，二殿下是主子，自來只有主子擔待奴才的，哪有奴才擔待主子的。」

「是、是，多謝大總管教導，我這嘴啊，越老越不知道怎麼說話了。」康和笑著拍了自己一下，笑著送他出了大門。

看著康保走遠，康和嘆了口氣。貴妃娘娘派他過來伺候，就是為了幫二殿下周全這些人際往來的，可是，他只是個奴才，能周全多少？

康保走出去後，趙易權和兩個幕僚從正廳後面走出來。

康保來之前，楚昭暉正和他們三個議事，太子楚昭恒未死的消息，他們已經從活著回來的死士嘴裡知道了。

一個幕僚看著康保離開，忍不住勸道：「殿下，康保到底是御前大總管，殿下對他還是禮待三分才好。」

「哼！不過是個奴才罷了。」楚昭暉擺擺手，不想再提了。「不說他，你們說，父皇讓他來說這些話，到底是什麼意思？」

「屬下覺得，太子忽然遇刺，聖上肯定是有疑心。康保不是說了，他也不只告訴殿下您，三殿下、四殿下那裡，他也要去一趟的。」

「嗯。可惜，居然沒死！」楚昭暉聽到楚昭恒未死，有些遺憾。

死士培養不易，他好不容易有了幾個，這次一下派出九個，死了兩個，傷了兩個，卻還是未能殺死楚昭恒。

「你們說，另一波刺客會是楚昭業派的，還是楚昭鈺派去的？」回來的死士也說了，他們連楚昭恒的邊兒都未碰到，是他們在和大內侍衛打鬥時，另一波刺客冒出來，才重傷了太子。

「屬下看，四殿下已經死心塌地跟著太子殿下了，可能是三殿下的人。」另一個幕僚說道。

「也是，楚昭鈺母家都被滅門了，還能幹什麼呢？劉妃落了胎、失了寵，只能靠皇后和楚昭恒母子過活了。」楚昭暉點點頭，也覺得楚昭業的人可能性更大。

康保走出二皇子府，臉上掛著的笑容就淡了下去，頓下腳步。自從他當上御前大總管後，除了楚元帝面前，誰不給他點笑臉？跟著的小太監上前問道：「師傅，還有事？」

「當然有事，走，去三皇子府。」說著，他快步走出二皇子府。

康保到了三皇子府時，楚昭業正在書房中看文書。

楚昭業放下手裡的文書。「康公公，可是我父皇有事吩咐？」

「奴才拜見三殿下。聖上讓奴才來告訴殿下，太子殿下在京郊官道上遇刺了。」

楚昭業聽康保說是傳楚元帝的話，立即站起來，再聽到楚昭恒遇刺，他關心地問道：

「太子殿下如今怎麼樣了？刺客可有拿到？」

「實際情形，奴才也不清楚。不過太子殿下吉人天相，想來應是無礙。」康保一臉老實地回道。

「太子殿下有上天保佑，一定無事的。」楚昭業贊同地說，又對康保說：「我父皇還有別的話嗎？」

「聖上沒其他的吩咐了。」

「我知道了，多謝康公公來走這一趟。」

「為主子辦差，是奴才的分內事，哪敢當殿下您一聲謝啊。」康保的腰彎得更低了。

「殿下，您要沒別的吩咐，奴才還得去四殿下府上走一遭。」

「好，不耽擱你辦差了。李貴，代我送送康公公。」楚昭業點點頭，傳了李貴進來。

「奴才告退。」康保連忙行禮，退了出來。

李貴送康保出門，離了書房後，拿了一個荷包遞給康保。「康總管辛苦了，這些是殿下賞的，給您底下這些人，買杯茶吃。」

康保接過荷包，滿臉笑意地塞進袖袋中。「奴才多謝三殿下，到底是三殿下體恤。聖上看到殿下如此關心太子殿下，一定很高興。」

李貴點頭附和著，落後半步，將康保送出府。他回到書房，將康保剛才的話告訴楚昭業。

楚昭業一笑。「父皇這是警告我們兄弟幾個啊。」說著，他又拿起桌上的書。

「殿下，聖上難道懷疑太子殿下被刺，是殿下您……」李貴一驚，難道楚元帝懷疑自家主子派人刺殺太子？

「我父皇不是懷疑我，是懷疑我們三個。」楚昭業說了一句。「你去一趟林府，告訴我舅舅，把皇覺寺那邊的人都撤回來吧。」

「是，奴才這就去。」李貴有些不明白。

太子殿下要去皇覺寺祭天時，他家主子就說太子不會到皇覺寺，可太子殿下行程定下時又在皇覺寺安排了人手。

楚昭業看李貴一臉遲疑地出去，知道他心裡的疑問，懶得解釋。

皇覺寺遠離京城，楚昭恒肯去冒險，顏家也不會肯的。楚昭恒這次居然會重傷，顏家沒有派護衛嗎？楚昭暉手底下的人有這麼厲害，真能刺殺得了太子？

楚昭業搖搖頭，覺得事情有些不對，終於是看不進書了。「來人！」

「爺，李總管出去辦差，奴才李祥在。」門外李祥聽到楚昭業叫人，在屋外應聲道。

楚昭業這書房除了李貴，其他人未經允許，是不能隨意進出的。

「哦，李祥？那你出去打聽打聽太子殿下遇刺的經過，還有跟著去伺候太子殿下的人，都回來了嗎？取點銀子，去宮門那邊找人問問。」楚昭業吩咐道。

「是，奴才這就去。」李祥連忙領命，退下了。

李祥出府後，先趕到宮門那裡，聽說太子殿下還未回來，他站在宮門那兒猶豫半晌，終於還是掉頭，往石板巷走去。

石板巷是京城中平民聚居之處，住在這裡的都是些窮苦人家。石板巷巷子盡頭，有一間乾淨的小院，那門頭和旁邊比起來，乾淨很多。

李祥敲了敲門。

「誰啊？」裡面一個老婦人的聲音傳來，隨後傳來拉開門閂的聲音。

「阿嬸，是我，狗子。」李祥未進宮前，小名就是狗子。

「狗子，今兒怎麼來了？快，快進來！進屋、進屋去，嬸給你下碗麵。」老婦頭髮花白，身形佝僂，長年的辛苦勞作壓彎了她的腰。

看到李祥，她高興得滿臉皺紋都舒展開來，拉著李祥的手就把他往屋裡推，自己去廚房做飯。

這間院子很小，只有並排兩間房，左側有一間小廚房。不過院子裡拾掇得很乾淨，右邊的空地上，甚至還有一片地被一壟一壟開好了坑，顯然，剛才阿嬸正在院子裡忙活。

「阿嬸，都說了妳腰不能彎，怎麼還弄這些地呢？」

「就這麼一塊地，不累，我腰好著呢。那個封先生前兒又給我送藥，那藥可好用了。封先生是好人啊，狗子，你怎麼認識的？」

李祥聽到封先生來過，臉上就是一愣，聽到老婦的問話，沒有回答。他掏出一個布包。

「阿嬸，這些錢妳拿著花。我不進屋了，今兒事情忙，我還領著差事呢。」

「哦，好，辦差要盡心。」老婦聽說李祥還要辦差，不敢留他。

李祥將錢送給老婦，又看了看米缸，還有大半缸米。

老婦絮絮叨叨說封先生剛給買的米云云，李祥也不再多留，讓老婦好好在家，就走了出去。

這老婦就是小時收養他的人。後來有一次出門辦差，看到老婦在京城乞討，他便拿銀子租下這房子，將老婦安頓在這裡。

這事他不敢告訴李貴，他曾說過，三皇子最喜歡的奴才是沒牽掛的奴才。

李祥讓老婦收好銀錢，看老婦走路果然俐落很多，知道封平必是拿了好藥。他有些琢磨不透封平，這人算是顏府和太子的人，找上自己，居然只逼自己做了件小事。然後，他再沒對自己有何要求，甚至連三皇子府內的情形都沒問一句，還對阿嬸照顧有加，自己出門不便，他還時時來送米麵藥材。

難道是為了將來讓自己幫他做大事？罷了罷了，自己不能不管阿嬸，將來走一步看一步吧。

老婦看他來去匆匆，有些捨不得，可到底不能耽誤他辦差，只好將他送到門口，叮囑道：「狗子啊，這天還冷，要多穿點衣裳。阿嬸給你做了雙鞋，等過兩日再做兩件開春穿的衣裳，你記得過來拿啊。」

「阿嬸，妳眼睛不好，不用趕著做，我衣裳鞋子都有呢。」李祥看老婦渾濁的雙眼，連忙囑咐。

老婦答應著，送他出門。

門闔上後，李祥留戀地看了幾眼，嘆了口氣，四下張望一眼，低頭走出石板巷，走到了西大街上，沿著西大街往宮門口走去。

李祥只顧埋頭走路，沒有看到對面的街口，李貴剛好從林府出來，看到他獨自從西大街往宮門那邊走，臉上閃過狐疑之色。

李祥趕到宮門打聽後，匆匆回府。

第三十四章

楚昭恒一行人在城門口遇上了楚元帝派來的兩位太醫。

「頭兒！姜頭兒，姜侍衛長！」跟著兩位太醫回來的東宮侍衛，看到姜嶽，大聲喊道。

姜嶽轉頭，看到是自己派去向元帝報信的。

「頭兒，聖上派了太醫院兩位看外傷的好手。」那東宮侍衛一指自己旁邊的馬車。

兩位太醫聽到東宮侍衛的話，連忙來到馬車外。「姜侍衛長，太子殿下在哪裡？聖上讓我們趕來看看。」

顏寧、陳昂和蔣立淳幾人跟在楚昭恒馬車的旁邊，走到了近前。

蔣立淳聽到兩位太醫的話，看其他人都沒動，連忙出來代楚昭恒謝恩，隨後對兩位太醫說：「太子殿下的刀拔出來了，血也止住了。路上到底簡陋，麻煩兩位太醫到東宮後，再為殿下好好看診吧。」

楚元帝派出兩位太醫，既是關心，未嘗沒有懷疑的心思。

兩位太醫看到那輛馬車，知道是太子在裡面，想要上車去把脈，可是孫神醫在馬車裡，他們沒處落腳。

「兩位，太子殿下現在還好，還是快點趕回去看診才好。」孫神醫對兩人說道。

兩位太醫張望一眼，看楚昭恒臉色雖白，但傷口包紮處沒有血滲出，他們不知道孫神醫是誰，可此時太子殿下為重，他們自然不敢將太子耽擱在路上，連忙答應。

那東宮侍衛騎馬走到姜嶽身邊。「頭兒，聖上大為震怒，讓我去大理石找了游大人，讓游大人親自帶人查案。」

顏寧聽到這侍衛的話，心中一動，問姜嶽。「姜侍衛長，剛才與刺客過招時，你們可有什麼發現？」

「說來慚愧，剛才掛心太子殿下，沒注意其他的。」姜嶽在顏寧面前不敢托大，有問必答。他是個只管動手的粗人，打的時候哪會注意其他啊。

顏寧想想不放心，叫過孟秀，低聲囑咐兩句，又大聲說：「孟秀，你回府去稟報我父母親一聲，就說太子殿下安好。」

「是！」孟秀大聲遵命，調轉馬頭，衝出隊伍離開了。

城門內外的人都聽到了這句話。

姜嶽等人管不了顏寧，也管不了孟秀的行蹤，他們只急著快些回到東宮。

陳昂忍不住催促道：「顏姑娘，太子殿下要緊，還是快走吧。」

眾人不再耽擱，繼續往宮門口而去。

進了城門，走到南街路口，安國公夫人得往左行，回安國公府，楚昭恒這一行則得直行回宮。

楚昭恒還昏迷著，顏寧讓其他人繼續走，自己走到安國公夫人和李錦娘所坐的馬車邊，為今日的援手道謝。

安國公夫人自然連聲謙辭，而李錦娘忍不住擔心，也不顧母親還坐在馬車裡，就從馬車裡掀起車簾抓著顏寧的手，囑咐道：「寧兒，太子殿下若是好了，妳……妳讓人來告訴我一聲吧。」

安國公夫人連忙叫了女兒一聲，可李錦娘恍如未聞，她語帶哽咽，只覺得滿心的擔心和感動。

楚昭恒會受傷，都是為了保護她。那刀砍過來時，她情不自禁地想幫他，可看到明晃晃的刀，卻傻了，忘了怎麼閃躲，直到楚昭恒推開她。

當時他推自己的力道有些重、有些急，但她還是滿心喜悅。她想起了宮宴那晚，他扶起自己，臉帶微笑，語含關心……

顏寧很想撇嘴，可聽到李錦娘焦急的問話，只好應道：「好的，李姊姊，我先送太子哥哥回宮去，妳安心在家等我消息吧。」

千萬千萬別來了，太子哥哥現在禁不起別的麻煩。她心裡說了一句。

顏寧心繫楚昭恒，送走李錦娘和安國公夫人後，匆匆趕到東宮。太醫們正在內室為楚昭恒查傷，孫神醫也守在內室。

顏皇后在室外焦急等候，雙眼腫脹，一身常服。顯然，她是聽到楚昭恒受傷後，就趕到了東宮。

惠萍在顏皇后身邊侍立，低聲勸慰，看到顏寧進來，有些吃驚，連忙跟顏皇后說：「皇后娘娘，表姑娘來了。」

「寧兒……」顏明心看到顏寧，又是一陣垂淚。

「姑母，您別擔心，太子哥哥必定沒事的。」顏寧走到顏皇后身邊，輕聲安慰。

很快，幾個太醫出來，向顏皇后行禮後，稟告道：「皇后娘娘，太子殿下的傷只要調養就好，晚間會有些發熱，應是無妨。」

「既如此，那你們……」顏皇后想說讓太醫們留在東宮伺候，顏寧捏著她的手搖了搖，她改口道：「那你們先回去吧。」

太醫們看內室的老頭自稱是大夫，口氣自負得很，又是顏家的顏寧帶來的，知道顏皇后更信任娘家人，一個個行禮後，魚貫而出。

這時，東宮外有淨鞭的聲音，龍駕到了，顏寧跟著眾人一起去東宮外接駕。

楚元帝讓大家平身，又問了太醫們怎麼說？聽說不妨事後，勸顏皇后道：「皇后也不要太擔心了，太醫們都說太子無礙，到底年輕，傷口養養就好了。」

「是，聖上說得是。」顏皇后應和一句。

楚元帝看到顏寧也在，眼神看過來。「寧兒也在啊？聽說妳帶了個神醫來給太子看傷？」

「是啊，皇姑父，這位神醫是我從南州回京的路上結識的。我本來以為他只精通治療寒疾，沒想到也懂外傷。」

「哦？帶回來這麼久，也不早點請他為太子調理。」

「皇姑父，寧兒也想啊，可是孫神醫說寒病熱治，要治癒寒疾，得等天氣暖和。寧兒本想到時給皇姑父和姑母送個驚喜的。」顏寧說完，還頗有些遺憾地嘆了口氣。

「知道妳有心，這已經是驚喜了。」顏皇后拉過她，顏寧才又露了笑臉。

楚元帝也不再多說，和皇后兩人走到內室去探望楚昭恒。

楚昭恒服藥後還在昏迷中，孫神醫坐在邊上，看到帝后進來，就想磕頭山呼萬歲。

楚元帝擺手讓他不要吵到楚昭恒，又詢問了楚昭恒的外傷和如何調理寒疾之事。聽說調理半年即可治癒，欣慰地一笑。「你若治好了太子，朕重重有賞。」

「草民謝過聖上，一定盡力施治。」孫神醫一個頭磕下去，應聲道。

楚元帝又走到外室，叫過姜獄、陳昂和蔣立淳，細細問了上午情形。

東宮外，三個皇子殿下陸續都來探望，聽說帝后都在，又先過來給帝后請安。

顏皇后此時沒心情說話，也就說了一句平身。

「父皇，聽說太子殿下遇刺重傷，我們是特來探望的。」楚昭暉說道。

「太子已經無恙了，你們別打擾他養傷。真有兄弟情分，就等他醒後再來吧。」楚元帝直接趕人。

這時康保走進來，湊近楚元帝，道：「聖上，三殿下府上的李貴過來了，急著見三殿下。」

楚昭業一聽，走到房門口，不耐煩地問了一句：「何事不能等我回府說？」

「殿下，是劉側妃剛才暈倒，找大夫來一查，才發現是有身孕了。」李貴的聲音不輕不重，剛好夠這房內外的人都聽見。

楚元帝聽到劉琴有孕，叫了李貴進來。「大夫怎麼說的？」

「奴才回稟聖上，大夫說劉側妃懷孕兩個月，還要好好養著，奴才不敢耽擱，只好來找殿下。」

「你先回去，等下朕指個太醫過去看看。」

「兒臣多謝父皇。」楚昭業連忙跪下謝恩。

「平身吧。」楚元帝因楚昭恒受傷一事，只覺得心力憔悴。如今聽說劉琴有孕，這要是個兒子，那就是自己的第一個皇孫啊，心裡有些高興，臉上也難得有了絲笑意，但是一想到劉琴暈倒，又有些責怪。「你別守在這裡了，回府去看看。讓劉氏好好養胎，皇家的第一個皇孫，不可輕忽了。」

楚昭暉和楚昭鈺聽到此，不管真心還是假意，自然都要恭喜楚昭業一番。伺候的奴才們，以康保為首，都磕頭向楚元帝賀喜，又向楚昭業恭賀，顏寧也只好跟著恭喜。

一時之間，因皇家第一個皇孫的喜事，屋裡屋外，從剛才的肅穆又變成幾分喜氣洋洋。

顏皇后只覺得有些寒心和氣憤。她的兒子還重傷躺在裡面……

顏寧一直站在她邊上，聽到顏皇后呼吸急促，知道姑母必定心裡氣憤，看她要說話，便搶在顏皇后之前，忘形地抓住顏皇后的胳膊，笑道：「姑母，您要當皇祖母了呢。」

顏皇后被她一抓，心神清醒了，只是臉色還是有些僵硬。

惠萍也笑道：「恭喜聖上，恭喜皇后娘娘，恭喜三殿下，奴婢們也要沾光討賞了。」

顏皇后被兩人打岔，臉色緩和過來，點頭道：「是啊，皇家要有喜事了。聖上，妾身恭喜您了。」因心中有怨，這話難免帶上一分譏諷。

楚元帝看到她雙眼紅腫，笑意勉強，終於從喜得皇孫的驚喜中恢復幾分。

顏寧又笑道：「皇姑父，您可得好好賞一下劉側妃，最近事情那麼多，她這喜報得可真及時呢。」

顏寧自小出入宮廷，可說是楚元帝和顏皇后看著長大的，在帝后面前說話，比起其他臣女來就多了幾分隨興，這樣插話，也沒人訓斥。

她這話說得並沒錯，但是，聽在人耳中，卻覺得意味深長。

楚昭暉笑道：「三弟啊，你這孩子，將來肯定是個乖覺的，知道太子殿下重傷，他就鬧動靜了。」

趕在太子殿下重傷時，特意讓人趕到東宮來報喜，這是劉琴不懂事，還是，這是三殿下在炫耀、在提醒大家？

選一國儲君，若皇子們都很優秀，那就看皇孫了。楚昭恒年紀最長，別說有子，連個通房好像都沒有？

宮中皇子們到了一定歲數要安排教習嬤嬤和宮女，楚昭恒身子弱，皇后直接免了。這要是在朝臣眼中，有人覺得太子殿下體弱無後，就失了人心。

「是啊，三哥，這姪子聰明，將來肯定得人疼。」楚昭鈺也皮笑肉不笑地說。「劉氏到底是有福的，不過，可得好好安胎，不要像我母妃那樣。」說到後話，卻是赤裸裸地詛咒了。

楚元帝看了楚昭鈺一眼，淡淡道：「你們手上不是有差事嗎？該幹什麼幹什麼去。」

楚昭業聽到顏寧說恭喜時，看她意味深長的眼神，初為人父的自豪和喜悅就淡了。現在，看楚元帝喜悅的神色減淡，顏皇后僵硬著臉說恭喜，他轉頭對李貴訓斥道：「劉氏不知外面的事，你這奴才也越來越不曉事了，還不滾回府去！」

李貴連忙磕頭說：「奴才犯蠢了，奴才知錯。」

「你快點回府去告訴劉氏，回頭會有太醫給她診脈。」

「劉氏懷胎，要好好安胎。惠萍，去拿一柄玉如意來，就說是本宮賜給她安胎的。」顏皇后撐出了笑意，又對楚元帝說：「聖上，妾身想在太子這裡多留一會兒。三殿下有了這大喜事，不如讓人去告訴林妃一聲吧？也讓她高興高興。」

林妃自從年前被禁足後，連除夕宮宴都未能出席。

顏皇后這話是勸楚元帝該解除她的禁足了。只是她這麼當著大家的面，明晃晃地說出來，又有楚昭鈺提到劉妃，楚元帝就算有心，也不能立即答應。

「林妃還在禁足，這事先不用打擾她了。」

楚昭業聽了，一絲神色波動都無，就好像帝后在說的人，不是他母妃一樣，待楚元帝說完後，他才躬身說：「父皇，兒臣先去辦差了。」

「嗯，去吧。你母后既然說賜一柄玉如意，朕也賜她一柄，湊個成雙吧。」

「兒臣多謝父皇母后。」楚昭業跪下磕頭謝恩後，離開了東宮。

他一走，楚昭暉和楚昭鈺自然不能留了，也告辭離去。

楚元帝打量一眼，對顏皇后說：「妳擔心太子，就多留一會兒吧，朕先回勤政閣去。」又轉頭對明福等人道：「太子殿下醒了，立即來報朕。」

顏寧聽孫神醫說過，楚昭恒今日必會發熱，但是孫神醫既然敢說無妨，想來自有其手段。楚昭恒依然昏迷，有些事只好她去辦了。

為了免得顏皇后過於擔心，顏寧悄聲道：「姑母，孫神醫的醫術很高明，他說太子哥哥寒疾要根除，得靜養一段日子。趁這段時日養傷，剛好能調理。您也別太擔心，太子哥哥這一靜養，還得靠您主持局面呢。」

顏皇后知道這是寬慰的話。「姑母知道了，剛才，幸虧妳提醒了姑母。」

「寧兒知道姑母也能想到的，只是，姑母，那麼多人看著您呢。」

「姑母知道了，妳離宮去吧。跟妳父母說一聲，恒兒沒事了。」顏皇后只當是顏明德掛念楚昭恒，又不便立即進宮，才讓顏寧過來。

顏寧也不多說，含糊答應著便告辭了。

顏寧離開皇宮，看到孟秀正在外面等自己。她慢慢走過去，孟秀拉了馬過來，她接過韁繩時，就見他急著想說話。「這裡是宮門，回家再說吧。」

孟秀只好把嘴邊的話硬生生憋回去。

兩人縱馬趕回府中，秦氏也聽說太子遇刺的事，正焦急地等著消息。

聽顏寧說太子重傷，不過性命應是無憂，秦氏長吁了一口氣，直呼老天保佑。

顏寧苦笑，心中翻著白眼。老天保佑個鬼！

「母親，我還有些事，先走啦。」

秦氏答應了，顏寧帶著孟秀來到顏明德的外書房。

「姑娘，屬下趕到那邊時，大理寺的人還沒到。我找了一下，在那裡找到了這個。」孟秀說著，掏出一塊烏木牌，牌子上有二皇子府的標記。「姑娘，那幾個刺客是二皇子派來的？」

顏寧拿過木牌，問道：「留守的幾個東宮侍衛有沒有看到這個？」

「沒有，他們搜了刺客身上，什麼都沒有。聽說有個蒙面人本來只是重傷，沒死，結果他們的人撤退時，直接給了他一刀。」

顏寧點點頭。死士可能真是二皇子派來的，但他哪有這麼傻，還讓死士身上帶這種東西？

「屬下回來時，碰到大理寺卿游天方了。」孟秀又道。

游天方，是有名的游泥鰍，卻還是有幾分本事的。至少前世楚昭業即位，他還是穩穩地做著大理寺卿。

「姑娘，我哥說自己辦事不力，想跟您請罪。」孟秀又道。

「今日之事，純屬意外。孟良他們都回來了？回來路上還順利否？」

「都回來了，只是差事沒辦好。我哥說太子殿下要是怪罪，他以死謝罪。」孟秀嘟囔著將孟良的話轉述出來。他覺得今日這事不怪他哥他們，誰知道半路殺出個程咬金呢。

「太子現在還沒醒來，就算醒來，有什麼差錯，也該是我一力承擔才是。」封平匆匆趕到書房，聽到了孟秀這話，沈聲道：「我考慮不周，才出這種紕漏。」

封平是真的內疚。他初為太子幕僚，覺得要解太子如今困局，只有鋌而走險。顏寧也大為贊成，在派誰扮蒙面人的人選上又細細斟酌。

計策是楚昭恒和顏寧同意並完善的，封平是實際的操作者，而孟良則是帶人埋伏。如今出了紕漏，孟良固然有錯，他也有置主子於險境又考慮不周之錯。若不是今日進不去東宮，他都想去楚昭恒面前請罪。

顏寧搖搖頭。「封大哥，今日之事你也不要太記著，若真覺得有愧，以後將功補過好了。」

看封平還是一臉沮喪。「將軍都是百戰練成的，哪有一戰就士氣低落、潰不成軍的道理？封大哥，你有謀，但還是得有韌性喔。我父親曾說，為將者，越是敗的時候越要沈得住氣。」

「是！多謝姑娘教誨。」封平抱拳長揖，倒讓顏寧不好意思了。

自從封平成了東宮幕僚後，他對顏寧和顏烈，堅持要稱姑娘和公子，對顏明德和秦氏稱老爺、夫人，就怕哪日連累了顏家。

顏家人勸了幾次，也只好由他了。

「封大哥，你看這個。」顏寧將孟秀帶回的烏木木牌遞給封平。「二殿下不是傻子，這是有人生怕大家不知道凶手呢。」

「這是三殿下做的？」

「八九不離十。」

游天方找到了這烏木牌，楚元帝會想的無非是兩種：要麼相信是楚昭暉對太子下手，那自然要嚴懲楚昭暉；要麼懷疑是太子苦肉計嫁禍，讓太子失了君心。

對楚昭業來說，楚昭恒和楚昭暉，哪方倒下都不錯。

世上沒有不透風的牆，何況楚昭恒這次還真打算來一齣苦肉計，只不過中間出了紕漏，這苦肉計玩大了。

「我去找李祥問問？」

「這種時候先不要去找他。封大哥，我這就讓人把你送回東宮去，你就留在東宮別出來，和東宮明福總管一起，將東宮內外看好，外面的事，你不要管了。」

東宮裡事情也多，有封平一起看著，顏寧也好放心些。

「好。」封平領命。「姑娘放心，我一定護好太子殿下，再有紕漏，我也沒臉見姑娘了。」

「封大哥，你們大家都要好好的。」顏寧笑著囑咐一句。

楚昭恒重傷，她心中著急，但是她既然是大家的主心骨，越是這種時候，越要冷靜。

顏寧叫了墨陽來，讓他帶著府中的侍衛送封平去東宮。墨陽伺候顏烈，在宮門那兒進出多次，在御林軍裡也混了個臉熟。

「姑娘，我哥他們三個可以回府了嗎？」孟秀看封平被送到東宮後急著問。

「他們不要回府，你去給孟良收拾一下東西，他們三個先回玉陽關去。」苦肉計一事事關重大，最好的辦法，就是讓他們先離開京城。

孟秀一聽孟良能去玉陽關，雙眼都亮了。

顏寧看他一臉熱切地看著自己，嘴唇囁嚅，知道他想說什麼，直接搖頭道：「孟秀，我還要你幫我在京城辦些事情。你放心，將來必定也讓你去沙場建功。」

「屬下知道了。嘿嘿，姑娘，您越來越神了，屬下還沒說，您都知道屬下想說什麼了。」孟秀不好意思地摸摸頭，憨厚一笑。

你聽到玉陽關後，那一臉放光的樣子，我要不知道才是蠢到家了！顏寧心裡說著，擺擺手，讓他快去幫孟良三人收拾東西。

「虹霓，妳去跟母親說，我打算讓孟良三人去玉陽關，給大哥大嫂送東西，問她有什麼東西要送？要快。」顏寧又將在屋外守門的虹霓叫進來吩咐。

虹霓聽說孟良要去玉陽關，有些捨不得。「姑娘，您等會兒要出門嗎？奴婢……奴婢能和您一起去嗎？」

顏寧看她那樣子，笑道：「要不，我讓妳一起去玉陽關？」

「姑娘！您真是，過年大了一歲，這嘴越發沒個準數了。」虹霓紅了臉，跺著腳埋怨一句。「奴婢去夫人那裡傳話了。」轉身，一溜煙跑出去。

顏寧看著，笑得不行，一邊笑一邊走出書房門。

綠衣看她那樣子，真為虹霓難受。「姑娘，您這麼捉弄虹霓幹什麼？」

「我沒捉弄她啊，她捨不得孟良，又不肯快點成親，那只好忍著這相思之苦了。」

「什麼相思不相思。姑娘，虹霓聽見了，要跟您鬧，奴婢可不管啊。」綠衣實在是怕了姑娘和虹霓。

為了取笑虹霓和孟良，兩人三天兩頭追鬧，虹霓有一次還被姑娘給說得不肯跟出門伺候。顏寧可不管，逮到機會就要把孟良和虹霓說幾遍，孟良現在除了正事回話，都不敢在她面前走動了。

「綠衣，妳到母親院子裡等母親回話吧，讓虹霓回薔薇院去收拾東西，她給孟良偷偷做鞋，當我不知道呢。對了，還做了衣服。讓她快把鞋啊、襪啊、衣服啊，給孟良包好，帶去玉陽關，這一去，沒個一年半載可見不到了。」顏寧笑完，吩咐綠衣。

「見不到誰啊？」顏明德回家，聽到女兒最後一句話。

顏寧吩咐綠衣下去，才轉頭說：「父親，我在說孟良呢，我打算讓孟良帶兩人去玉陽關送些東西。」

「聽說太子殿下重傷了？殺手有兩批？」顏明德也不管顏寧的話，直接問道。

「是！」

「妳的主意，還是太子的主意？」

「我的主意。」顏寧低頭，小聲說道。

「胡鬧！」顏明德一聽急了。

「父親，這是在院外。」顏寧看父親急了，連忙提醒一句。

「哼！妳給我進來，妳怎麼敢出這種主意！」顏明德怒氣沖沖地走到書房，又不得不壓低嗓子。「妳這是將太子殿下置於險境。妳知不知道，若是太子殿下有個好歹，怎麼辦？」

顏明德天生大嗓門，這麼壓著聲音說話，氣勢就弱了不少。

「女兒知錯了！是女兒考慮不周，回頭女兒就去向太子哥哥請罪。」顏寧低著頭，聲音低微，雙眼看著自己的腳尖。「等太子哥哥醒了，我就跪到東宮去請罪，嗯，女兒帶著鞭子去負荊請罪。」

「好了，妳啊！」顏明德看女兒一副自責內疚到極點的樣子，又不忍心再說了，聽到負荊請罪，想到她跪在顏家祠的事。「什麼負荊請罪，生怕別人不知道這事啊。」

「是，還是父親明白，女兒考慮不周。」顏寧連忙拍了個大大的馬屁。

「行了，別裝了，為父知道太子殿下受傷，妳心裡也不好受。本來不該再說妳，只是這事，事關重大，妳事先怎麼不跟為父說一下？」顏明德是又氣又急。這種事萬一扯出來，就算自己願意去金鑾殿負荊請罪，朝臣們也不肯放過顏寧啊。

顏寧知道父親的心意。「女兒知道了，以後有事，一定和父親商議。父親，我打算把孟良三個送到玉陽關去，您給大哥寫封家書吧？」

「哼！知道了，去研墨。」顏明德看女兒笑嘻嘻的，忍不住氣哼了一聲，指使道。

顏寧自然乖巧地磨墨，又在書桌上鋪好紙，將毛筆蘸好墨，雙手遞給顏明德。

顏明德看她那樣子，哭笑不得，拿過筆寫了封家書。信中提了太子殿下今日在京郊被刺客重傷，幸好上天保佑，性命無礙等等，又說了幾句家中安好等事。這封信，就算楚元帝拿到了，也只當顏家擔心遠在玉陽關的顏煦聽到傳言焦慮，而及時送出家書。

顏明德寫好信，待墨跡乾後，拿信封裝了，遞給顏寧。「孟良他們在哪兒？要為父與妳一同去嗎？」

「不用了，女兒去就好。」顏寧連忙拒絕。

她還想帶著虹霓去送別，讓兩人好好訴訴別情。有父親在那兒，孟良和虹霓哪有機會說話啊？

「父親，您還是去東宮探望太子哥哥吧。」

「還用妳說，為父剛才已經去過了，太子還未醒來，等下為父再去看看。」顏明德瞪著顏寧說道。從他聽說有兩批刺客就覺得事情不對，於是再仔細看了楚昭恒的傷口。

他這種久經沙場的人，哪會看不出那刀口明顯是入肉即停。再想到顏寧前幾日說，要安排人暗中護送太子殿下，將府中家將挨個兒挑了一遍，才挑出兩人。

太子遇刺了，沒見到孟良帶著這兩人救駕，他若還不知道這是苦肉計，那真枉費打了這麼多年的仗。

太子被流言所困，女兒這主意，的確是解困的好辦法。有白龍升天的流言，有朝堂上二殿下、三殿下爭著讓太子去皇覺寺祭天之事，路上太子再遇刺，那楚元帝心裡什麼「真龍脫枷」的傳言就淡了。

可這主意還是太冒險了，看著那傷口，他是真倒抽了口冷氣。就差兩寸啊。

顏寧拿著家書回薔薇院，虹霓正在自己房裡，忙活著將給孟良做的衣物等包了個包裹，聽到院中丫鬟婆子叫著「姑娘回來了」，羞得一把將包袱塞到自己的被子下。可又想到，拿出去時還是要被姑娘看到，又扭扭捏捏從被子下拿出來。

「虹霓，姑娘我要出門了！妳快點過來！」顏寧在自己房門口大聲叫了一句。

虹霓只好放下包袱，先到臥室幫顏寧換了男裝，然後，自己也換上一身小廝裝扮。

顏寧打量虹霓一眼。「咦？妳換上衣裳幹什麼？」

虹霓恨恨地瞪了姑娘一眼。「奴婢伺候您出門。」說完，也不理顏寧，拎起自己的包袱就走。

「脾氣比我還大，我是姑娘還妳是姑娘啊？」顏寧抱怨著。

綠衣回來，看虹霓氣鼓鼓地抱著包袱走在前面，顏寧拿著馬鞭在後面慢悠悠走著，知道姑娘必定又惹虹霓了，無奈地搖搖頭。

「虹霓，這是夫人交代要送去玉陽關的。夫人說太倉促了，沒來得及準備，妳可拿好了。」

虹霓另一隻手接過這包東西，點點頭。「知道了。」

顏寧走上來，看到那個大包袱。「母親沒給我那姪兒準備東西啊？」

年前顏煦來信，說過秦可兒已經有身孕，算算日子，估計孟良他們趕到玉陽關沒多久，那寶寶都快出生了吧。

「夫人準備了呢，包袱裡有幾身給孫少爺做的衣物。」綠衣沒說的是，秦氏一邊整理一邊抱怨顏明德和顏寧兩個，說也不早說，不然也能多準備些東西。

顏寧點點頭，對綠衣說：「綠衣，我們很快就回來，妳回院子裡去吧。」

她和虹霓兩人走到府中的側門，孟秀已經等在那兒了，看到虹霓，咧嘴一笑。

虹霓強作大方地回了一笑。「孟秀，快走吧，姑娘說要早去早回。」

這天氣還有些冷，顏寧坐了馬車，兩個大包袱都放在馬車裡。

三人來到城南一座二進小院。這院子是秦氏當年陪嫁的院落，前後兩進，收拾得很乾淨，平時有秦氏陪嫁的一對夫妻在這兒看著屋子。

孟秀敲了敲門，男僕開門。孟良三人聽到開門聲，走到院子裡，看到孟秀身後站著一身男裝的顏寧，三人連忙要跪下行禮。

顏寧越過孟秀，上前兩步，抬手虛扶。「我們進屋去說話。」

她當先走進房中，其他幾人自然跟著走進來。

一進屋子，孟良撲通一聲就跪下來，其他兩人也跟著跪下。「姑娘，屬下這次傷了太子殿下，罪該萬死。」

虹霓跟著進屋，聽到孟良這句話，嚇得臉色都白了。

「孟良，此事已經發生，多說無益。我已經和孟秀說過了，這事只是意外，休要再提。」顏寧一擺手。「你們三個起來說話。」

三人站起身，還是躬身聽命。在顏寧身邊待得越久，他們心中越是敬服。別看她年紀小，但殺伐決斷，行事又有章程，如今在顏寧面前，不知不覺家將們都習慣自稱屬下。顏寧，儼然成了顏府的女將軍。

「你們三人今日就出城去玉陽關，路上要是有人問起，就說太子殿下重傷，我父親擔憂我大哥聽到傳言擔心，所以讓你們去玉陽關給我大哥報信。到了玉陽關後，你們就留在那兒，跟著我大哥去沙場建功吧。」

孟良三人聽到自己誤傷太子殿下，不僅沒受罰，姑娘還給自己沙場效命的機會，既是慚愧又是感動。對其他人來說，上沙場是凶險之事，對顏家的家將們來說，上沙場，意味著獲得顏家主子們的看重，意味著自己獲得了沙場建功的機會。

看到三人激動雀躍之色，這就是顏家人，這才是顏家人嘛。

「你們兩個與我出來。虹霓，妳將夫人交代的話告訴孟良一聲，讓他到了玉陽關，轉告我大哥。」顏寧一本正經地交代完，轉身出屋，看到孟秀還杵在邊上，她咳了一聲。「孟秀，你也出來。」說完，她不忘丟給虹霓一個「感激我吧」的眼神。

虹霓看到姑娘那眼神，心裡是真有幾分感激。沒人時，姑娘老拿自己和孟良取笑，有人的時候姑娘還是挺可靠的，知道要顧著她的名聲。

「對了，來日方長，你們長話短說，孟良他們還要趕路呢。」沒想到顏寧一腳跨出房門後，又丟下意味深長的一句話。

孟秀沒忍住，噗哧一下笑出了聲。

虹霓翻了個白眼，抬眼看到孟良正盯著自己猛笑，又是一個白眼。「笑什麼笑？」

「姑娘對妳真好。」

「那當然，姑娘對誰都好。」虹霓強調道：「你去玉陽關，可得好好效命，不要給姑娘丟臉。」

「嗯，我會的。」孟良鄭重道：「我們三個以為這次要沒命了，辦砸了差事，姑娘又是個行事果斷的人。」

孟良跟著顏寧那麼多次，自然知道，自家姑娘可不是不會殺人的主兒。傷了太子啊，這可是滅族的大罪。

「胡說什麼呢？姑娘才不會亂取人性命。」虹霓聽不得人懷疑顏寧，就算那人是孟良也不行。

說完這兩句，虹霓才想起自己帶的包袱，將小點的包袱往孟良這邊一推。「這裡，有我替你做的鞋襪和衣裳，你帶去穿，以後……以後我再給你帶。到了玉陽關，要自己保重。」

「放心吧，我會保重的。我一定會風風光光地娶妳過門。」孟良鄭重保證。

虹霓啐了一口，臉上泛起甜蜜的笑，又將秦氏準備的包袱遞過去。「這些是夫人給大公子他們準備的，你帶到玉陽關後，可得交給大公子和大少奶奶。」她說完，轉身走了幾步，又低聲說：「路上保重，到了玉陽關後，記得捎信回來。」

顏寧和孟秀三個正站在院子裡，看到虹霓這麼快就出來，顏寧還眨了眨眼。

虹霓不理她，紅著臉，低頭站到顏寧身後。

孟良提著兩個大包袱出來。「姑娘，我們三個今日就離京嗎？」

「嗯，盤纏等物，孟秀都交代好了，你們立即趕到玉陽關去。」顏寧又轉頭對孟秀說：「孟秀，你送他們三個出城。」

孟秀答應著，其他兩人上前幫孟良提包袱。孟良將大的包袱遞給其他人，自己緊緊抓著虹霓給的包袱不放。

四人上了馬，先離開了。

虹霓走出院門，看著四人背影，心裡才湧上離別愁緒。一轉頭看到自家姑娘那意味深長的眼神，這離愁又顧不上了。「姑娘，快些上馬車，回府了。」

「嗯，回家吧、回家吧，反正也看不到了。」顏寧贊同地上了馬車，惹得虹霓又是氣急。

兩人坐馬車回到顏府，顏寧才鬆了口氣。

第三十五章

過沒多久，孟秀也回來了，他將孟良三人送出京城後，又回來跟顏寧覆命。

這天氣還冷，可孟秀今日騎馬來回好幾圈，愣是熱出一身汗。「姑娘，屬下將我哥他們送出城了，從南城門出城的。」

「出城還順利嗎？有遇上什麼人嗎？」

「沒事，我哥他們拿著官憑路引，啥事都沒有。」

「那就好，你下去休息吧。」顏寧放心了。

「對了，回城的時候，在南大街，屬下看到三殿下帶著一群人騎馬，不知要到哪兒去。」

這種時辰，楚昭業不是應該在衙門辦公嗎？

「他帶了多少人？」

「十一、二個侍衛吧，可能看到太子殿下遇刺，三殿下的侍衛……」

「孟秀，叫兩個人，快跟我出城！」顏寧身上的衣裳還未換下，聽到孟秀這話，衝進房裡拿了弓箭和寶劍，一邊衝出院門，一邊吩咐。「虹霓，去告訴我父親，我去城外。」

顏寧一路飛奔，衝到馬廄，拉出自己的馬就打馬而去。「我先去，從北城官道走，你帶人過來！」她頭也不回地丟下一句話。

孟秀叫上顏明德派給顏寧的幾個斥候，算上自己，一共七個人，一起出府追上顏寧。

顏寧咬著牙槽，一路飛奔打馬，衝出北城門。

守城的將官看著那一騎飛塵。「那是誰啊？馬術不錯，騎得這麼快。」

「那是顏府的姑娘啊。」

幾人剛說著，又是一串馬蹄聲響，七個人魚貫而出。

「顏家人怎麼啦？難道玉陽關有戰事了？」

「有戰事就該是北方來人，你那腦袋咋想的啊？」

「真是個大傻啊！」旁邊人取笑道。

孟秀六人終於趕上顏寧，顏寧看了七人一眼。

「我們得快些。」

官道上，馬蹄飛奔帶起的塵土，飛揚了一路。

孟良三人與孟秀分別後，從南城門繞道，上了北邊的官道，才開始跑起來。跑了一段，忽然顏六的大黑馬一個趔趄，往前撲倒。

顏六見機及時，立時飛身下馬，才沒有被壓在馬身下。

「六子，怎麼了？」

「你們小心，有埋伏！」顏六大叫道。

孟良和小伍縱馬到他身邊，只見顏六倒地的馬脖子和馬腿上，插著三枝雕翎箭。

顏六拔刀在手，孟良和小伍兩人未下馬，在顏六左右兩邊，齊齊看著官道右邊，離他們三人半里左右，是一片密林。

此時天色已經不早，官道上空無一人。三人交換一個眼神，對方有弓箭在手，看這弓箭力道，在密林前後五里的官道，都是弓箭的射程範圍。

騎馬目標太大，簡直是活靶子，只能背水一戰，幹掉對方。

「什麼人鬼鬼祟祟？有種就出來！」小伍朝密林中叫道。

「傷了太子還想離京？把命留下！」他們以為不會有人回話，沒想到密林裡竟然飄出一句話。

顏六猛地站起來，孟良一把拉住他。「鬼話！姑娘說不怪罪，就不會怪罪。」

顏六一把甩開他的手。「挑撥離間，我殺了這狗崽子，為大黑報仇！」顏六說著，就向密林方向猛衝過去。

孟良和小伍不能讓他一人衝去，兩人伏低身子，緊貼馬鞍，一夾馬腹，如離弦之箭般向密林衝去。

孟良和小伍衝勢迅速，很快接近密林，但是發現密林中毫無動靜，兩人正在狐疑時，忽然感覺身下一空，腳下竟然有絆馬索。

兩匹馬一下絆倒，孟良和小伍就地一滾，他們落地的地方各插著一枝箭。

箭身入地，箭尾白羽還在微微顫動。

顏六衝到兩人身邊，揮刀警戒，兩人爬起來。三人散開，呈弧線繼續往密林衝去。

密林中人不再停頓，羽箭接連射出。

饒是三人早有準備，小伍還是中了兩箭，一箭射在左手肘，一箭射在左肩。

不過，密林中人也只來得及射出一輪，三人便已經衝進林中，站到他們面前，這麼近的距離，弓箭已經無用。

孟良三人站成一排，孟良和顏六看了小伍一眼。「你怎麼樣？」

「沒事！」小伍伸手折斷身上的羽箭。

他們對面站著十幾個黑衣人，那些人沒想到這一輪飛箭，竟然一個都沒射死，眼中都閃過驚懼。

「跟我們走，饒你們不死。」站在中間的一個黑衣人道：「傷了太子殿下，你們沒活路了。」

孟良啐了一口。「除了胡說八道，還會別的嗎？」

「顏家把你們送出來，就是將你們棄了，還不明白嗎？」那黑衣人又道。

「我呸，你當顏家人都是你們這樣縮頭縮腦的龜兒子啊！將軍若要處置，在家就把我們處置了，我們也沒話說。」小伍氣得大叫。

「聽他們瞎扯，上啊！」顏六早就等不及了，看小伍折斷羽箭，他一揮刀就向中間那黑衣人衝去。

「你們倒是忠心！」黑衣人身後，楚昭業慢慢走上來，一身銀色勁裝。「成全他們的忠心吧。」

孟良聽到這聲音，看到走上前的楚昭業，手中的刀握得更緊了。

黑衣人聽了楚昭業這話，也揮刀與孟良三人戰起來。

三人對上身手很不錯的十幾人，結果可想而知，不過片刻，三人都掛了彩，尤其是小伍，左手有箭傷，本就行動不便。

顏六和小伍對視一眼，小伍對孟良叫道：「孟大哥，你快回去，找人來救我們。」

「對，你快走！」顏六閃過一個黑衣人的刀，轉到孟良旁邊，接下他的對手，將他向密林外推去。

孟良哪會不知道兩人的好意。自己走了，這兩人就是送死的分兒，哪還能等到他帶人回來。

他扔出一枝響箭，箭矢沖天而去，爆出一簇紅色煙霧。這是顏家軍軍中求救的信號，附近如果有顏家軍的人，見到了就會趕來救援。

其實孟良扔出這響箭，也只是聊勝於無。這裡不是玉陽關，顏府的人，都在城裡呢。

小伍看他放了求救的響箭後，又衝回戰局，恨聲叫道：「你他媽聾啦？讓你回去找人，聽到沒？」

「顏家軍，沒有丟下兄弟自己跑的！」孟良脫口而出。

「你們一個都別想走！」一個黑衣人一刀直劈而下。「今日，就是你們的死期！」

眼看一刀就要砍向小伍大腿，孟良就在他邊上，連忙轉身伸刀幫他格開，一個不防自己背上被對陣的黑衣人砍了一刀，撲倒在地。

「孟大哥——」顏六看到那個黑衣人提刀，砍向孟良的脖子，想要衝去救援，卻鞭長莫及。

小伍倒地，一手挌開砍向自己的刀，一腳踢向那個黑衣人的脛骨。

「老子先弄死你！」孟良打出了真火，也不去擋住砍向自己的刀，直接提刀刺向那黑衣人的肚腹，完全是一副同歸於盡的打法。

那個黑衣人只覺得自己胸腹一涼，低頭，看到自己身上竟然插著一把刀，還來不及驚怕，小伍一腳已經踢到。

小伍踢倒了他，卻再也擋不開砍向他自己的刀，他只能奮力滾開半尺，那刀傷到他的大腿，深可見骨。他卻像感覺不到痛一樣，右腿跪地，撐起身子，直接向傷了自己的黑衣人雙腳揮刀。

孟良坐起來，他感覺不到背上的痛，滿眼只見血色瀰漫。

而那血色的後面，楚昭業一身銀衣，格外顯眼。

他不想死，只要想到虹霓，就更不想死了，眼神恍惚間，好像看到今日虹霓遞給自己包袱時，含羞佯怒的一眼，還有那句「以後我再給你帶」。她給自己做的鞋襪，自己還沒穿上呢。

「去死吧！」那邊，顏六又被傷了一刀，不過，砍他一刀的黑衣人，直接被顏六砍斷了脖子。

孟良提氣，轉向楚昭業的方向。「我跟你拚了！」

了。

反正是死，不如死之前，殺了這三皇子。自己賤命一條，能換到一個皇子的命，也是值

顏六和小伍看到孟良不要命地往楚昭業那邊攻，雙雙對視一眼，護在孟良後面，抵擋著後面追上來的黑衣人。

「六子，你上，我擋著。」小伍大腿重傷，行走不便，他靠在一棵樹幹上，又撿起一把刀，雙刀連揮，居然擋住三個黑衣人。

他們三人雖然負傷，但是那些黑衣人也不好過，搏殺這麼些時候，被殺死了三個，重傷了幾個。

孟良三人殺出血性，一心要拉楚昭業墊背，完全是只攻不守、不要命的打法。

在玉陽關，北燕人與顏家軍對陣時頭痛，與背水拚殺的顏家軍對陣時膽寒，就是因為對顏家軍來說，要麼贏，要麼死，絕無投降一說。

楚昭業所站之處，是密林中一個坡地，居高臨下，看到孟良又砍翻一個自己的侍衛，不過顯然已是強弩之末，衝上來的速度慢了。

撲通一聲，小伍被一刀刺中胸口，直直地釘在樹幹上，孟良和顏六也被砍翻在地。

楚昭業再次暗自嘆了一口氣。可惜，顏家不能為自己所用。

「殺了！」他轉身，吐出兩個字。

兩個黑衣人得令，舉刀，就向孟良和顏六刺去。

「叮」、「叮」兩聲，兩枝雕翎箭後發先至，直接射在刀面上，力道大得讓兩個黑衣人

無法握住，刀脫手而去。

還有一箭，朝殺了小伍的黑衣人咽喉飛去。那黑衣人猝不及防，被一箭射中，喉嚨裡發出咯咯幾聲，滿臉不可置信地倒地而死。

「誰？」一個黑衣人喝叫道。

「哥——」孟秀從密林外衝進林中，一眼就看見倒在地上的孟良，然後看到了孟良邊上的顏六。「六子，你還活著嗎？」

「哈哈，你們來啦！」顏六高興地大叫，又悲聲叫道：「快去看看小伍，小伍……」

孟秀幾人順著他的手指，看到被釘在樹上的小伍。

一個斥候上前，顫巍巍地伸手去探鼻息，小伍已經鼻息全無。「小伍……小伍……」他不死心地伸手去推，插在小伍身上的刀鬆動落下，小伍靠在樹幹上的身體，沒有支撐後，滑動著倒下。

那斥候扶住小伍的屍身。「姑娘，小伍……小伍死了。」

密林外，顏寧反手拿著弓箭，慢慢走進來。

楚昭業唰地一下轉過身來，那些黑衣人也往密林外看去，這才發現孟秀等七人身上，都沒有弓箭。也就是說，剛才那三箭都是顏寧所射。三箭齊發，後發先至，衝開了他們手上所拿的刀，還殺了他們的人。

這箭術，竟然如此高明？

剩下的幾個黑衣人忍不住慢慢退後。剛才只有三個人，已經殺了他們這麼多人，現在又來了援手，還要殺嗎？
他們的眼中露出懼意，看向了楚昭業。
孟良看到顏寧和孟秀來了，只覺得心神一鬆，聽到小伍死了，又胸中一慟，一口血「哇」地一下，就吐了出來。
孟秀拿出金瘡藥，卻不知該倒在哪裡才好？孟良和顏六身上，深可見骨的傷口就五、六處，小傷口多得數不清。
七人拿出身上所有的金瘡藥，抖著手倒在他們身上，嘴裡不禁安慰道：「撐住！一會兒去看大夫，撐住！」
防守在楚昭業身邊衛護的侍衛長，也不禁舉起刀，嚴陣以待，因為顏寧手中的弓箭，對準了楚昭業。
「寧兒，妳怎麼來了？」楚昭業居然還是一副雲淡風輕的樣子，看向顏寧，微笑著問，甚至臉上，都還是慣常對著顏寧時的笑容，恍如看不到顏寧手中的弓箭。
「我聽說三殿下遇刺了，特來救人！」顏寧寒聲道。
「是嗎？那刺客在哪兒？」
「刺客啊……」顏寧拖長聲音，忽然手中的弓箭朝右邊一側，手一鬆。「這些不就是刺客嗎？」
「啊——」一個黑衣人倒地，另外兩人見機得快，總算擋開射到眼前的箭。
距離太近了，弓箭已經不能發揮威力了。

顏寧射出箭後，將弓往身上一揹，拔出寶劍來。「孟秀，你去城裡找大夫來，你們兩個送孟良和顏六回去，都從北城門走，其餘的人，跟我一起救三皇子殿下。」

李貴聽到這話，腿肚子有些哆嗦，便湊到楚昭業身邊，低聲道：「殿下，您先走，讓奴才們留下來？」

「是，殿下，您先走！他們……他們不對勁！」侍衛長不知道顏寧最後會不會對楚昭業下手，但是看她眼神冰冷，手起劍落的拚命架勢，心驚不已。

若是他們立意要殺了楚昭業，己方人數雖多，可不一定擋得住。

楚昭業搖搖頭。他不能走！他一走，這些黑衣人的人心就散了，更加擋不住顏寧等人，身邊沒有人護衛，他才真是找死。

「不用，我出門時交代過，若是過了一個時辰沒回去，府裡人會找過來的。」他略微提高聲音道。

聽到還有後援，所有人都精神一振，原本潰散的隊形，又稍稍凝結了些。

「殺！一個不留！」顏寧根本不管楚昭業在說什麼，她站在廝殺陣外，若是有自己人要擋不住，她就伸手幫忙，自己的眼神卻是牢牢看著楚昭業。

隨著最後一聲慘叫，陣中的幾個黑衣人都倒地了，還有一個沒死的，也被斥候補上一刀。

四個斥候殺完之後，完全不顧身上多出的幾道口子，提刀站在顏寧兩側，他們的刀身上，還在滴血。

對面，楚昭業、李貴和他的侍衛長站立著。

孟良不能死，若是孟良死了，虹霓，虹霓該怎麼辦？可是，孟良現在重傷，生死不知！

這一切，都是楚昭業做的！

顏寧的心裡，一個聲音大聲叫著──殺了他！四下無人，殺！

荒郊野外，太子殿下都遇刺了，三皇子遇刺算什麼？

顏寧眼中的殺意，毫不遮掩。楚昭業卻只是含笑看著她，好像他們兩人不是敵對，好像他們正站在御花園中觀花一樣。

會不會死在顏寧手裡？他心裡滑過這個疑問。

顏寧提劍，腳尖一點，向楚昭業飛身撲去。

密林外，傳來一陣馬蹄聲，顯然是一群人正向這裡奔來。

顏明德看到顏寧向楚昭業衝去的身影，大聲吼叫。「寧兒！」

林文裕看到這情景，也驚嚇地叫了一聲：「殿下──」

顏寧聽到林文裕的聲音，劍尖一偏。

顏寧的劍偏了一寸，貼著楚昭業的耳邊而過，衝勢太大，寶劍脫手。「叮」的一聲，插入楚昭業身後一棵樹的樹幹。

顏寧自己硬生生往後退出兩步。

「寧兒，妳在幹什麼！」顏明德大吼道。

「父親，女兒聽說三殿下遇刺，帶人來救他呢。」顏寧幾乎是一字一頓地說道，那口氣，是個人都能聽出恨意。
楚昭業雙眼看向林文裕，林文裕碰到他的視線，微不可見地搖了一下頭。
楚昭業看了顏明德和顏寧一眼，笑道：「是啊，顏大將軍，我出來追刺殺太子殿下的刺客到了這裡，幸好顏寧及時趕來。」他說著，語氣上還帶著一絲感激。
他讓人丟在遇刺現場的二皇子府木牌，大理寺的人居然沒找到。
楚昭業直覺就想到從南城門進出幾次的孟秀，轉而看了顏寧一眼。難道是顏寧識破了自己的計畫？
若是現場撿到二皇子府的權杖，然後他再拿下孟良三人，揭穿楚昭恒的苦肉計，那麼楚昭恒和顏家就是欺君之罪，再無翻身機會。
就算殺了孟良三人，他沒法揭穿楚昭恒的苦肉計，只要有那塊權杖，以他父皇的帝王心性，要麼信了是楚昭暉動的手，要麼懷疑是楚昭恒陷害楚昭暉。
可惜這一步棋，落空了。
顏寧聽著他那感激的語氣，忍不住捏緊拳頭。「三殿下太客氣了，不過我們府上三個要去玉陽關的家將，為了殿下，一死兩傷，這事殿下可不要忘了。」
「嗯。李貴，回府後，記得先送些上好的傷藥和補藥。」楚昭業點點頭，轉身吩咐李貴。
「是，奴才記下了。」
「殿下，天色晚了，要不，我們先回城吧？」林文裕終於找到間隙，跟楚昭業說道。

他接到三皇子府的人來報，說三皇子出城還未回來，連忙帶人向北官道而來。

在北城門外，林文裕遇到同樣帶人出城的顏明德，兩人緊趕慢趕地來到這裡，就看到了剛才那一幕，他心裡真是嚇個半死。

眾目睽睽之下，顏寧妄圖謀殺皇子，楚昭業為什麼還要為她遮掩？這要是告到楚元帝面前，顏寧就算不死，也得脫層皮。

林文裕心裡不解，但是，他不能當眾質問楚昭業，只好按捺住心中的疑惑。

「好，顏大將軍，我們……」

「三殿下千金之體，還是先走吧，大理寺的人，又可以來這裡一趟了。」顏寧終於掩飾不了怒氣，打斷他的話。「三殿下，這些人，你不管了？」

楚昭業看了一地死人。這些人是他好不容易收攏的江湖好手，可惜這一趟折了這麼多個。「不用了，我相信大理寺的人會處理的。」

這些人，大理寺要查，也查不出什麼。

他說完，大步走到林文裕身邊，接過了下人遞上來的馬韁。侍衛長和李貴連忙跟著走過去，經過顏寧身邊時，都不自覺加快腳步，直到走到林文裕這邊，兩人才長吁一口氣，有種撿回一條命的慶幸。

顏明德站在邊上也不多話，顏寧讓人把自己的羽箭都拔回來，又走到那棵大樹前，拔下自己的寶劍，收回劍鞘中。

要論裝模作樣的表面功夫，她到底還是不如楚昭業。

兩批人馬先後入城，林文裕護送楚昭業先回三皇子府去。

顏寧心繫孟良和顏六的傷勢，一夾馬腹就想疾馳，顏明德一把拉住她。「妳去哪裡？」

「我回家啊。」

「孟良他們兩人性命無礙，妳放心吧。」顏明德沈聲說：「妳先跟我進宮面聖去。」

「面聖？聖上要見我？」

楚元帝在內宮顏皇后處經常會見到顏寧，那種時候，算是姪女見姑父、姑母一樣，如今這麼鄭重其事地讓顏明德陪著覲見，那就是正式的君臣傳召了。

「大理寺卿向聖上稟告太子遇刺一事的調查，因為死的刺客身上沒找到什麼身分證明之物。林尚書和二皇子都提到妳畫影圖形的事，找了今日在場見過刺客的人，有東宮的人，也有安國公府的人，想讓妳將刺客身形畫出來。」顏明德解釋一下楚元帝傳召的原因。

顏寧聽說是這個，倒是不擔心。「那女兒先回府換件衣裳，總不能這樣進宮吧？」

她的身上，還是一身男裝。

「好，妳快些。」顏明德看女兒不慌不忙的樣子，知道她應該有打算了，也不再擔心。今日的事，他全被蒙在鼓裡，饒是他沙場歷練處變不驚，心裡還是打鼓的。到底是自己女兒啊，若是有個差錯，如何說情他都想過了。

顏寧匆匆趕回府裡，換了一身衣裳，就跟著顏明德到了勤政閣。

這裡，是楚元帝平日看奏摺批事的地方，顏寧還是第一次來勤政閣。

楚元帝正坐在御座上，游天方已經急得直冒汗。剛才三皇子府的人又來說了，三皇子楚昭業在北城官道密林遇刺的事。

這三皇子，這麼晚了，沒事跑到北城官道去幹什麼？白天剛剛出了太子遇刺，傍晚又有三皇子遇刺。

楚元帝對著他又是一頓劈頭蓋臉的罵。游天方還不敢辯駁，只能磕頭請罪，聽到顏明德父女到了，他長吁一口氣。總算可以先不要挨罵了。

「宣。」楚元帝對門外吩咐一聲。

康保走出去，很快地，帶著顏明德和顏寧走進勤政閣。

「臣女叩見聖上，聖上萬歲萬歲萬萬歲。」顏寧鄭重跪下，雙膝跪地，山呼萬歲。

「寧兒起來吧，不用多禮。」對著顏寧，楚元帝收斂幾分怒氣，顯出一分和藹來。

「謝聖上。勤政閣是朝廷重地，顏寧不敢放肆。」顏寧老實地半低著頭，回道。

「果然是長大懂事，知禮了。」楚元帝對顏明德誇道，又對顏寧說：「妳父親告訴妳，為何叫妳來了吧？」

「父親說過了。聖上，臣女這就開始畫嗎？」顏寧一副躍躍欲試的口氣。

楚元帝看了她一眼，那一眼裡，明顯有著探究，顏寧卻恍若未聞，抬頭看向他。

「咳、咳！」顏明德咳嗽兩聲，瞪了顏寧一眼。「御前怎能直視聖顏？」

「呵呵，無妨。寧兒，妳需要什麼，讓康保給妳準備，妳就在這裡畫吧，朕也見識見識妳的神技。」

在御前作畫，可以說是楚元帝好奇，也可以說是楚元帝想要防止有人串供。

顏寧不知道下午有沒有人跟楚元帝說過什麼，她交代了畫畫要用的東西，又說：「聖上，臣女要是畫得好，您能不能賞臣女一個要求啊？」

「哦？什麼要求？」

「為了救三殿下，臣女的侍衛受重傷了，他們是要去玉陽關給我大哥送家書的，聖上派人幫我給大哥送封家書吧？還有，臣女求個太醫，給他們看傷。」

「胡鬧！」

「這要求不難，妳要是畫得好，朕准了。」楚元帝擺擺手，阻止了顏明德的訓斥。顏寧在他和顏皇后面前，經常是說笑無忌的，提出這種要求，倒也不奇怪。

游天方看顏寧讓楚元帝幫她送家書，楚元帝還答應，聽說顏家的顏寧在帝后面前得寵，今日一見，果然如此啊。

顏寧看游天方看向自己的眼神，笑了一下。這個游泥鰍，是不會輕易得罪人的，看到今日一幕，以後對自己估計會再顧忌幾分。

康保行事很快，片刻工夫，就讓小太監抬了桌子，放上了畫筆等物。

顏寧也不客氣，坐在桌前，康保帶了三個人上來，居然是招壽、姜嶽和陳昂。三人都是和刺傷太子的蒙面人打過照面的。

「這人大概五尺多高。」

「長得不胖，不過也不瘦。」

……

三人慢慢回憶描述，顏寧聽著他們的話，沈吟片刻後，提筆在紙上唰唰作畫，很快地，一個黑衣蒙面人的身影躍然紙上，隨後，又畫了密林中帶頭的蒙面人樣子。

「對對，就是這樣子。」

「對，一樣。」

招壽和顏寧本就熟悉，一看到顏寧畫完，就忙不迭地誇獎起來。

陳昂仔細看了片刻，也稱讚道：「顏姑娘神技。」又轉向楚元帝的御座稟告。「臣看到的身形，就是這樣。」

游天方看了看這張畫像。「有畫像就好辦了，臣這就張榜去拿人。」

楚元帝也不管他們在說什麼，對康保點頭示意。

康保會意。「陳給事，你們三個先去後邊等著。」

康保的話，自然就是楚元帝的意思。陳昂三人不敢怠慢，連忙躬身退下。

康保又從另一邊帶出兩個人，看服飾，應該是安國公府的侍衛和下人。

「你們兩個看看，像不像？」

康保拿起顏寧所畫的畫像，拿到兩人身前，讓他們仔細查看，兩人一看也連呼像。

「游天方，你拿著這兩張畫像去找人。」楚元帝看了畫像兩眼，下令道。

「臣遵旨。」游天方躬身領命，又對顏明德和顏寧道謝。「多謝顏姑娘了。」

「游大人客氣了。」顏明德代顏寧回道。

「游大人，你可要仔細找，快點把刺客抓到啊。」顏寧插了一句，又被顏明德瞪了一眼。

「一定盡力、一定盡力。」游天方連連點頭，又向楚元帝告退。

看他們退下後，楚元帝對顏明德說：「剛才太醫來報，說太子有些發熱，不過傷勢穩住了，應該無礙。寧兒，妳找的神醫，醫術不錯啊。」

「聖上，醫術不好，臣女哪敢帶回來。」顏寧只做聽不懂楚元帝意有所指的話，得意地回道。

「聖上，臣想去……」

顏明德話還未說完，楚元帝已經擺手道：「朕知道你的意思，明日再去看吧。現在太子還昏迷著，朕剛才讓皇后也回去歇著了。明日，你去見了太子，再去見見皇后，勸慰她一下，不要太擔心了。」

「是，臣遵旨。」

「寧兒明日也進宮去看看妳姑母吧，陪陪妳姑母。」

「是，臣女遵旨。」顏寧自然沒有不答應的理。

「寧兒今年也十三了吧？」楚元帝忽然又對顏明德說。「十三歲，也長大了，是大姑娘了。」

「小女頑劣，臣和內人都很頭痛。她和顏烈兩人生性莽撞，一天不闖禍，臣就慶幸了。」

「哈哈，他們兩人赤子心性而已。好了，晚了，你們也回去歇息吧。」楚元帝不再多說。

顏明德帶著顏寧回家，回府路上，反覆思量。楚元帝忽然提到顏寧已經十三歲，到底是何想法？想到楚元帝先提到皇后，再提到顏寧年紀，前後聯繫去想，他心中悚然一驚，繼而大怒。他的寶貝女兒，誰都別想算計。

回府後，顏寧腳步有些沈重地回到薔薇院，整個人陷入自責的情緒中。

孟良受了重傷，她無顏去見虹霓，都是自己考慮不周才會出這事的。

天色已晚，她沒讓人掌燈，一個人慢慢走回薔薇院，也不敲門讓人開門，自己推開院門走進去。

院子裡空無一人，自己的正房那邊亮著燈光。站在院中，她腳步有些躊躇。

「姑娘，您可回來啦。」綠衣提著食盒從正房出來，看到她。「還不快進屋，您今兒午膳、晚膳都沒吃，快到屋裡去，我給您把飯菜再熱熱。」

虹霓也從房中走出來，眼睛有些紅腫，看到顏寧後連忙走過來，手中拿著斗篷。「雖說開春了，晚上還是冷，姑娘怎麼不知道帶著斗篷呢？」她一邊幫顏寧將斗篷披上，一邊扶著顏寧進屋。

「虹霓，我……孟良……」顏寧不知該如何說才好。

「姑娘，孟良好著呢，您放心吧，大夫說了，胳膊腿全沒事，養養傷就好了。」虹霓高興地和顏寧說。「姑娘救了孟良呢。」

「虹霓，妳這話，比打我還讓我難受。」

「姑娘，奴婢說的是真話，要不是姑娘，孟良和顏六都活不了，姑娘不是神仙，怎能料到所有事呢？」虹霓讓顏寧在桌前坐下。

綠衣端了一碗粥上來。「姑娘，虹霓說得對，您先吃點粥墊墊肚子，其他飯菜正讓廚房熱呢。」

顏寧接過綠衣遞上來的粥，埋頭吃著，眼中卻有了淚意。

「小伍……抬回來了嗎？」她終於忍不住，放下碗，問道。

「抬回來了。」虹霓回了一句，轉身忙著給顏寧收拾床去了。

顏寧不再問，繼續埋頭吃粥，吃完了，綠衣提了飯菜上來，她又繼續埋頭吃飯，滿滿一碗飯，一口都沒剩下。隨後又埋頭洗漱後，躺到了床上。

顏烈聽說顏寧回家了，趕到薔薇院時，被綠衣攔在房門口。「二公子，姑娘睡下了，您明兒再來看她吧。」

「睡下了？」顏烈狐疑地問。

「姑娘心裡不好受，不想說話，您還是先回去吧。」綠衣悄聲說了一句。

顏烈今日在宮中當值，回家聽說了孟良三人之事，也是難過。他知道顏寧必定心裡也難受，聽到顏寧回家，想過來安慰兩句，順便看看妹妹有沒有什麼主意？現在看綠衣一臉沈重地說了這句話，他氣得一跺腳，咬咬牙轉身要走。

「二哥——」屋裡傳來顏寧的叫聲，原來是顏寧推開臥房的軒窗。「二哥，你不許去找麻煩。」

顏烈若是忍不下這口氣，去找楚昭業的碴，那麻煩可就大了。她聽到顏烈跺腳的聲音，連忙推窗囑咐一句。

「好！我知道了，妳好好歇著。」顏烈大大吸了口氣，才點頭答應。

顏寧放下軒窗，不再說話。

顏家，年年征戰都會死人，只是，小伍是第一個不是死在沙場上的顏家家將。

翌日，因為有昨晚楚元帝的口諭，顏明德下朝後，與顏寧一起去鳳禧宮求見顏皇后。

顏皇后看到顏明德，有些激動。雖然都在京城裡，但是兄妹倆要見一面也不容易，她止住了顏明德的行禮。「哥，沒外人，不要這些虛禮了，你快坐吧。」

「娘娘安心，臣問過太醫了，太子殿下的傷雖重，但不危及性命。」顏明德還是一板一眼地安慰。

「我知道，太醫昨日告訴過我了。」顏皇后點點頭，又拉過顏寧。「寧兒，今日安國公夫人來求見，妳要是早來一會兒，還能見到安國公夫人和她家姑娘呢，聽說妳和她家姑娘處得來？」

「嗯，我和李家姊姊還能說上幾句。」顏寧點點頭。

「李家姑娘看著倒是端莊守禮，模樣也端正。妳整天跟個猴兒一樣，居然和她處得來？」顏皇后取笑道。

「姑母真是的，老是揭我短。李姊姊可是京城有名的才女呢，去年在大長公主的花會上拔得頭籌喔。」顏寧不吝稱讚李錦娘。

「還有這事啊！安國公夫人是來謝恩的，說是恒兒昨日救了李姑娘，你們知道這事嗎？」

顏明德和顏寧都搖搖頭。昨日一片忙亂，哪裡顧得上聽這個啊。

安國公夫人是打著感謝太子殿下救了李錦娘的名號，進宮來謝恩的。但是她帶了李錦娘一起來，未嘗沒有讓皇后見見李錦娘的心思。

安國公夫婦對女兒的心意，看來是明瞭了。

也是，安國公一族，沈寂幾代了。第一代安國公是開國功臣，戎馬一生，為子孫換來安國公這個世襲的爵位，此後幾代，卻都未能再有出色的戰將。

這一代的安國公李繼業，走了科舉之路，可惜只止步於舉人，他的幾個兒子，也就是李錦娘的兄長，才能平平，在軍中混得不上不下。

李錦娘對楚昭恒有心思，對李繼業來說是好事，可能還樂見其成呢。不過太性急了，楚昭恒還躺在東宮養傷，就帶著女兒過來晃悠？

顏皇后和顏寧說了幾句，又與顏明德說起其他事情，顏寧也不打擾，坐在邊上細細思索。

「皇后娘娘，太子殿下也不小了，再不立太子妃，恐怕朝臣們會議論。」顏明德的話，將顏寧也拉回心神。「您和太子殿下，心裡可有適合人選？」

顏寧不禁豎起耳朵，坐正了些，想聽聽姑母對這事如何打算？太子哥哥的妻子可不能隨便將就，自己還能幫著參謀一二呢。

「這事，總是看恒兒自己吧。」顏皇后嘆了口氣。兒子大了，心中也有主見，他的心思，自己還是能猜到一二的。只是，楚昭恒從未提過，也不知是何打算？

「寧兒，妳先去東宮探望太子殿下吧？我與皇后娘娘有話說。」

顏明德看顏寧正襟危坐、雙眼亮亮的樣子，直想嘆氣。哪有姑娘聽人議論婚事，聽得如此起勁的？

顏寧失望地「哦」了一聲。她還想聽聽父親和姑母打算給太子哥哥挑個什麼樣的人呢，既然不讓聽，只好走人了。

「惠萍，妳送寧兒去東宮。」顏寧不能一個人在內宮亂晃，顏皇后讓惠萍送她過去。

「父親，那我走啦，我看完太子哥哥，自己先回家啦？」

「去吧、去吧。」顏明德擺擺手。

「姑母，寧兒下次再陪您說話。」

「好，有空多和妳母親一起進宮，陪我說說話。」顏皇后高興地叮囑。

第三十六章

顏寧跟著惠萍來到東宮。

照理說，楚昭恒臥床養病，親生姊妹去探望還說得過去，顏寧和他只是表兄妹，此時也不適合來探望。但是，楚元帝昨日親口下了口諭，讓顏寧來探望太子。

父親以為她不明白，與姑母談及此事還把她打發出來，其實，她哪會不懂元帝的意思？

明福聽說顏寧來探病，有些意外，但是他也不敢攔著顏寧。所以，一聽說顏寧進了東宮，連忙親自迎出來。

明福叫了個小太監為惠萍帶路，先送她去楚昭恒的寢宮。看到惠萍走遠後，他走近顏寧兩步，悄聲說：「今兒三殿下來探望太子殿下了，他走後，太子殿下就有些不高興。」

聽到楚昭業來過，顏寧不敢掉以輕心。「他單獨和太子哥哥說話的？太子哥哥怎麼不高興了？」

「招福和招壽在裡面伺候呢。三殿下和太子殿下說了什麼，奴才不敢亂問。只是，剛才奴才去送藥的時，太子殿下臉色有些不好，藥也沒吃。」

明福這總管是楚昭恒提拔的，顏寧的舉薦之功也功不可沒，再加上楚昭恒對顏寧一向關愛，所以明福遇到一些關係到楚昭恒的事，自己不能勸、不敢勸的，就會到顏寧跟前說，期待顏寧能勸說一下。

顏寧也有些意外。楚昭業說了什麼，能將楚昭恒氣到藥都不喝了？

「我等會兒勸勸太子哥哥去，一定要吃藥。」

「奴才多謝姑娘了，要不是姑娘，奴才肯定不敢隨意多嘴。」怕顏寧以為他嘴不嚴實，明福又連忙道。

「我知道你是為了太子哥哥好，放心吧，你的忠心，太子哥哥知道呢。」顏寧來到東宮，沒見到封平，奇怪地問道：「對了，封先生呢？」

「封先生前幾日，向奴才要了太子寢宮伺候的奴才名單，這幾日都在屋裡看呢。要不，奴才去讓人叫他？」

「不用了，你回頭讓人告訴他一聲，最近一段日子別離開東宮。」顏寧想起昨日一幕，就是一陣懼怕。只要封平待在東宮裡，楚昭業就害不到他。

「是，奴才會告訴封先生的。」

兩人說著話，慢慢走著，很快到了楚昭恒的寢宮外。

在寢宮外，還碰上了給事中陳昂。他昨夜見識了顏寧畫影圖形的技能，很是佩服，顏寧自然謙遜了幾句。

「陳大人經常在東宮啊？」

「是啊，陳大人管著東宮銀錢等事，經常要問事。姑娘，可是有什麼不妥？」

「沒什麼不妥。」顏寧搖搖頭。「我就是隨口問一句。」

她走進寢宮，太子寢宮外，進門就是一個院子，院子裡只有幾棵大樹，沒什麼花草。

這裡，顏寧並不陌生，前世，她可是在東宮住了好幾年呢！

走過這個院子，太子寢宮的書房門口，種著金桂和玉蘭，而寢宮門口，有兩大盆萬年青，長年翠綠。這些花樹，當年她還曾親手澆灌過。

顏寧想著，心口感覺悶得喘不過氣來，明福不覺有異，帶著她往裡走著。「姑娘，到了。」

明福的聲音打斷了顏寧的回憶。她睜開眼，眼前的太子寢宮門口，沒有了萬年青，反而是一架薔薇，已經發芽了。

事易時移，現在，不是前世。顏寧呼出一口氣，感覺人又活過來了。

招福正站在寢宮門口，看到顏寧，扯開一抹勉強的笑容，低聲道：「表姑娘來啦，奴才這就進去稟告殿下。」

他心裡嘀咕著，今日殿下這裡真是訪客不斷，先是三皇子來了，他走了後，太子殿下就沒笑臉了。接著，惠萍姑姑進來向殿下請安，殿下的臉色就更沈了。現在，表姑娘來了，殿下總算可以高興了。

楚昭恒正躺在床上，臉色有些蒼白，雙眼看著頭頂的帳子發呆。

招壽站在床邊，手上端著的藥早涼了，顯然正不知如何是好？看到招福進來，像見了救星一樣，連忙低聲叫道：「殿下——」

楚昭恒轉過頭，向招福這邊看過來，聲音有些低弱。「什麼事？」

以往殿下心情再不好，病痛再難受，聽到表姑娘來了，都會高興地見一下。今日殿下又是不想喝藥，又是沈著臉，只能指望表姑娘進來勸勸他了。
招福看到楚昭恒的眼神，連忙走近兩步，用高興的聲音稟告道：「殿下，顏姑娘來了，正在院子裡，來探望您呢。」
沒想到楚昭恒聽到顏寧在門外，臉色都黑了。「不見！讓她回去！」
招福懷疑自己聽錯了，難道是殿下沒聽清外面是誰？
「殿下，是表姑娘，就是顏家的顏姑娘。」
「我沒聾，沒聽見嗎？不見，讓她回去。」楚昭恒以往聲音溫和親切，如今聲音驟寒，甚至帶上了殺氣。招福和招壽自小在他身邊伺候，聽到這聲音，都心驚了一下，不敢再多說。
「是，奴才這就去告訴顏姑娘。」招福不敢再待著了，連忙躬身退出去。
顏寧正站在門外欣賞那架薔薇，看招福出來，抬腳就想進去。
招福連忙攔在門口。「顏姑娘，那個，殿下身子不適，說……說不見。」這拒絕的話，說得艱難。
「你沒告訴太子殿下，是表姑娘求見嗎？」明福也很意外地問道。
「說了。」招福垂頭，低聲回道。
顏寧伸手推開招福。「太子哥哥，是寧兒來了，你不見我嗎？」說著，抬腳就走。「我要進來！」
這一下，把明福和招福都嚇住了，招福最先反應過來。「顏姑娘，太子殿下說不見，您不能闖啊！」嘴裡喊得快，腳下卻不夠俐落，明顯隔了七、八步遠。

笑話！他要是真伸手去拉顏姑娘，可能不會挨顏寧的揍，但是事後，顏烈的拳頭肯定會落他身上的。更別說自家殿下這氣頭過去，要知道他冒犯了顏寧，搞不好直接送他去慎刑司了。

所以，招福也就是叫給楚昭恒聽而已，表明他攔了，可是攔不住啊。

明福也猶豫著，要不要跟著叫兩聲？

院裡隱藏的侍衛卻沒兩人想得多，他們一聽招福叫出「闖」字，立即從藏身之處走出來，打算進房去將顏寧帶出來。

明福一看四個侍衛打算進門，沒猶豫了，連忙擋在門口。「你們不要進去！」

「明總管，有人擅闖太子殿下寢宮。」姜嶽著急地道。他身為侍衛長，要負責太子殿下安危，有人擅闖，這明福居然還攔著自己？

「闖進去的人是顏姑娘，沒事沒事，放心吧。」

姜嶽有些怒了。「不管是誰，擅闖者必須拿下！」

他這話，把明福噎了一下。

不是明福看不起姜嶽，上次顏烈來東宮，找姜嶽較量拳腳，姜嶽輸在顏烈手底下，而顏烈，一直是顏寧的手下敗將啊。

明福不想說出來，怕打擊到姜侍衛長，他擺擺手。「放心吧，別的擅闖的，您只管拿下，可若是顏姑娘，除非殿下親口下令，您還是不要擅自動手的好。」

「啊？為何？」姜嶽有些不明白。

「不為何，反正您記著我這話就好了。」為了讓姜嶽放心，明福轉身在門口大聲稟告道：「太子殿下，姜侍衛長問要不要進來拿人？」

寢宮內有忙亂的聲音傳出，還有招壽的驚呼聲。過了一會兒，招福出來，傳了楚昭恒的意思。「太子殿下讓你們退下吧。」

姜嶽有些摸不著頭腦，還是他下面的人腦子清楚，拉了拉頭兒的衣服，壓低嗓子道：「頭兒，顏姑娘是姑娘。」

「我知道啊。」

「那我們還是回去吧。」

「喔。」姜嶽摸了摸頭。算了，還是回去站好，慢慢想吧。

這事，據說姜侍衛長琢磨了好幾天，最後被他媳婦打了兩巴掌，才明白了。

顏寧闖進楚昭恒的寢宮時，楚昭恒正穿著白色褻衣，半坐起身子，倚靠在床頭。聽到顏寧叫著進來的聲音，楚昭恒一驚，繼而想起自己沒穿外袍，連忙扯起被子蓋住自己。扯的動作太大，牽動了胸前的傷口，痛得他倒抽一口涼氣。

招壽看太子殿下痛得直吸氣，「啪」的一聲扔下藥碗就來幫忙。然後，他就看到太子殿下的傷口處有血滲出。「快！快！太子殿下傷口裂開了，快叫孫神醫來！」

「閉嘴！」楚昭恒呵斥一聲，才止住招壽的大叫。幸好此時寢宮裡，就招壽站在床邊伺候，這要是其他人聽見大呼小叫，還以為又來刺客了呢。

顏寧走到寢宮門口，就看到楚昭恒手忙腳亂地裹著被子，招壽在邊上幫忙，兩人看到自己，還雙眼警惕地直瞪過來。

咳！難道自己是登徒子嗎？

她忍不住翻了個白眼。「太子哥哥，您這樣，會讓人以為我打算霸王硬上弓呢。」

這話說完，就看到楚昭恒的臉慢慢地紅了，也不知是羞的還是氣的？「妳哪兒學來的混帳話？像不像個姑娘家啊？舅父要聽到了，當心他罰妳。」

顏寧不在乎地撇撇嘴。「你不要告密，我父親哪會知道啊。」

這時，招福追到了顏寧的身後，看著楚昭恒，明福的聲音也傳進來，都等著楚昭恒示下。

「太子哥哥，姜嶽肯定打不過我。」顏寧得意地眨眨眼，一副摩拳擦掌的樣子。

「讓他們都退下吧。」楚昭恒沒好氣地說。「妳先去外面坐會兒，等我一下。」

「你又不能起來，我坐這兒好了。」顏寧看楚昭恒那傷勢，別想坐客廳陪自己聊天了。

「我傷口裂開了，得重新包一下，妳不出去，我怎麼讓人進來看傷口？」楚昭恒覺得傷口都痛了好幾陣了。

「裂開了？」顏寧聽到此，有些著急。「你亂動什麼勁兒啊？」

「妳不亂闖，傷口就不會裂開了。」

「誰讓你不見我的？我去叫孫神醫來。對了，招福，你別傻站著，讓人進來收拾一下啊。」

楚昭恒慢慢躺下，聽著外面，顏寧脆聲吩咐著，捏著被子的手越捏越緊。

招壽在一邊看著，不敢說話，只忙著幫太子殿下找衣裳等事。

隨著太子殿下傷口裂開的消息，東宮裡一陣忙亂，顏寧便等在門口。

「顏姑娘，太子殿下請您進去。」招福奉了楚昭恒的命令，出來請顏寧。

顏寧跟著他走進寢宮，裡面重新收拾過了，楚昭恒套了一件常服，半倚在床頭，正含笑看著她。

顏寧走到床邊，拉過一張椅子坐下，看到招壽又端了一碗藥進來，她接過藥碗，遞給楚昭恒。「太子哥哥，喝藥吧，喝了藥，病才好得快。」

楚昭恒接過，一口氣喝完，接過招壽遞來的手巾，將嘴邊的藥漬擦去，把碗遞給招壽，吩咐道：「你們都下去吧。」

招福和招壽把屋裡侍著的幾個宮人一起帶下去，剛才還熱鬧的寢宮，一下變得安靜了。

楚昭恒靜靜地看著顏寧，也不說話，不知在想些什麼？

顏寧看了他半晌，還是憋不住。「太子哥哥，孟良他們傷了你，跟我請罪了，我自作主張，跟他們說你不怪罪他們。」

「嗯，昨日之事，本就不怪他們。當時李姑娘衝過來，是我推人後，自己撞到刀口上的。」

「我想送他們去玉陽關避避，楚昭業想殺了他們，可是我還是去晚了，小伍……小伍被楚昭業殺了。」想起死去的小伍，顏寧有些忍不住。「小伍一心想要上沙場去建功立業，昨日……硬生生被釘死在樹上，身上有很多傷口……」

「我知道，別難過了。」楚昭恒看顏寧故作堅強的樣子，嘆了口氣，伸出手，在顏寧的手背上拍了拍。「他們是為我而死的，該內疚的是我，妳不要怪自己。」

「若是我讓他們留在府裡，就不會死了，這是我的錯。」顏寧搖搖頭。「你不要幫我開脫，小伍會死，是我的錯，我考慮不周，害了他們。」

「寧兒，不是妳的錯，妳不是神仙，不可能事事料到。」楚昭恒沈聲道：「妳已經做得很好了，妳還救了兩個，不是嗎？要不是妳及時趕到，他們三個，一個也活不了。」

「昨日，我想殺了楚昭業，為他們報仇的。」

「嗯，後來林尚書來了；而且，昨日妳要是殺了他，就太冒險了，不要想著同歸於盡的念頭。」

「我知道。太子哥哥，昨日是我衝動了，可今日，是你衝動了。」顏寧抬頭，直視著楚昭恒。「太子哥哥，我今日來探病，是奉了聖上的口諭。」

「惠萍姑姑告訴我了。」

「太子哥哥，你們都覺得我傻，我其實知道的。但是，你是寧兒的哥哥，永遠都是。聖上的意思，也是這樣。」

楚昭恒一愣，看著顏寧，嘴唇囁嚅了幾下，不知該說什麼？

顏寧原本並沒想到，從南州回來後，由楚謨想到楚昭恒，才覺得原來太子哥哥對自己，不僅僅是兄妹之情？

「太子哥哥，我不喜歡皇宮，一點兒也不喜歡。以前，我覺得自己可以住宮裡的，可後來我不喜歡了。宮裡的人，都要戴著面具，不敢亂說不敢亂走。」

「如果是三弟，妳會嫁入皇宮嗎？」楚昭恒脫口而出。

會嗎？前世，是會的，她嫁進了皇宮，打算一輩子和姑母一樣，在宮裡度日。可是，楚昭業沒給她這機會，今世，她對皇宮更懼怕了。

她搖搖頭。「不會了，太子哥哥，寧兒不能待宮裡，寧兒怕死。」怕眼睜睜看著家人死，而她被關在宮牆裡，無能為力。

「我懂了。」楚昭恒點點頭，說了三個字，好像用盡了全身的力氣。

自小身子不好，他覺得自己無緣男女情愛。九歲的顏寧，跟著姨母來到皇宮看他，纏著他玩、纏著他鬧，讓他枯燥的日子一下活了。可是，他一直告訴自己是把顏寧當妹妹看待。隨著孫神醫來京，告訴自己的病能治癒，他覺得自己的心思再也壓不住了。這次的苦肉計，顏寧是想讓他擺脫流言，他卻還有一層心思，希望趁著這機會，先躲過今年的選妃之事。只要讓他再布置一二，勢力穩固了，他就再也不怕父皇反對了。

「太子殿下，臣弟覺得，你要是為了顏寧好，還是盡快選個太子妃吧。」今早，楚昭業來看他時，說了這麼一句話。

他又怎麼會不知呢？

惠萍姑姑來了，說父皇口諭，讓顏寧來看自己，他就知道父皇的心思了。親上加親，對尋常百姓家來說，是好事，對皇家來說，卻未必。

父皇當年靠著顏家坐穩龍椅，如今也怕自己靠著顏家，將他的龍椅奪了，也怕顏家，再出一個皇后，勢力更上一層樓。讓顏寧來探望臥病在床的自己，就是一種明示——顏寧，只能是楚昭恒的妹妹。

看著眼前明朗的眉眼，顏寧長得真不夠秀氣，性子也不委婉，她像院外的那架薔薇，開花時就熱烈地開著，不顧他人的眼光。

他想要護著她，一輩子讓她開心地過著，可如今，若想護著她，就只能做她的兄長。他若不放手，父皇，就要給顏寧賜婚了吧？

顏寧看著楚昭恒臉色變幻，最後，留在臉上的，是無奈的妥協。太子哥哥這樣的聰明人，自然是能看清利害關係。

她安慰道：「太子哥哥，你以後看中誰做太子妃了，告訴我，我幫你去打聽，一定要挑個好的。」

楚昭恒知道她是好意，可聽在耳中卻更是難受。看著面前毫不掩飾關心的臉，他悠悠問道：「寧兒，妳以後，會嫁給什麼樣的人呢？」

會嫁給什麼樣的人？顏寧眼前，出現了楚謨的臉，想起那人執拗地要求在他進京時，讓自己去接他……

顏寧搖搖頭。「太子哥哥，寧兒不知道。現在，寧兒只想父親、母親、大哥、二哥都好好的，姑母和你也好好的，大家都能好好活著。」

「好！」楚昭恒點點頭。「妳放心吧，大家都會好好活著的。將來，妳若有了喜歡的人，告訴我，別忘了，我也是妳哥哥呢。」

「嗯。」顏寧重重點頭。「以後有太子哥哥幫我撐腰，我一定要把他收拾得服服貼貼的，把我們家的家規帶過去，不許他納妾，要是敢納妾，我就揍到他不敢為止！不聽話我也揍，反正我二哥說過，我要揍不過，他幫我。」

「哈哈，那將來那妹婿的日子一定不好過。放心，顏烈要是揍不過，找我！」楚昭恒大笑道，笑聲太大，震得他胸前的傷口一陣陣疼痛。

傷口的疼痛，又讓他眼眶有些發紅。笑完了，他吸了口氣。「寧兒，妳先回去吧，我得躺一會兒，盡快把傷養好。」

「嗯，那我走了。對了，太子哥哥，喝藥一定要小心黑手。」

「我知道了，放心吧。」楚昭恒說著，略略將頭轉向床內，聲音有些倦意。

「那我先回去了，過幾日再來。」顏寧說著，站了起來，大步走出寢宮。

楚昭恒轉過頭，看著她慢慢走出去，繼續靠在床頭，一動不動。

直到招壽走進來，低聲稟告道：「太子殿下，封先生求見。」

楚昭恒才像如夢初醒一樣。「你先打盆水，讓我淨個面。」

招壽端了一盆溫水進來，楚昭恒也不要他伺候，自己接過面巾，擦了臉。「你讓封先生進來吧。」

封平走進寢宮後，直接走到太子床邊，剛想低頭說話，才發現太子殿下的神色有異，他只作不知，退開兩步，低聲道：「太子殿下，草民找到幾個可疑的人，想要將他們調動一下。」

楚昭恒凝神聽他說了幾個名字，點點頭，叫來明福。「明福，接下來幾日，封先生要調人，你聽他安排就是。」

「是，奴才知道了。」明福應聲道。

「殿下，草民想離宮一趟。」封平聽說孟良三人受了重傷，心裡有些掛念。

楚昭恒沈吟著，明福大著膽子插嘴。「封先生，顏姑娘剛才交代奴才，讓奴才告訴您，讓您這段日子待在東宮。」

「顏姑娘來過了？」封平意外地問道。

「是啊，剛剛才走。」楚昭恒應道。「寧兒說得對，你這段日子還是不要出去，免得有什麼意外。」

封平答應了，卻沒有離開，欲言又止地猶豫著。

「你有什麼話，只管說吧。」楚昭恒抬頭說道。

「殿下，是有關太子妃的人選……」封平話一出口，就看到楚昭恒臉色沈了，他咬咬牙，繼續道：「殿下的婚事，牽連甚廣，不能草率。鄭太傅他們已經多次商議，草民只是覺得鄭太傅所慮，有失偏頗。」

太傅鄭思齊，這段日子與楚昭恒提起幾次皇子選秀之事，他覺得楚昭恒應該娶顏寧為太子妃，再娶貴女為側妃，鞏固勢力。楚昭恒聽完一直未表態，鄭思齊私下也與封平提起過，希望他有機會能勸勸太子。

「你也想勸我……」

「不，草民是希望殿下不要答應鄭太傅的話。」封平失禮地打斷楚昭恒的話。「顏寧若做了太子妃，會害了她的；而且，殿下娶不娶顏家女為正妻，草民相信，顏家對殿下的忠心不會變。」

既然說了，封平索性說個痛快。「殿下，聖上對顏家諸多猜忌，顏家已經是本朝第一家了，若是再出一個太子妃，烈火烹油、鮮花著錦，看著是錦上添花的美事，可其實無異於將顏家置在火上烤啊！到時，聖上對殿下、對顏家都會有顧慮。」

「你是說鄭太傅的提議不好？」楚昭恒沒有回應，而是聲音嚴肅地質問道。

「鄭太傅的提議太過急功近利。殿下，恕草民直言，聖上春秋正盛，不會容皇子們勢力過大的。」

「你說得是。」楚昭恒點點頭，贊同道。

太傅鄭思齊年紀已大，急於一展抱負，生怕太子失勢，別人稍一提議，他就覺得讓楚昭恒再娶顏家女是個好事，卻忘了，楚元帝身子一向很好，正當盛年，他自己也是一腔抱負，一心想將大楚上下握在手中，這時候太子娶了權臣之女，他怎能放心？

「寧兒今日來，是奉了我父皇口諭來探病的。」楚昭恒也不瞞封平。「你放心吧，我不會將顏家放在火上烤的。」

「殿下英明。」封平奉承一句。他原本奇怪，太傅鄭思齊提議時，楚昭恒並未否定，甚至還有些嚮往之色，卻又不肯點頭。

現在，看著楚昭恒悵然若失的神色，他忍不住又道：「只是，顏姑娘有膽有謀，若是嫁給其他皇子……」

「封平！寧兒嫁給誰，都是我的妹妹。」楚昭恒斷然說。「她想嫁給誰，就可以嫁給誰。」

「顏姑娘若聽到殿下此話，一定高興，不枉費她一心為殿下謀算。」封平看楚昭恒不似作偽，為顏寧感到高興。

「封平，你錯了，我說這話，不是因為寧兒為我謀算，而是因為，寧兒是我妹妹。」

楚昭恒這話說完，封平站直身子，面容肅穆，對他鄭重地長揖一禮。

楚昭恒奇怪地看著他。「封先生，這是為何？」

封平正色道：「殿下，封平這命是顏姑娘救的。雖然封平身分低微，但在心裡，已經視顏家如家，視她如親人，希望她平安喜樂一生。有殿下這話，封平為殿下肝腦塗地，也是高興的。」

封平是真心高興。楚昭恒若是狠心冷情之人，那麼展露過謀略的顏寧就危險了，現在，楚昭恒卻一心希望顏寧過得好，總算顏寧沒選錯人啊。

「你下去吧，去找鄭太傅他們議事吧。」楚昭恒卻有些疲累地趕封平離開。

他未明說，封平卻是明白，這議事，議的自然是太子殿下的婚事，議的是太子妃人選。

楚昭恒繼續靠在床頭，透過床前寢宮的窗，看到的正是院中那架薔薇，雖然無緣婚嫁，但是他還是感激上天，讓顏寧成了他妹妹。

第三十七章

顏寧離開東宮，回到府中時，秦氏就將顏寧叫到正院，她看顏明德也在，兩人顯然等她多時了。

顏寧走進屋裡，就看到母親一臉憐愛地看著自己，有些納悶。「母親，出了何事？」

「寧兒，如今妳大了，也越來越有主見。妳父親剛才跟我說了聖上的口諭，咱們家是皇后娘娘的母族，聖上難免顧忌。妳從前喜歡三殿下，如今妳對太子殿下的事這麼上心，妳若是有意……」

秦氏說得委婉，顏明德可熬不住了，直接道：「為父今日與皇后娘娘計議過了，妳和太子殿下若是有意，就算違抗聖意，我們也得成全你們。」

聽到這話，顏寧愕然。她以為父親把自己趕開，和姑母商議，是商議如何消除聖上的猜忌，他們商議半天，就商議出這麼個結果？

顏明德看她不說話，以為她還有顧慮。「為父想過了，我顏家世代忠良，為大楚征戰，掌著兵權，為了不讓聖上猜忌，只好儘量不摻和政事。但是，若連兒女的心意都不能成全，我還做什麼父親？」

「父親，女兒和太子哥哥都說過了，女兒視太子哥哥如兄長。」父親說得大義凜然，顏寧既是感動又是好笑，打斷了他的話，將自己剛才在東宮，與太子哥哥說的話說了一遍。

顏明德和秦氏聽了，倒意外了。顏寧無意於太子？

秦氏很高興。「也好，母親就覺得妳要是嫁入宮裡，那日子哪比外面自在，妳看妳姑母，連妳祖母過世都不能……唉……這樣最好、這樣最好。」

秦氏吞回的話，顏寧知道是顏老夫人臨終都未能見姑母一面的遺憾。

顏明德一心要成全女兒的癡心，沒想到最後，女兒和太子殿下只是兄妹之情？早說嘛，虧他連如何違抗聖命都斟酌過了。

顏寧看父親有些尷尬的樣子，連忙岔開話。「父親，您今日怎麼回來這麼早？」這話問完，她差點咬自己舌頭，父親回家這麼早的原因還要問嗎？又沒話找話地問道：「朝中有什麼事情嗎？」

問到這個，顏明德倒還真有話要說。「寧兒，今日早朝上，還真有件事。」

原來今日早朝，楚元帝問起楠江水患的難民賑災之事。

賑災一事由三皇子楚昭業管著，楚昭業接手後，盤查戶部帳冊，才發現大楚國庫的空虛，遠超過他的預計。國庫空虛，益州糧庫的糧食，也是不足。

楚昭業早朝上提議，由朝廷出面，向楠江上下的糧商發出詔令，朝廷平價收糧，若願意賣糧並可拖欠一年糧價，朝廷來年可免一年賦稅。

受災災民若是無錢買糧，可先在各自縣衙登記領糧，秋收時按糧食時價還錢。另外家中若有兩個以上青壯勞力，可出一人入行伍。

這一提議當朝提出來，朝廷官員們一時熱議不休，楚元帝也難得露出讚賞之意。

「三皇子倒是有治世之能。如今國庫空虛，奸商哄抬糧價，百姓們春播在即無糧下種，青壯勞力們無田可種則容易聚眾鬧事。」

顏明德對楚昭業這主意大為讚賞。「三皇子這主意，將這幾條都兼顧了。再說，府庫空虛，不找糧商借糧也沒法子了。」

顏寧看父親毫不掩飾對楚昭業的稱讚，心裡卻覺得沈重。楚昭業的確有才，若是他奪嫡失敗會安於做個賢臣也就罷了，可惜，他是不會安於做個賢臣的人。為了皇位，他絕對是不死不休。

「父親，那聖上採納他的辦法了？」

「哪有那麼容易啊？再好的法子，總有人扯後腿，我看少說也要扯上幾天。」顏明德對朝中幾個文官是真心看不過去。不能純心為國籌謀，總是盯著私利。

「對了，聖上訓斥了工部尚書。工部尚書辯解說去年曾上摺修堤壩，被二殿下駁回了。」

「二殿下承認啦？」

「白紙黑字，他不認也不行啊。聖上稱讚了三皇子，對二皇子訓斥了一頓。」

工部尚書，前世不肯投在楚昭業門下，被楚昭業藉故換了。今世，楚昭業提早將他收服了？

「那工部尚書會不會被罷官啊？」

「我看尚書是做不了的。他原本也想外放，這次搞不好能如願。」

「父親，那楚昭業有沒有提到，徵收入伍的災民，收到哪支軍中啊？」

「這倒沒說。按往年慣例，兗州和京外守軍肯定要有一部分的。尤其是兗州，那邊毗鄰北燕，戰事又不多，是練新兵的好地方啊。」

前世楠江水災，受災沒這麼多，楚昭業也是主持了賑災，獲得楚元帝青睞，今世，他還是憑此獲得讚譽了。

只是，看他最近作為，又針對太子哥哥，又要拉下楚昭暉，到底目的為何呢？

顏寧想，楠江水災，這關係到十多萬災民的活命機會，自己不能動手腳，那楚昭業呢？他會顧忌這些人命嗎？

國庫空虛，災情緊急，楚昭業的辦法，是最好的法子。

隨著賑災進行，三皇子楚昭業的聲望，空前高漲；而二皇子楚昭暉，卻是諸事不順。工部尚書所說的修堤被阻之事，讓他備受指責。

楚元帝將工部尚書外放至楠江邊的英州，讓他去看著英州大堤，轉手調任秦紹祖為工部尚書。

秦、顏兩家是姻親，楚元帝的這個調令，讓人覺得他是為太子殿下鋪路。

「殿下，好不容易收了韓望之，您怎麼又讓他外任呢？」三皇子府的書房裡，林文裕有些納悶。

「舅舅，我父皇還在盛年，韓望之在京裡也幫不到什麼。英州是楠江和荊河交匯之處，占著地利呢。」楚昭業卻很滿意。「英州，掐著入京的咽喉，若真如我們所料，鎮南王已經投向太子，那麼有英州在中間轄制，總比讓南北一通到底好。」

「可是秦紹祖是顏家的姻親……」

「只是姻親，顏家要是造反，秦家不會跟著發瘋的。再說，秦紹祖為官謹慎，還是忠於我父皇多點。調任秦紹祖來京，父皇這是防著我呢。」

楚昭業冷笑一聲。楚元帝用著他的計策，又怕他聲望過高，朝臣們擁戴，調了秦紹祖，等於向朝臣們擺個姿態。

對父皇來說，太子、他和楚昭暉，是一個穩固的三角。只要他們三人纏鬥不休，他的皇位就無憂了。現在太子受傷養病，他聲望高漲，楚昭暉卻節節敗退，父皇是用秦紹祖一事，轉移大家的注意力呢。這帝王心術，運用嫻熟。

「楠江水災的賑災之法，殿下提得太早了些。」林文裕覺得楚昭業有些鋒芒畢露，當初要提出這辦法時，他就有些不贊成。

畢竟，楚昭業的才能過早顯示，會讓太子和二皇子的矛頭都調過來。

「楠江，是大楚的糧倉，那裡的百姓們若是流離失所，大楚國內就危矣。若是天下大亂，那我爭到的天下，還有什麼意思？」

這天下，畢竟是楚家的的天下，楚昭業不希望自己坐上龍椅時，大楚已經四分五裂。

他的父皇，一心想要讓大楚在自己手中強盛，將大權收歸皇帝之手，而他希望，在自己的手裡，大楚能一統天下，什麼北燕南詔，都得向大楚俯首稱臣。要實現這一點，大楚的國力就不能削弱，像這種糧倉水患的事，絕不能容忍，就算為此要暴露幾分自己的抱負和才能，也沒辦法了。

「那我們接下來……」

「舅舅，接下來，我們只要好好賑災就好，其他的，暫時先不用動。」

在林文裕和楚昭業討論時，太子東宮裡，太子太傅和少傅也在說起楚昭業賑災一事。

「太子殿下，聖上已經准了三皇子的計策，賑災的人選上，我們提誰好呢？」太傅鄭思齊對於楚昭業聲望高漲有些憂心。

「太傅，這事就讓父皇決斷吧，我們只要遵照父皇的旨意就好。」楚昭恒搖搖頭，拒絕插手。

傷口漸漸好轉，他卻好像更瘦削了些，原本溫潤的氣質，帶上了幾絲憂鬱。

「太子殿下還在養病，若還有餘力過問朝中之事，豈不是讓人覺得太子殿下有假傷之嫌？」封平看太傅還想反駁，在邊上插了一句，提醒太傅等人。

「是老臣心急了，那殿下好好養傷，老臣先告退。」

「明福，幫我送太傅他們出去。」楚昭恒讓明福幫忙送人，將封平留下來。

鄭思齊等人也沒有異議。他們所做的都是檯面上的事，而殿下的很多私事是由封平來做的，這也算是心照不宣的分工了。

封平看他們都退出去後，拿了一份名單出來。「殿下，草民懷疑，這人就是東宮中的奸細。」

楚昭恒看了看那人的名字，竟然沒什麼印象。

「殿下，或許我們可試探一下。」

「好，封先生安排定了，告知明福，讓他去辦吧。」

在寢宮門口，封平碰上了孫神醫師徒。為了給楚昭恒調理，現在孫神醫和封平一樣，也是住在東宮沒出去過。

孫神醫帶著小松走進寢宮，楚昭恒還在發呆。

「殿下，該吃藥了。」招福看楚昭恒沒有反應，俯下身輕輕叫道。

「哦，孫神醫來了。」楚昭恒回神，又坐起了些。「把藥給我吧。」

孫神醫看了半晌，將藥碗遞給楚昭恒，看他喝完後，丟下一句。「老朽告退了，殿下若是一直消沈著，不如讓老朽儘早離宮，回南邊去。」

臨走前，他又轉身道：「老朽一直覺得太子殿下仁心有德，心懷天下，若是只管消沈，讓跟隨殿下的人情何以堪？」

「這老頭，太無禮了。」招福看孫神醫就這麼走了，有些惱火。「殿下太仁慈了，才讓這人敢這麼囂張。」

楚昭恒苦笑著擺擺手。「他說得也對，你將那些奏摺抱過來，我先看一些。」

孫神醫氣呼呼地離開寢宮，小松緊緊跟著，兩人回到東宮住處。

小松有些後怕地說：「師父，您怎麼對太子殿下發脾氣？我聽說太子就跟皇帝一樣，說砍人腦袋，就砍人腦袋呢。」

「你戲文看多啦？還不快去煎藥！」孫神醫懶得與小徒弟解釋什麼，趕他去煎藥。他現在給楚昭恒吃的藥，是祛除寒疾調理的，每次都要煎足兩個時辰，若是火候不到，則藥效不夠；若是煎得過了，藥就要煎沒了。

所以，小松每天從早到晚都得看著藥爐，聽到要煎藥，癟了癟嘴。「又要煎藥，還是待在顏姑娘家時好。」那時，有吃有喝有玩，還有伴。

「去去去，多大了還想著吃和玩。」孫神醫沒好氣地趕人。

小松嘀咕歸嘀咕，到底不敢耽擱，到後院去老實地看著爐子了。他將一個藥罐洗乾淨放上藥材，又埋頭生火，將爐子點上，然後將藥罐放到爐子上，拿著蒲扇，開始輕輕搧著。

「小松，又在煎藥啊？」右邊的角門處，探進來一個腦袋。

「小圓子，你又來啦？」小松高興地招手。「快進來、快進來，我又有好吃的松子糖了，是墨陽哥哥帶給我的，是南邊口味的松子糖呢。」

小圓子，是負責打掃這一片地方的雜役小太監，大約十四、五歲的樣子，小松覺得他長得挺好看清秀的。

其實，小松不知道，能在帝宮裡伺候的宮女、太監，相貌也要挑過。不說漂亮，至少也得乾淨清秀，不然，萬一相貌醜陋嚇到宮裡的主子們，可怎麼得了。

小圓子聽到小松的話，也不推辭，推開角門走進來，手裡還抓著一枝笤帚。「我不能多待，不然等會兒讓總管看到我偷懶，又要受罰了。」

小松從懷裡掏出一包松子糖，遞給小圓子一顆。「你看，這是上次封先生給我帶的松子糖，很好吃喔，跟你小時候吃過的味道一樣嗎？」

「嗯，好吃！」小圓子含著松子糖，邊吃邊點頭。

小松剛進東宮沒什麼朋友，一次吃松子糖的時候，剛巧這角門開著，小圓子從外面走過，貪婪地看了一眼小松丟在地上的糖衣。

這一眼被小松看到了，他立時感覺到小圓子對那糖衣的關注，果然，小圓子說他沒被賣進宮前，他娘買過這種糖給他吃，後來娘病死了，他被後娘賣進宮做太監。

後娘果然都是壞人，小松自己也是被後娘嫌棄，才被孫神醫收養的。聽到小圓子的話，同病相憐，在宮裡又都沒什麼朋友，一來二去，兩人就熟了。小圓子也是南邊人，兩人倒是有千里他鄉遇故知的感覺。

「小圓子，你想家嗎？我聽說宮女以後能放出宮呢。」

「不想，回家還要挨打，還是宮裡好，能吃飽能穿暖。而且，我師父對我很好。」小圓子斷然搖頭。

「是嗎？跟我師父一樣嗎？我師父對我也很好，還教我醫術呢。師父說，以後我就是大神醫。」說起師父，小松從不甘人後。

「是啊，以後你也要好好孝順你師父喔。」小圓子有些感觸地拍拍他腦袋。

「那當然啦。小圓子，你師父在哪裡當差啊？也是在東宮嗎？」

「沒，我們這種在宮裡做奴才的，在哪兒當差都是主子說了算。我師父不在這兒呢。」

「那你幹麼不求明總管，把你師父也調過來啊？這樣你們就有伴了，明總管要不答應，你告訴我，下次見到太子殿下，我幫你求太子殿下，他可是很大很大的。」

「你可不要跟太子殿下說喔。」小圓子有些緊張。「也不能和明總管說。他們要是知道我偷懶，幹活時跟你聊天，我會被打的，還不能吃飯。」看小松有些不明白，他重重強調了挨打和不能吃飯。

小松覺得明福和太子殿下都是笑咪咪的好人，怎會隨便不讓人吃飯啊？不過小圓子這麼說了，他也不敢自作主張，連忙答應。

吃完一顆松子糖，小圓子滿足地舔舔嘴唇，又拿起笤帚。「這糖真好吃，我師父也是南方人，他肯定也吃過這種松子糖。我要去幹活啦！再不掃，來不及了。」

聽他說起他師父也吃過的事，小松覺得自己不能太小氣，他掏出懷裡那包糖，扒拉一半出來，遞給小圓子。「給，這些你拿給你師父去吃吧。」

「不行！宮裡不能隨便有宮外的東西的。」小圓子卻嚇到一樣，不敢去接。

「偷偷地，不要讓人發現啊。」聽說不能有宮外的東西，小松吐吐舌頭，圓圓臉上，浮起一抹得逞的笑。「我師父還不讓我吃糖呢，說要壞牙，不過我偷偷藏著，他都不知道。」

小圓子看著他那可愛的笑，忍不住也微笑起來。小松躲在這兒吃糖時，他有一次看到，孫神醫明明站在院門口見到了，又悄悄關門退出去。

小松說得得意，身旁的藥罐水開了，蓋子被熱氣給沖得不斷跳起來，那聲音才讓他收心。「哎呀，小圓子，不跟你說話了，藥要是壞了，我師父非揍我不可。」

「不擾你了，我也得先幹活去。」小圓子也不敢耽擱，抓起笤帚，又跟來時一樣，從後角門處溜出去。

「明天再來喔！」小松一邊忙活著抽柴滅火，一邊還不忘叮囑一句。

小圓子笑著答應，很快就跑出去了。

小松那句叮囑的話太大聲，驚動了前院屋裡的孫神醫，他跑過來問：「小松，你跟誰說話啊？」

「師父，是我新交的朋友。」

孫神醫聽說是他新交的朋友，搖搖頭，不管他了。小松愛說話，長得又圓頭圓腦，招人疼愛，走到哪兒都能交幾個所謂的朋友；再說，他現在也沒有心力管這些小事。趁著此次養傷，太子殿下的寒疾得徹底治癒好，而太子身上的毒如何解，也是個難題。

這段時日，孫神醫一邊幫楚昭恒治傷，一邊就翻著醫書，查找各類典籍。可惜，就連這毒是纏綿之毒，都只是他推斷的，更不要說解藥。

孫神醫覺得自己頭髮都要掉光了。

在栩寧宮裡，柳貴妃覺得自己的頭髮也快要愁得掉光了。

楚昭暉因工部尚書的話，在朝中聲望跌了不少，可是朝中的事，柳貴妃就算想使力，也無從著力。

她找了楚昭暉進宮來說事，楚昭暉怒氣難耐，說起楚元帝又訓斥了自己的事。

看楚昭暉一臉氣不忿的樣子，柳貴妃到底是跟著楚元帝多年的老人，知道他的性子。

「暉兒，你父皇罵你，不要跟他頂嘴，好好認個錯，畢竟駁回工部尚書修堤的事，早有慣例。」

「母妃，您不知道，我跟父皇說了慣例之事，父皇竟然……竟然說我剛愎自用，不知靈活變通，讓我向楚昭業他學著點！」

對楚昭暉來說，被自己的父皇怒罵還可忍受，但是要他向楚昭業學，這一點，實在欺人太甚！

「聖上說了這樣的話？」柳貴妃驚怒之下，站起了身，滿頭珠翠晃動。

即使是私下無人時，柳貴妃也總是一身錦服、珠翠滿身，打扮得通身貴氣逼人。

「是！父皇說我大事做不了，小事不肯做，好高騖遠，辜負了他栽培的一片苦心。」

「栽培？聖上真的這麼說？」

「母妃，難道我還能騙妳不成！」楚昭暉氣得拿起桌上的茶，幾口就灌下去。

他今日去勤政閣回事，知道楚元帝要將秦紹祖調任回京，接替韓望之做工部尚書。他一時沒忍住，說起秦紹祖和顏家可是姻親，結果，父皇就將他罵了一番。

「母妃，妳自小就跟兒子說，身為皇子身分尊貴，我看在父皇心裡，楚昭恒和楚昭業才是他兒子。這些年，不論兒子做得多好，父皇哪裡誇過一句？妳還讓兒子不要灰心，哼！」

楚昭暉說著，忍不住抱怨起來。

柳貴妃聽到楚昭暉這話，心裡也是一股怒氣。只是，她到底不能火上澆油，只好好言勸了楚昭暉幾句。

楚昭暉怒氣平息了些。「母妃，我手頭還有些緊急的差事，先走了。」

柳貴妃等他走了，才想起來，本來找楚昭暉來，是想商討一下二皇子正妃之事，如何請楚元帝指婚。

「這孩子，走得也太急了。」柳貴妃喃喃抱怨一句，想到楚昭暉著急上火的樣子，又叫宮人去二皇子府上送些補品。做完這些，她一個人單獨待在殿裡，剛才楚昭暉說的楚元帝指責的話，又浮上心頭。

他怎能這麼說暉兒？難道暉兒不是他的兒子嗎？

栩寧宮總管太監安祿是柳貴妃的心腹太監，看她默不作聲，上前勸道：「娘娘，二殿下只是一時心急，您不要過於憂心了。」

「我哪會不知道他的脾氣？這都是我這做娘的沒用，連累了他……」柳貴妃忍不住抱怨自己來。

「娘娘對自己也太苛求了，為了二殿下，娘娘這些年何曾少操過一分心。」安祿勸慰道。

「操心有什麼用？這麼些年，他過得委屈。都因為他不是長子，哼！」

「是啊，娘娘，奴才都替二殿下委屈。這麼些年，太子一直臥病，二殿下跟著聖上，多少辛苦了些。」安祿一臉贊同地說。「沒想到，連三殿下都受褒獎。二殿下就是被困住了手腳，處處受太子壓制，不然論文論武，哪樣不是皇子們裡出類拔萃的？」

柳貴妃的臉上，閃過一抹陰狠。

「說起來，奴才覺得，太子殿下這些年，會不會是裝病？」
「裝病？」
「是啊，娘娘。自從掉下過水塘之後，太子殿下說得了寒疾，可您看這麼些年，還不是好好的？」房中沒有其他人，安祿說起話來少了很多顧忌。
「裝病？騙聖上憐惜？哼，有可能，就跟皇后一樣啊。」柳貴妃恨得咬住後槽牙。
「奴才也覺得有可能。您看這些年，夭折的皇子不少，可有了聖上庇護，皇后娘娘和太子殿下，一切都好好的。」安祿說起話來，條理分明，一點也不像其他太監們，一看就是讀過書的人。
柳貴妃越想越有這種可能。「聖上當年明明……」她咬住嘴，未再說下去。
安祿是個聰明的奴才，自然不會問自己主子不想說的話，只是繼續道：「娘娘，奴才覺得，您不能乾等著啊。如今皇后娘娘拉著劉妃幾個，宮中的事，您哪還能插上手？」
柳貴妃，從當年的獨掌宮務，變為如今的協理。說是協理，有了其他人分權，其實她能管的都不多了。
「是，你說得對，我不能乾等著。」柳貴妃慢慢坐下，點頭附和道。
日子，就在看著風平浪靜中走過。
最近一段日子，對朝廷來說，有好事也有壞事。好事是，南邊在鎮南王世子楚謨的帶領下，打退了南詔進攻，而且，南詔樂正弘正派使臣議和；壞事是，北邊的北燕，一反往年春日退兵的慣例，在邊境蠢蠢欲動。

照理說春日萬物生長，草原上牧草開始長肥，正是北燕休養生息的好時候。

不過，大楚和北燕反正年年都要打幾次仗，每次的差別也就是是零星進犯，還是大舉進攻而已，所以大楚上下對這消息並不擔心。有顏家軍鎮守玉陽關，北燕就不能馬踏中原。

卻說楚昭恒養了近半個月的傷後，傷口已經結痂，不過，藥還是每日吃著。

小松照常每天守著藥廬，上午煎一碗，下午煎一碗，四個時辰就沒了。這天下午，他正在看著藥爐。

後角門輕輕響動，小圓子偷偷走進來，手裡沒像往常一樣拿著笤帚。

小松抬頭看到是他，嘿嘿一笑，嘴角沾著一小片黑灰。他抬起袖子擦擦汗，招呼了一聲。

小圓子輕快地走到他旁邊蹲下。「小松，給你吃好東西。」

「什麼好東西？」

「你看，這是宮裡御膳房做的糕點，很好吃。」

小松一看，小圓子手上托著的一張油皮紙上，有四塊小方形的糕點，顏色淡黃，一看就很好吃。

「快點，涼了就不好吃了。」小圓子催促。

小松抬手，看自己手上全是黑灰，在衣裳下襬處擦了擦，就想伸手去拿。

小圓子看他那手髒的，啪地一下拍開了。「髒手拿東西吃，要肚子痛。快去洗手再吃啊。」

「還洗手啊，水還有些涼呢。」小松嘀咕著，到牆角的臉盆裡把手洗了洗。

他轉過身，看到小圓子正盯著藥罐看。「小圓子，不要碰喔，很燙的。」他說著，走到小圓子邊上，拿起一塊糕點塞進嘴裡。「好吃，真好吃！」

「當然好吃啦，這可是御膳房給宮裡主子們做的糕點。」

「小圓子，等我回去後，給你寄南方好吃的。」小松又抓了一塊，一邊向小圓子許諾。

「好。」小圓子點點頭，看著小松那張圓臉，移開了目光。「我先走了，我是偷偷過來的，別跟人……」

「知道、知道，別跟人說你來過。」小松點點頭，一副了然的神情。

小圓子一笑，如來時一樣，偷偷拉開後角門。他剛轉過後角門邊的院牆，看到明福正帶著幾個侍衛站在那裡，連忙躬身行禮。「明總管！」

「拿下！」明福陰沈著臉，一句別的都沒說，直接下令道。

他們要拿下誰？

小圓子轉過一個念頭，然後，發現自己被兩個大內侍衛反剪了雙手。「奴才——唔——」

他想叫冤枉，卻被堵住了嘴巴，一路被拖到東宮後院的一處院落。

楚昭恒和封平居然都在，這時，大內侍衛拿下堵著他嘴的破布。

「太子殿下——」小圓子看到楚昭恒，雙膝跪了下去。

「小圓子，你剛才往藥罐裡倒了什麼？」明福也不跟他廢話，直接問道。

小圓子聽到明福這句問話後，居然一聲都不再吭，直接下跪，低下頭去。

「你要是說了……」明福以為他是自知無可辯駁，正打算繼續說。

「快，他要咬舌！」姜嶽站在楚昭恒旁邊，見他低頭下巴收緊，打斷了明福的話叫道。

旁邊的大內侍衛一聽，伸手抓住小圓子下巴，將他的頭抬起，卻只見小圓子嘴角有一縷黑血溢出。

那大內侍衛一鬆手，小圓子仰面倒下，一動不動，更多的黑血從他嘴裡流出。

那個大內侍衛查看一下，有些懊惱，轉身請罪道：「殿下，他嘴裡藏著毒藥。」

楚昭恒盯著倒在地上的屍體。這個人在華沐苑待了四年……「查查他身上，看還有什麼？」

兩個侍衛搜了一下，除了一個空的小藥瓶，他身上再無一物。

封平有些懊惱。他布了這麼久的網，終於抓到下毒的人，居然就這麼死了？沒有他的指證，該如何到楚元帝面前分說？

明福想到小圓子的住處。「殿下，奴才這就帶人去查查他住處。」

「不用查了，他的住處肯定什麼都沒有。」楚昭恒轉頭問孫神醫。「孫神醫，有了這藥瓶，能不能查出這是什麼毒？解藥能不能調配出來？」

孫神醫接過藥瓶聞了聞。他這幾年一心在研究這纏綿之毒，一聞幾乎就有九成把握是纏綿。「老朽應該能配出來了，只是藥材種類要多一點。」

宮裡，最不缺的就是藥材了。

「去把那個藥罐看好，等小松煎好藥，你們去端過來。」楚昭恒又吩咐道。

孫神醫聽了，露出幾分感激的神色。小松只是個九歲的孩子，從未接觸過這些爾虞我詐。

「孫神醫，其他的太醫，是不是也能查出這是什麼毒？」

孫神醫對這有些不確定，他又不知道其他太醫們水準如何？「老朽聽說，有魏家的人在太醫院，可以找他們家的人查查看。」

楚昭恒思索片刻，抬頭下令道：「明福，你和姜嶽兩人帶上屍體，送到我父皇面前去。」

「是！奴才這就帶人去。」明福以為楚昭恒還要準備，沒想到就這麼捅到楚元帝面前去。

楚昭恒不再多說，他的腦中閃過柳貴妃母子。

柳貴妃，沒想到還真是她！

楚昭恒有些意外，又覺得這是意料中的事，只是，這女人哪來這麼大的膽子？或者說，沒了自己，楚昭暉就能穩坐皇位了？

另一廂，楚元帝看著臺階下的屍體，呼出一口氣，大步走回到勤政閣，回到御座坐下。他又看了一眼康保從明福手中接過的托盤，氣得牙槽緊咬，臉頰凹陷。

在東宮直接對太子殿下下毒？這行為，大膽到令人詫異，又令人氣憤。

明福還跪在御座下，一言不發，恭敬地等候元帝下令。
「你們有沒有查到這小圓子是什麼人？」
「聖上，這個小圓子是四年前到華沐苑當差的，太子殿下移居東宮後，就將原來華沐苑伺候的奴才都帶過去。」明福沒有說是否查到小圓子的身分，只說了小圓子會在東宮伺候的緣由。
四年前？華沐苑伺候？
楚元帝的眼神如針一樣，刺向跪在地上的明福。可是，明福只是低頭跪伏在地上，恍如對帝王的盯視毫無知覺。
楚昭恒是對自己這個父皇不滿？
「聖上，太子殿下受傷，又牽動了寒疾，每日都要喝下兩碗藥，小圓子是趁今日煎藥的藥童不備，在藥罐中下藥，湊巧被路過的人看到才拿下。殿下怕往日喝下的藥有問題，正在讓太醫檢查，才讓奴才送這些東西過來。」明福沒聽到楚元帝說話，還是跪伏著，繼續說道。
他的話，解釋了楚昭恒為何沒有親自來到元帝面前，也解釋了太子正擔憂中毒一事，還沒有餘力來查小圓子的事。而一句「怕往日喝下的藥有問題」，牽動了元帝的心。
「朕知道了，你回東宮去伺候吧。告訴太子，這事事關重大，朕會給他個說法的。」
「奴才遵旨。」明福重重磕了幾個頭，弓著身子，倒退著出了勤政閣。
楚元帝看著明福慢慢退下，轉向康保。「叫人去查查，這小圓子是怎麼回事吧。」

其實，不用查，他也能猜得出來。四年前，宮務還在柳貴妃掌管之下。柳貴妃的性子，往華沐苑安插個人，或者要暗殺楚昭恒，都是她那性子能做得出來的。當年楚昭恒落水，明裡暗裡的線索都指向了柳貴妃，但他還是把那事給壓下了。

這女人，是還不知收斂嗎？

「把這個藥瓶子，叫人拿去給太醫正，讓他看看裡面是什麼東西？這兩件事，朕要盡快知道。」

「奴才遵旨。」康保端著托盤，到外面叫過兩個小太監，讓他們把這瓶子拿去太醫院，交給太醫正去，自己又讓人去查了小圓子入宮前後的事。

若是有心要查，這些事自然都瞞不住。楚元帝才看了三本奏摺的工夫，康保就回來了。

「查得如何了？」

「聖上，太醫正說，那藥瓶裡的藥好像是纏綿之毒，只是這毒已經幾十年沒出現過。太醫正說，太醫們根據典籍和當年的記檔，對照著查驗，覺得有八成把握。」

纏綿之毒，屬於皇家密檔。這毒的配方，甚至現成的毒藥，搞不好皇家內庫裡還藏著呢。所以，太醫正話雖然沒說死，只說是八成把握，其實已經算很肯定了。

楚元帝聽了這消息，還是面無表情，繼續問道：「那個小圓子呢？」

「那個奴才進宮後，跟著貴妃娘娘身邊的安祿做過一段日子。後來，因為犯了錯，被貴妃娘娘趕出栩寧宮，太子殿下那裡要人時，這奴才就被派去華沐苑做雜役了。」

康保正說著，勤政閣外忽然傳來通稟聲。

楚元帝看了康保一眼，康保連忙跑出去。「什麼事？」

卻看到游天方正站在勤政閣外，一臉著急。

這大理寺卿也來湊什麼熱鬧啊？

康保不敢耽擱，躬身面向門內，大聲稟報道：「聖上，是大理寺卿游大人求見聖上。」

過了片刻，楚元帝的聲音傳來。「讓他進來。」

游天方感覺勤政閣內外的氣氛有些凝重，不知道發生了何事？可他也不敢多打聽，只是跪下磕頭後，取出袖中的畫像。「啟稟聖上，臣奉命捉拿刺殺太子殿下的刺客。臣拿著畫影圖形追查後，一共查出七個與畫像中男子身形相仿之人。這七人裡，有三人世居京城，是做小買賣的人；還有兩人，是外地來京的，臣讓人查了……」

「朕不要聽你這些廢話，你直接說，有嫌疑的是誰、是何身分！」

「是，剩下身形相仿的人，是三殿下身邊伺候的李貴，和二殿下身邊的侍衛長……這兩人，臣去兩位殿下府上查驗時，李貴說當日自己跟在三殿下身邊伺候；而二殿下身邊的侍衛長……臣未能談話。」游天方這話，說得很痛苦，幾乎是一字一字吐出來的。說出這種話，他等於同時得罪了兩位皇子。

可是，想到昨日，顏寧和顏烈兩人在他府門外攔路。

「游大人，您查到什麼，就該照實向皇姑父稟告。我太子哥哥養好傷後，我姑母心情就會好了，我姑母心情好了，就想找各家的老夫人聊聊呢。我常聽母親說，為人母的，總是掛念孩子，這些夫人們，跟我姑母肯定能聊得起來。

「對了，游大人，我聽說有些人家，庶子要是出息了，生母還是要受苦。我姑母要是知道了，肯定會體恤那些生母的。」

顏寧這番話，沒頭沒腦，卻在游天方心裡投下了一塊巨石，掀起萬丈波濤。

他表面上還是鎮定地說「下官不敢不盡力」的話，雙手卻激動地在袖中有些發抖。

游天方是游家的庶子，因為學業出色被記在嫡母名下，也因此，他得到的一切都是游家的，他為母親掙下誥命，這誥命也只能落在他嫡母頭上。他的生母，在嫡母面前，有時甚至不如游家一個體面的丫鬟。

游天方想到自己的生母只是個姨娘，不能得到自己這兒子掙得的榮耀，甚至他回家探親時，想見一面都見不到。

他的娘親，也是出身書香門第，卻含恨被納為妾。

作為庶子，他哪有什麼機會進學？自小都是他娘親一筆一畫教他讀書寫字，直到一次家中來客，他被允許見客，當眾作詩得到盛讚，游家覺得他是可造之材，改了他的出身，送他到久負盛名的書院進學。

可是，他的生母卻只是個妾，地位如同嫡母身邊的丫鬟。他七歲就被改了族譜，記在嫡母名下，連游家伺候的下人都以為他是嫡母親生的。

顏寧的話，擊中了他心底最深的渴望。

「你左右逢源，保住官位，能保證你生母活著。可是，要想你生母活得好，那靠你的隱忍有用嗎？你在京城榮華富貴，你生母卻還在游家後院過得比奴婢不如吧？若是你嫡母知道你的打算，你生母的日子只怕更慘。」顏烈慢慢地跟著說了幾句。

顏寧的話，好像近在耳邊。「游大人，人啊，有時光隱忍是不行的，有些險，還是得冒一下。」

聽了顏寧的話，游天方知道，自己沒有選擇。

想到顏寧在楚元帝面前談笑無忌的樣子，想到顏皇后和太子楚昭恒的勢頭，今日的話出口，他就是太子一派的人了。

大理寺卿，官微職輕，怎麼才能得到重用？

他咬咬牙，又大聲對楚元帝道：「臣覺得此二人，若是能到大理寺讓臣探問一二，或許也有利於找到刺客。」

游天方這話說完，楚元帝帶著探詢的目光落在他身上。

這個游天方的性子，楚元帝自然清楚，有才幹，謹慎，圓滑，平日不求有功但求無過。照理說，他就算發現兩位皇子身邊的人，與畫影圖形的人相似，應該也會遮掩，或者推脫，怎麼敢大剌剌鬧到自己眼前？

「游天方，你確定這兩人身形，與畫影相似？」

「是，臣不敢亂說。」游天方肯定地大聲道。

「嗯，朕會下旨讓兩人去大理寺，你到時好好問問。若沒有其他事，你先退下吧。」

游天方的話說到這分兒上，楚元帝再無拒絕的理由。

「是，臣遵旨。」游天方行禮後，退出了勤政閣。

楚元帝看著他大步而出的身影，拿著奏章的手，不由捏緊了。最近的事，一件扣著一件，他放下奏摺，揉著自己的前額。

第三十八章

隨著游天方御前舉證，兩位皇子的人被傳喚到大理寺問話。皇子間的爭鬥，好像攤開在百官眼前。

李貴在大理寺走了一遭，很快就回來，跟楚昭業說了在大理寺被詢問的種種。

「游天方這次倒真是豁出去了，不知太子給他吃了什麼迷藥？」楚昭業有些好笑地道。

在三皇子府裡，三皇子的幾個心腹都在，林文裕、濟安伯劉吉，即將離京的韓望之，甚至還有戶部侍郎趙易權。

楚昭業是真有些好奇，他籠絡過游天方這人，不過那個滑頭不肯，一個小小的大理寺卿，他自然不會花大功夫。倒沒想到，太子居然能籠絡住他，還能讓他在這種時候發揮作用。

「殿下，游天方會查出什麼？」趙易權有些著急地問道。

「二哥竟然會傻到派自己的侍衛長去安排，這次，估計不死也要脫層皮了。」楚昭業實在佩服自己的二哥楚昭暉，這種事，居然派侍衛長出面。

「二殿下派出的這人，沒有露面啊。」對楚昭暉的安排，趙易權自然是知道的。

「哼，沒露面也沒用。」想到顏六和小伍的身形，楚昭業又笑了一聲。

這種栽贓嫁禍的事是太子的主意，還是顏家的主意？或者，是顏寧的主意？想到是顏寧的主意，他又一陣失神。一直光明磊落的顏寧，也會行這種陰損之事了？

「殿下，那我們要不要順便參奏二殿下啊？」劉吉在邊上問道。

「不用了，就讓我二哥先自辯吧。他身邊那個蠢貨，居然沒想到要給自己的行蹤掩飾，現在說話破綻百出，光這個就夠我二哥頭痛了。」楚昭業愉快地說。「濟安伯，有件事倒是可以說說。比如，當年太子殿下落水的事疑點重重，還比如，東宮有內侍下毒。」

濟安伯點點頭。他不明白為何要散布這種消息，但是，三殿下的行事，看著毫無章法，最後總有他的道理。

「好了，你們跟著李貴，分別離開吧。」楚昭業又轉向趙易權。「趙侍郎，我還有幾句話跟你說。」

林文裕等人聽到楚昭業的吩咐，都一個個分別離開了。

濟安伯走得有些猶豫，可是，趙易權還留在廳裡，他想說話也不方便。

楚昭業看他那欲言又止的樣子，哪會不明白。「濟安伯，若伯夫人有空，不如來看看劉氏。她懷胎後，胎象很好，就是有些吃不下東西。」

「是、是，回頭就讓內人來探望側妃。」濟安伯大喜過望，自己還沒說，三殿下已經知道自己的意思了。

「劉氏管著內院，可能也太辛苦了。我也不懂女人懷胎是不是該歇著，等伯夫人來了，讓她指點指點劉氏吧。」

因宮宴之事，劉琴被楚昭業禁足，直到她懷胎的消息傳出前，才被解禁。而三皇子府後院的女人，除了侍妾，也定了要納進其他側妃。

在這種時候，楚昭業說出這些話，等於是承諾，就算將來三皇子後院不止劉琴一個側妃，只要劉琴懂事，她就還是三皇子府的管家側妃。

管著家，又有子傍身，就算將來三皇子正妃進門，劉琴在三皇子府，也是能站住腳了。

「老臣教女無方啊，多謝殿下寬容。」濟安伯簡直要感激涕零了，楚昭業能為劉琴如此打算，對他的愛女之心，也是一種安慰。

游天方將兩位皇子的人的供詞，呈交到楚元帝案前。

楚元帝看了那份證詞，惱怒萬分。剛剛因為南詔求和的消息，緩和了幾天的臉色，又繃緊了。

昨日，顏皇后跪在他面前哭求，求他將楚昭恒貶為庶民。

「妾身情願讓恒兒像民間那些人一樣活著，也不要他做個短命的太子！」

這哪是跪求，這是逼他要徹查楚昭恒中毒一事啊！只是，看著一向剛強的皇后，跪在腳下哭得情難自禁，他心裡又升起一絲憐惜。

顏皇后，曾經的顏家嫡女顏明心，也如現在的顏寧一樣英姿颯爽。當年獵場上，顏明心騎馬飛奔的身影，也曾是京中津津樂道之事。

顏家嫡女，哪個皇子不想娶為正妻？只有他如願以償。婚後，顏明心操持內務，幫著他在夫人圈中周旋，幫著他勸說父兄支持。夫妻二人齊心，自己登基之路才一帆風順起來。

只是，有了兒子，皇后的心都在兒子身上了吧？如今，都來逼他了？

楚元帝心中有憐惜、有冷意，但是面上，他只是輕柔地扶起皇后。「朕會給恒兒一個交代的。」

楚元帝想到這裡，又翻看著手中游天方呈上的那份供詞，心裡有些失望。楚昭暉做事竟然如此魯莽。

康保端上一碗參湯。「聖上，早膳您沒吃好。」

楚元帝端起參湯，剛要端到嘴邊，勤政閣外忽然傳來一陣喧譁聲。

「外面出了什麼事？」楚元帝放下碗，怒聲問道。

康保連忙打開勤政閣的大門，看看到底有什麼事？他走出門，就看到高臺下，柳貴妃正站在臺階處，他連忙跑下去。「奴才見過貴妃娘娘。」

「康保，你來得正好，幫我向聖上通稟一聲，就說我想求見聖上。」

「娘娘，聖上剛剛下旨說誰也不見，昨夜聖上沒睡好，您不如過會兒……」

「放肆！什麼時候，你一個奴才也能替聖上作主了？」

康保看著眼前柳貴妃那張妝容精緻的臉上，一臉怒容，心裡哀嘆一聲。這貴妃娘娘怎麼就選這時候來呢？

「奴才不敢，奴才這就為娘娘通稟。」

康保又咚咚咚跑上臺階，來到勤政閣門口，大聲稟告道：「聖上，是貴妃娘娘，貴妃娘娘想見聖上。」

「不是說了，誰都不見嗎？讓她回去。再說她一個婦人，來勤政閣做什麼？」勤政閣是朝中議政之處，而大楚後宮妃嬪不得干政。

康保聽到這話，又跑下臺階，向柳貴妃傳達。

柳貴妃一把推開康保。「聖上，妾身柳氏求見！」說著，就往臺階上走來。這一下，讓守在勤政閣的內侍們手忙腳亂，不敢拉住貴妃娘娘，又不能不攔。

楚元帝聽到外面的聲音，大步走出勤政閣，看著外面的臺階上，柳貴妃一身盛裝走上來，他氣得大聲下令。「勤政閣是朝臣往來之所，貴妃柳氏不識禮儀，康保，你送柳貴妃回栩寧殿，先禁足三月！」

柳貴妃沒想到，自己想來楚元帝這兒探聽一下風聲，楚元帝一面未見，就將自己禁足了。以往她也不是沒有失禮之處，楚元帝都是容忍的，如今這個旨意就像一記巴掌，響亮地打在她的臉上。

柳貴妃還在愣神，康保已經攔在她面前。「貴妃娘娘，聖上今日剛發過火呢，說了讓您先回去。您先回去吧，有什麼事，等過後再跟聖上說？」

柳貴妃抬頭，看著臺階上那個高高在上的男人，正一臉冰冷地看著自己。

她低頭，看向康保。「我聽說大理寺卿誣告二殿下，有沒有這事？」

「娘娘，游大人是傳訊了二殿下身邊的人，可也傳了三殿下身邊的李貴啊。娘娘，奴才先讓人送您回宮吧？」康保就怕柳貴妃鬧起來。

柳貴妃一早聽到了小圓子的死訊，接著又聽說二殿下身邊的侍衛長，因為涉嫌刺殺太子被扣留在大理寺。連著兩個消息，她還怎麼坐得住？她想來楚元帝面前為楚昭暉哭冤，結果話都沒說上，就被禁足了？

她不敢再觸楚元帝的逆鱗，看著康保那張假惺惺的臉，她轉身，對自己的宮人們說了一聲「走」，竟然不向楚元帝行禮，就這麼走了。

楚元帝氣得臉色發白，康保看他臉色不對，連忙上來。「聖上，您先消消氣，貴妃娘娘可能是為二殿下急了。」

「急？她有什麼急的？」楚元帝深吸一口氣，壓下這陣怒意，看著游天方的奏摺。「來人，去二皇子府下令，武進身為侍衛長，怠忽職守，立即處死！二皇子楚昭暉處事不當，在家中禁足一月。」

武進，正是被關押在大理寺天牢裡、二皇子身邊的那個侍衛長。

康保聽到這命令，知道聖上的意思是要將二皇子摘出來了，分別叫人去傳旨。

柳貴妃前腳回到栩寧宮，後腳二皇子處事不當閉門反省的旨意，也傳了出來。

「娘娘，小圓子下毒的事暴露了，聖上是不是……是不是懷疑二殿下啊？」安祿著急地說。「現在太子殿下如日中天，若是讓顏家人知道毒殺太子的事，會不會對二殿下不利？」

「他們敢？暉兒是堂堂皇子。」柳貴妃這話有些色厲內荏。

「娘娘，明著來不怕，就怕他們下黑手啊。再說，聖上還將二殿下也禁足。」安祿更著急了。

先是自己被禁足，再是兒子被禁足，柳貴妃覺得自己要瘋了！氣怒、驚懼，種種情緒湧上。

武進這個侍衛長，在太子遇刺那天說不清自己的下落，他的身形又和刺客相仿。謀殺太子的罪名，不管是誰，都承擔不起。

可自己這個母親，卻什麼都不能為兒子做。

「為了那個女人，為了那個女人的兒子，他還要再殺我一個兒子嗎？」柳貴妃氣得將桌上的東西一掃而空。在栩寧宮中發洩一番後，她又忽然安靜下來，眼中閃過破釜沈舟的光芒。「安祿，你跟在我身邊多久了？」

「從娘娘入主栩寧宮開始，奴才就跟著娘娘了，要沒有娘娘，哪有奴才今日啊。」安祿撲通一下跪在柳貴妃身前，忠心耿耿地道。

「你起來吧，我知道你的忠心。只要我們母子過了這一關，不會虧待你的。」柳貴妃欣慰地點點頭。

她做上貴妃後，安祿就跟在她身邊伺候，對自己一向忠心耿耿。而且，安祿比一般奴才可得用多了。她得冷靜些，不要慌、不要急。

「安祿，你想法子，幫我送兩封信出去。」柳貴妃沈聲道。

楚元帝對柳貴妃母子的禁足，朝中求情的人不多，畢竟現在二皇子明顯勢弱，京中私底下也都傳著柳貴妃謀害太子的消息。若這消息是真的，那麼柳貴妃母子就算不死，也別想再立於人前。

沒人求情，落井下石的彈劾倒也沒有，太子和三皇子的人這次很有默契地都啞了。

顏寧比別人知道得還快些。因為楚元帝下旨這日，顏烈剛好休沐在家。

自從去御林軍後，顏烈都沒什麼機會與妹妹好好說話，所以，今日聽說柳貴妃母子的消息後，趕緊跑來告訴顏寧，說完所有聽來的消息，他直接求教道：「寧兒，妳說聖上賜死武進，是什麼意思？」

「能是什麼意思？武進死了，一了百了。」顏寧沒好氣地道。

「我也知道他死了一了百了，我是不明白聖上為何如此直接袒護二殿下？難道是游天方沒照實呈供詞？」

聽到武進被直接賜死的消息，顏寧也覺得這事有些不可思議。楚元帝這麼做，分明是在包庇二皇子楚昭暉。是怕楚昭暉敗了後，沒人再牽制太子哥哥和楚昭業？還是其中有什麼她不知道的原因？

顏寧知道，游天方肯定不會違背自己的意思，因為，游天方的生母聽說已經病了，他卻不能探望。要不是游家怕游天方因為生母過世丁憂，估計游家的主母都不會為一個妾室延醫問藥。

這種節骨眼上，游天方投靠太子殿下就不會反悔。當下能幫到他的只有帝后，楚元帝不會毫無理由地給他生母誥封，但是，若是顏皇后說情請求，就有機會了。

只是，楚昭暉和柳貴妃母子先後跳出來，也太巧了吧？

「寧兒，妳怎麼不說話？」

「二哥，我覺得這事太簡單了，就像……有人在幫我們一樣。」

越是順利的時候，越要當心陷阱。楚元帝袒護二皇子楚昭暉，可是，為什麼她覺得有人幫自己對付楚昭暉呢？

「二哥，御林軍裡，有皇子殿下的人嗎？」

「廢話啊，當然有。妳看妳二哥我，不就算是太子殿下的人？」

御林軍，不像其他軍隊可靠軍功升遷，想在御林軍裡升職，靠的是龐大的關係網，所以每個御林軍和大內侍衛，都會有一張關係網。

「那你能打聽進出宮門的消息嗎？」

「我想想辦法。」顏烈不知道顏寧為何忽然要知道這個，不過，反正妹妹對了那麼多次，自己聽著就好了。他想到來之前去看過孟良和顏六，告訴顏寧最新的消息。「對了，孟良和顏六傷口長得挺好。」

「嗯，我知道，大夫說再養兩個月，就完全好了。」

「妳打算什麼時候讓封大哥走動啊？前幾日封大哥託人給我捎信，說想回來看看孟良他們呢。」顏烈覺得顏寧現在謹慎起來真是過頭，封平連東宮宮門一步都出不來。

「再過兩日吧。」

顏寧自然知道封平牽掛孟良和顏六，當然，知道秦紹祖調任工部尚書的消息後，肯定還牽掛婉如表姊。只是，有了前車之鑑，還是小心些好。

自從在東宮與楚昭恒說過後，她也好長時間沒去東宮了。

「對了，致遠打了勝仗，接到信，說他四月就要進京了。」顏烈想起接到楚謨寫來的信，也在軍中耳聞楚謨打的那幾場勝仗，難免有些躍躍欲試。「寧兒，妳說我什麼時候才能去玉陽關啊？待在御林軍裡，都要廢掉了。」

「二哥，你放心啦，還怕沒機會上場殺敵啊？」顏寧嘴裡說著，可心裡，她是真不願二哥去沙場。

她很擔心，前世北燕犯境的那場硬仗，她不想讓自己的父兄去打。

想到楚謨，又想到鎮南王楚洪。聽孫神醫說拿到了毒藥，解藥就有望，如果是同一種毒的話，那太子哥哥的解藥，也就是鎮南王的解藥了。

楚謨若知道他父王的毒有解了，一定很高興。

柳貴妃接到了安祿傳回來的消息：二皇子楚昭暉被禁足二皇子府，滿朝上下，無人說情。

「這些無情無義的東西！趙易權呢？沒有去找他嗎？」柳貴妃恨得怒罵，想起自己的姊夫問道。

「娘娘，沒法見到趙侍郎啊。劉妃娘娘下令說……說娘娘被禁足，在栩寧宮伺候的宮人也不能隨意進出。」

「劉妃那個賤人，竟然敢……」柳貴妃深吸口氣，壓抑怒氣。「你覺得二殿下現在處境如何？」

「娘娘，武進被關進大理寺，二殿下……只怕危險了。若是武進招供，到時二殿下和您……」安祿並未把話說完，但他的意思，柳貴妃自然是懂的。

楚源，連自己的暉兒也不放過嗎？

「安祿，你送信給二殿下，讓他準備準備。」柳貴妃覺得自己不能再等了。若是武進招供，那楚昭暉就要被關押，到時就什麼都晚了。

安祿躬身領命，轉身急匆匆離開了正殿。

柳貴妃端坐在正殿上，只覺寒氣逼人。

她正在不安時，康保來到了栩寧宮。

「奴才拜見貴妃娘娘。」面對柳貴妃，康保還是與以往一樣恭敬。「聖上讓奴才來傳旨，小圓子投毒一事，讓娘娘這邊伺候的安祿去一趟。」

「找安祿？」柳貴妃差點跳起來，又強自按捺住。「小圓子是誰？好像不是栩寧宮伺候的奴才吧。」

「這罪奴膽大妄為，竟然對太子殿下投毒，聖上已經下令將他屍首丟到荒山去。因為聽說安祿曾帶過這罪奴，所以聖上要叫安祿去問問話。」

「安祿出去幫我辦事了，過會兒回來，我讓他過去。」

「奴才在這裡等一會兒好了。」康保恭敬地說著，只是人站在栩寧宮不動。

柳貴妃看他這樣，居然沒有動怒。「好，那就等著吧。」說著，端起一杯茶，輕輕抿了一口。

安祿回來得很快。他還未走進栩寧宮正殿，已經有栩寧宮的人將康保帶來的口諭告訴他。不過，安祿走進正殿時，還是一臉毫不知情的樣子，他先走進正殿向柳貴妃行禮。
「娘娘，您吩咐的事，奴才都辦好了。」說完，又轉向康保，用略帶討好的語氣問：「康總管——」
柳貴妃聽到安祿說事情都辦好了，鬆了口氣，對安祿道：「安祿，康保是來傳聖上的口諭，說有個小圓子的內侍毒殺太子殿下，還說這內侍你認識。」
「是，娘娘，小圓子剛進宮時，是奴才帶他的呢。」安祿對這並不否認，反正否認也沒用。
「貴妃娘娘，那奴才就先帶安祿過去了？」
「好！不過，我這兒很多事都離不得安祿，你可得盡快讓他回來。」
「是，奴才明白。」康保當然不會傻得與柳貴妃爭辯。反正帶走人後，什麼時候回來就是聖上說了算，柳貴妃還有本事去找聖上要人嗎？
「娘娘，奴才去了！二殿下說，他知道娘娘的苦心。」安祿很鄭重地說完，磕了個頭，沒什麼求饒之類多餘的情緒，跟在康保身後走了。
看著安祿被康保帶走，柳貴妃剛才強撐著的身子，好像被抽走精氣神一樣，軟了下來。幸好，事情已經安排下去了。
楚昭恒。她恨恨地默唸著這個名字。怎麼毒不死他！以前顧忌太多了，用了纏綿這種慢性毒藥，早知道就應該用見血封喉的藥。
她洩憤一樣地想了半天，擔憂安祿會不會馬上把自己招出來？慎刑司逼供的手段，她聽人說過，若是安祿一進去就撐不住……

還未等她想完，一個宮人驚慌失措地跑進殿來，甚至都忘了基本的規矩。「娘娘、娘娘，安祿總管……總管，他死了。」

柳貴妃愕然地站起來。「怎麼死的？」

「不知道，安祿公公走出栩寧宮，跟在康總管身後，走著走著，忽然就倒地，然後就死了。看到的小太監說，聽到康總管叫了一句『服毒自盡』。」

「誰看到的？讓他進來。」聽到安祿死了，柳貴妃覺得，自己反而能沈住氣了。「跑什麼？規矩都學哪裡去了？」

柳貴妃一聲呵斥，那個宮人才反應過來，連忙停步，按照規矩走出去。

很快地，帶進來一個小太監，那小太監還是第一次到柳貴妃面前，跪下去甚至還有些顫抖。

「你看到了什麼？」

「奴才在殿外灑掃，看到康總管走在前面，安總管走在後面，然後，安總管走著走著就倒地了，後來，嘴裡還流了好多血。」那小太監還是第一次見到七竅流血的死人，回想當時看到的畫面，忍不住打了個哆嗦。

「確定是死了？」

「康總管就叫人去找太醫，還聽到他叫沒氣了。」那小太監想了一下，肯定地道。

「好，沒事了！」柳貴妃點點頭，又對那個宮人道：「你吩咐下去，栩寧宮上下都把嘴閉緊點，不許議論這事。」
安祿果然是自己最忠心的奴才啊，他服毒自盡，這條線也就斷了。暫時，謀殺太子的事是追究不到她頭上了，反正她也只需拖延幾天就夠。
安祿怎麼會在嘴裡藏毒的？這個疑問，在柳貴妃腦中一閃，就被慶幸給蓋過了。安祿死了，沒了得用的奴才是很可惜，但是，暫且不用擔心楚元帝將謀殺太子的矛頭指向自己，她還是吁了口氣。
康保覺得自己很倒楣，才走出栩寧宮又回來了，這次來是通報安祿的死訊。
「好好的一個人，怎麼說死就死了？」柳貴妃冷冷地指責道。
「娘娘，安祿是服毒畏罪自盡了。」
「服毒？」
「是的，聖上很生氣，讓娘娘說一下安祿的事。」
「安祿的事？怎麼，聖上是要把我丟進慎刑司嗎？」
「娘娘息怒，聖上也是為了娘娘著想，畢竟安祿身上藏著毒藥，這事非同小可。」
「哼，不用你來教我，我等著慎刑司來傳喚。」柳貴妃強硬地道。
楚元帝聽說安祿服毒、柳貴妃的話之後，氣得發了一通火，讓人去細查安祿之事。
這消息傳出，楚昭業覺得不對勁。
「爺，消息就是安祿讓人給二皇子府送了口信，他送完口信回栩寧宮，就碰上來帶他走的康保總管，然後他就服毒自盡了。」
「他跟二皇子府說了什麼？」
「奴才無能，還打聽不到。」
柳芳菲，是他父皇做皇子時娶的第一個側妃，當初太后娘娘在世時，對她還是很看重。父皇登基後，柳芳菲做了貴妃。
太子落水之事，猜測也是柳貴妃下的手，而父皇居然處死了當時伺候太子殿下的人，將這事變成無頭公案，皇后娘娘不理宮務後，還將宮務交給柳貴妃統管。
楚昭業一直不明白，柳貴妃到底有什麼出眾之處，才能得他父皇如此偏愛？
楚元帝不是無情之人，但也不是多情之人，不然就不會有楚昭恒、楚昭暉和自己三人之間，現在這樣纏鬥不休的局面了。
楚昭業沈吟片刻。「你去把幫安祿傳口信的小太監弄過來，好好審審。」
李貴連忙退下，親自帶人去宮裡要人。
楚昭業坐在書房裡，等他回音。沒想到，過了半個時辰李貴又匆匆跑回來。
「爺，那個小太監，是宮裡採買的，剛剛……被人發現，淹死在水塘裡了。」
柳貴妃有這麼快的手？
楚昭業有些意外。自從柳貴妃不管宮務後，在皇后母子兩人的頻頻動作下，在宮裡，柳貴妃應該沒多少實權了。
安祿死了後，立即指使人殺人滅口，柳貴妃即使有這種狠毒心腸，也未必有雷霆手段。

他沈思片刻。「不要管宮裡了，這段日子，你讓人盯緊二皇子府，就算二皇子府有一隻耗子進出，都得回來稟告。」

楚昭業派人去要那個小太監的事，當然瞞不住別人。

兩日後，楚昭恒讓封平來顏府，將安祿和那小太監之事，詳詳細細地告訴顏寧。

封平已經好久沒出東宮了，孟良三人出事後，顏寧和楚昭恒生怕他也遇上暗算，索性就讓他待在東宮裡不出來。今日要不是他一再懇求，估計楚昭恒還是不會派他來傳訊。

顏寧看到封平，也很意外。「封大哥，你怎麼來了？路上有沒有遇到什麼事？」

「放心吧，我走的是京城的大街，還有兩個侍衛跟著呢。」

「那還是要小心。其實這事，你讓別人來一趟就好了。」

「姑娘，我覺得這事有些不對勁，可又說不出來。」封平直覺這事不簡單。

顏寧點點頭。這事當然不簡單，她聽說那個小太監，是幫安祿跑腿到二皇子府的人，而楚昭業必定也想知道，柳貴妃母子之間傳了什麼話？

前世裡，柳貴妃身邊的安祿後來是被楚元帝處死的，當時宮裡還死了一大批宮人太監，但是，為何要處死安祿？楚元帝只以「意圖不軌」四個字帶過。

因為安祿之死並未影響什麼，她也一直沒在意。

顏寧暗恨自己大意。今生，因為她的重生，很多事都和前世不同了，一個貴妃的心腹總管，怎能忽略呢？

「姑娘，太子殿下覺得這安祿身分可能不簡單，聖上已經下令嚴查。太子殿下說，他不是三殿下的人。」

顏寧點點頭。楚昭業在宮裡當然有人手，但是這安祿的確不是他的人。前世處死安祿後，還發生了什麼？

顏寧思索半晌，讓人去找顏烈，又轉頭交代封平。「封大哥，你回宮後讓太子哥哥務必小心，嚴守宮門。我會讓二哥最近和人換班，去守東宮那邊的宮門。」

封平聽到這話，有些意外。「姑娘，太子殿下說，柳貴妃在宮裡，沒什麼調得動的心腹了。」

「柳貴妃不足懼，我擔心的是別人。要是有人渾水摸魚，那事情就多了。」

顏烈很快就趕回來，聽了顏寧這話，道：「那我現在就去找人當值。走，封大哥，我送你回東宮去。」

封平被顏寧的緊張感染，也不敢耽擱，和顏烈一起匆匆忙忙趕回東宮。

此時，已是下午。

「綠衣，現在是什麼時辰了？」

綠衣看了看更漏。「姑娘，現在是未時三刻啦。」

未時三刻，宮門還沒有落匙。

顏寧看了看天色，有些猶豫。若是現在去求見姑母，會不會顯得太心急？

就算母親要進宮求見，也是提早一天遞牌子進宮，等候第二天顏皇后的召見。她這樣匆匆忙忙進宮求見，落到有心人的眼裡，顏家就會得個「恃寵而驕」的罪名。可是，聽了封平所說的話後，她總有種不安，太子哥哥肯定會提醒姑母的，自己要不再等等？

啪啦一聲，她意外地低頭，手中的茶碗居然落地破碎了。

虹霓聽到聲音，連忙進來和綠衣一起收拾。

恃寵而驕就恃寵而驕吧！

顏寧只覺有種心浮氣躁感，她站了起來。「綠衣，妳去前院找我父親，就說我要進宮一趟。虹霓，走，我們進宮去。」

她站了起來，又交代綠衣。「對了，告訴父親，讓他派人盯著三皇子府。」

顏寧匆匆忙忙到宮門前求見顏皇后，此時，還有半個多時辰，宮門就要落匙。

守門的御林軍可能剛換值，都是生面孔。

接過顏寧求見的牌子，守門的御林軍猶豫地道：「顏姑娘，宮門還有半個多時辰就快落匙了，您現在進宮……」

「我有要事要見皇后娘娘，你只管去稟報。若是皇后娘娘不見，我就回去。」顏寧帶著虹霓站在宮門前，沈聲說道，看那御林軍還不動彈。「你若不稟告，我就當你是有意為難我。宮門落匙前，只要皇后娘娘召見，女眷們都能進宮的。」

那御林軍又猶豫片刻，終於還是接過顏寧的牌子。畢竟，這顏家姑娘是出了名的受寵，又出了名的膽大妄為，她若是一口咬定說自己刁難她，吵到御前……

「顏姑娘，您請稍待，我這就幫您遞牌子進去，這見不見……」

「你幫我遞牌子進去，就說是我請求的，若是皇后娘娘不見，就請皇后娘娘指個身邊的宮人來，幫我帶句話。」

內宮的宮人或太監，是可以走到內宮門這裡的。

那御林軍沒想到顏寧提了這請求，打量顏寧一眼，轉身急匆匆進了內宮門，對其他同僚丟下一句。「你們守著，我去稟告。」

當顏寧在內宮門處等得有些著急時，皇后身邊的惠萍姑姑，跟在那御林軍身後走出來。

「姑娘怎麼這麼晚來求見？皇后娘娘讓我給姑娘領路呢。」惠萍姑姑一邊說著，一邊拿了皇后娘娘的權杖，那些御林軍看了權杖，當然不敢再攔著。

顏寧跟在惠萍姑姑身後，至於虹霓不能跟著進宮。「姑娘，奴婢在這裡等您出來？」

顏寧看看四周，覺得有些冷清。「不用了，妳到皇城外等我吧，宮門落匙前我肯定出來。」

惠萍看虹霓那副猶豫的樣子，笑道：「妳就聽姑娘的吧，回頭娘娘讓人給姑娘備個馬車，從內宮門送到皇城外。」

「是，多謝姑姑。奴婢是怕天晚了，姑娘走這段路不方便。」虹霓聽惠萍姑姑這麼說了，便放心。「姑娘，那奴婢就到皇城外等您。」

顏寧答應了，跟著惠萍姑姑來到鳳禧宮，顏皇后一看到顏寧，就急著問道：「寧兒，可是家裡有事？」

宮門快落匙時還來求見，顏皇后只當是宮外出了什麼事，有些著急。

「姑母，沒事，家裡好著呢。」

聽說家裡沒事，顏皇后鬆了口氣，又埋怨起顏寧來。「妳這孩子，沒事怎麼這時候遞牌子求見，姑母還當是出了大事呢。妳這時候進來，離宮的時候得拿權杖送妳出去了。」

顏寧趕到內宮門時，已經晚了，現在一進一出，估計走到內宮門，宮門已經落匙。

「姑母，有關那個安祿的事，最近貴妃娘娘有沒有什麼消息？」

「柳貴妃身邊那個總管太監？」顏皇后想了想。「這個內侍自盡，聖上這兩日正在查呢。柳貴妃聽說病了，病得還挺重。」

康保下午來過，說楚元帝晚上要來鳳禧宮用晚膳，還提到安祿之事會有牽連。只要不是牽連到自己身邊的人，顏皇后也不會多管。

顏寧還未說話，門外來了楚元帝身邊的一個太監。「皇后娘娘，柳貴妃娘娘病了，求見聖上，聖上先到栩寧宮去了。」

「本宮知道了。」顏皇后點點頭，示意惠萍送那小太監出去，又對顏寧道：「反正也晚了，妳索性等會兒，我讓人給妳備好馬車，妳再到內宮門吧。」

顏寧答應著，坐了下來。

顏皇后吩咐一個宮人去吩咐準備馬車，送顏寧離宮。

過了片刻，這宮人慌張地跑進來。「娘娘、娘娘，內宮門那裡，不讓出去了。」

「什麼？妳拿著權杖了嗎？」

「奴婢去內宮門那裡傳娘娘的鳳諭，還沒走到，聽到那邊有人慘叫，好像是其他宮裡的人要出去，那守門的御林軍關了內宮門，說誰都不能出去，還……還把人殺了，奴婢害怕……就……就跑回來了。」這宮女年紀不大，嚇得臉色都有些發白。

「什麼！那些御林軍瘋了嗎？」

「姑母，您先稍安勿躁。」顏寧走到那宮人身邊。「那些御林軍是怎麼說的？妳再好好想想。」

小宮女有些顫抖，想了半晌。「奴婢就聽到他們叫宮門不許進出，敢闖者，格殺勿論。」

顏皇后此時靜了下來，和顏寧對視一眼。「知道了，妳先下去，內宮門那裡的事，可能是聖上有旨，妳不許亂說。」

「是、是，奴婢知道，奴婢不敢亂說。」那小宮女慌忙點頭，可站了幾次都站不起來，最後還是惠萍姑姑拉了她一把，她才站起來，白著臉退下去。

「寧兒，妳覺得……」

「姑母，我覺得這事有蹊蹺。先讓人注意鳳禧宮內外，再叫人去栩寧宮那裡求見聖上吧。」

「好。」顏皇后叫過惠萍吩咐。

第三十九章

早先顏寧遞牌子入宮的時候，楚元帝正從勤政閣出來，走到御花園時，一個栩寧宮的宮人衝到他面前。「聖上，貴妃娘娘生了重病，求見聖上一面。」

「生病了？生病了不去找太醫，來找朕？朕是太醫嗎？」楚元帝冷冷問道。

這兩日康保查下來，安祿的來歷越來越可疑。想到柳貴妃身邊帶著這種心腹，楚元帝心裡就有股怒氣。

那宮人跪在地上磕頭，大著膽子勸道：「聖上，貴妃娘娘昨日就高燒說胡話了，今日醒過來後，就想求見聖上，貴妃娘娘說……說她自知犯了大錯，求聖上賜見最後一面。」

「最後一面？」這四個字，讓楚元帝停下欲走的腳步。

「貴妃娘娘說自己觸犯龍顏，犯了大錯，求聖上念在二皇子一無所知的分上，饒了二皇子。」

楚元帝不解地皺緊眉頭。他讓人直接賜死武進，這麼明顯地為楚昭暉脫罪，柳貴妃還提饒了二皇子？

「聖上，貴妃娘娘真的病得很重，求您去見她一面吧。」那個宮人見楚元帝臉上的冷意有些緩解，又大著膽子請求道：「娘娘說，想見聖上最後一面。」

最後一面？這是要脅嗎？

「去鳳禧宮跟皇后娘娘說一聲，就說朕稍晚過去陪她用晚膳。」

楚元帝心裡有些厭煩，他倒是要去栩寧宮聽聽柳貴妃有什麼話說？

「是，奴才遵旨。」康保叫過一個小太監去傳元帝口諭。

楚元帝跟著栩寧宮的宮人來到栩寧宮。

六宮中，栩寧宮的景致不錯，占地也大，巍峨宮門，彰顯了貴妃娘娘的氣勢。往日人來人往的栩寧宮，今日看著格外冷清。

柳貴妃的寢宮內外，只有六、七個人伺候，此時天色不早了，栩寧宮裡竟然還未掌燈。

楚元帝心中閃過一抹惻隱，吩咐康保道：「你去傳太醫來。」

宮中的妃嬪們，爭寵手段層出不窮，有病不找太醫就是一種。楚元帝不信就這麼兩天裡，柳貴妃真的就病入膏肓，所以他覺得這是柳貴妃的爭寵而已。

果然，楚元帝走進柳貴妃的寢宮，寢宮外的小廳裡，放著一桌酒菜，這些菜式並不名貴，但都是他愛吃的。

珠簾響動，柳貴妃從內室緩緩走出來，身上穿的不是華貴繁複的貴妃服飾，而是一身當年皇子府側妃的打扮。

卸下臉上的妝容後，柳貴妃的眼角有了皺紋，顯出一絲老態。

「妳為何這樣打扮？」楚元帝有些驚訝。

「聖上，妾身做了貴妃，享受著尊榮，可最常想起的，還是當年在潛邸與聖上相守的時候。」柳貴妃一臉回憶。

那時候，楚元帝還不是太子，柳貴妃——柳芳菲，是元帝的第一個側妃，也是最早進府的。少年成婚，兩人自然也有過柔情密意。

聽柳貴妃說起潛邸，楚元帝也不由露出幾絲追憶。不過，他想到的，不是當時兩人相守的旖旎，而是與大皇子爭奪時的凶險，還有一次次不得不做的屈服，以及後來，終於入住東宮的榮光。

柳貴妃仔細看了楚元帝一眼，感慨地道：「聖上這裡也有皺紋了。」

楚元帝微微往邊上一側，避開她塗滿蔻丹的手。「朕已經年過四十了，妳找朕來，就是為了說說當年潛邸的事？朕老了，妳也不年輕了，當年的事，還多說什麼？」

聽到楚元帝的話，柳貴妃臉上的追憶之色收起來，再看他時，已經是平日裡的模樣。

「當初，太后娘娘答應妾身的父親，不會忘記柳家的。」柳貴妃倒了兩杯酒，悠悠地說道。

「所以朕讓妳做了一品貴妃，還讓妳總管宮務。」楚元帝聽到柳貴妃提起這事，冷冷地提醒。

「是啊，一品貴妃，總管宮務。」柳貴妃似諷似笑地說了一句。「聖上，何不坐下來吃些酒菜？這些都是妾身準備的。」

楚元帝看了桌上的酒菜一眼，又看了柳貴妃一眼，想起當年柳芳菲剛入府時的情形，慢慢地端起酒杯，喝了一口。「這是桂花陳釀？」

「是啊，這還是當年妾身剛懷胎時的桂花酒。那時候聖上還說，妾身的孩子，是聖上的長子，到時滿月酒一定要辦得熱熱鬧鬧的。」
柳貴妃說起的孩子，楚元帝忍不住沈聲道：「那個孩子，既然無緣來世，妳何不忘了他？妳現在，有了暉兒。」
「暉兒？聖上不是都讓大理寺把武進抓了嗎？殺了我一個兒子，是不是連這個也不想放過了？」說起楚昭暉，柳貴妃臉色猙獰起來。
「朕怎麼會殺暉兒？妳別忘了，他是朕的兒子。」
「聖上的兒子？呵呵，聖上最不缺的不就是兒子？您看，您現在還有幾個兒子呢。可妾身呢？當年你為了迎娶顏明心，為了讓顏明心生下你的嫡長子，好籠絡住顏家，逼我喝下打胎藥……」
柳貴妃想起當年，大聲說著，神情激憤地站起來。她站起的動作太猛烈，甚至搖落幾縷額髮，言詞間連「妾身」的自稱都不說了，她狠狠地瞪著坐在面前的元帝。「現在，你還要殺了我的暉兒，你怎麼忍心？」
楚元帝想說「朕什麼時候要殺暉兒了」，可是張了嘴，忽然發現自己說不出話來。他大吃一驚，雙手想撐在面前的桌上站起來，卻發現自己全身無力。
柳貴妃還在大聲說著楚元帝的無情。
二十多年前，柳芳菲有孕，可是她有孕後不久，楚元帝向顏家求娶嫡女顏明心。若是柳芳菲生下長子，顏家難免心中有嫌隙，所以他要柳芳菲不要聲張，悄悄打胎。
顏明心進門後，開始幾年未能懷上，楚元帝也給府中側妃和妾室們用藥，不許有人在正妃之前生下孩子。直到楚昭恒出生後，柳芳菲又懷上孩子，生下了楚昭暉。
楚元帝聽著柳貴妃懷恨之語，想要說柳貴妃誤會了，他已經將武進賜死，偏偏一個字都說不出。他想要發出聲響，叫人進來，卻又動不了。
全身麻木無力，胸口感覺一陣陣發悶。他暗恨自己大意，幾十年下來，他壓根兒沒想過，有一天，柳貴妃會對自己下毒。
「聖上，不要掙扎了，妾身跟著你一起走。」柳貴妃拿出荷包中的一紙詔書。「聖上可以下旨，太子身子孱弱，不堪繼位，太子之位傳給二皇子楚昭暉。」
楚元帝看著，又驚又怒，柳貴妃卻毫不理會他的神情，高興地說著。
她鋌而走險，孤注一擲，終於，自己兒子可以登基了。
「聖上，你當年不是說過，只要暉兒有才能，將來你就傳位給暉兒嗎？現在，傳位吧。您聽，外面正有人進來呢。」
楚元帝凝神，果然，聽到外面傳來喧譁聲。
柳貴妃自己動手，摸出了楚元帝身上的私印，打算在那詔書上蓋印。
「柳芳菲，妳竟敢弒君！」
寢宮的大門被大力推開，門外的地上，橫七豎八倒著幾個宮人太監，一動不動，也不知是死是活？
顏皇后正帶著一群人，站在寢宮門口。
柳貴妃一看見他們，吃了一驚，伸手拿起桌上燭檯，就想向門口邊的帷幔扔去。

她原本計畫是，拿到詔書後，殺了楚元帝，卻沒想到，顏皇后居然這麼快就闖過來了？顏寧站在顏皇后身後，看到柳貴妃的動作，叫了一聲「姑母小心」。她來不及越過顏皇后衝進室內，只好先直接拔下一支簪子，當成暗器，甩了出去。

顏寧手下不留情，簪子向柳貴妃的喉嚨飛去。

柳貴妃只覺得脖子上一痛，要扔燭檯的手軟下來，燭檯掉在桌上，剛好掉在柳貴妃攤在桌上的那張假詔書，上好的綾錦織物，遇火即刻燃了起來。

燭檯隨後又滾落下去，居然順著桌沿，滾到楚元帝身上。

「快，滅火！不要傷了聖上！」顏皇后連忙下令。

柳貴妃大睜著眼睛，嘴裡咯咯作響，卻再也說不出一句話。隨後她腳下一軟，身子往後倒去。她只覺得死不瞑目，為何又是顏明心這個賤人壞了自己的好事？

宮外傳來喧譁聲，去請太醫的康保終於趕回來了，他慌慌張張地衝進栩寧宮，看到地上倒著的屍體，也顧不得規矩，一路跑一路大叫。「聖上，不好了！靖王帶人攻打宮門，內宮門被打開了！聖上……」

康保衝到寢宮門口，看到一身龍袍被燒出一個大洞的元帝，被顏皇后帶來的太監揹在背上。「聖上，您怎麼了？」

他的身後，跟著太醫正。

顏皇后一看到太醫正，直接下令道：「柳芳菲弒君，魏太醫你快來給聖上看看。」她走到楚元帝身邊，看到他睜著雙眼，顯然還有意識。

康保看到倒在地上的柳貴妃，再看楚元帝毫無動靜的樣子，腳下就是一軟。「皇后娘娘，怎麼辦？他們、他們攻進來了。」

「你快去調京城禁軍和御林軍來啊！」

「娘娘，衝進來的人裡就有御林軍，奴才、奴才不知道這是怎麼回事啊！」

「康總管，你剛剛說靖王帶人攻打宮門？」顏寧想起康保進門時叫的話。

「是，是靖王，他帶著京郊東營的人，有大內侍衛親眼看到他們；還有二殿下，也跟著靖王一起。」

楚昭暉竟然夥同靖王兵變？

顏寧想起御林軍副統領是靖王的人，非常之時，她也顧不上踰矩。「姑母，我們快帶聖上到勤政閣吧。那裡地勢高，易守難攻，將宮中大內侍衛和暗衛們都調到那裡，應該可以抵擋一時。」

靖王手中的京郊東營，按編應該有兩萬多人，御林軍副統領手下，少說也有兩千多人。

顏皇后轉向魏太醫問道：「魏太醫，聖上怎麼樣？」

魏太醫匆匆為楚元帝把了脈。「這毒很難解，臣需要些時間才能調配解藥，可以先用金針排毒。拖得越久，對聖上的身子越不利。」

楚元帝此時，神志已經有些不清。

顏皇后不敢耽擱，聽從顏寧的話。「快，找步輦來，抬著聖上到勤政閣去。」

康保帶著兩個太監，找了一個步輦，將楚元帝抬上步輦，顏皇后則跟在步輦邊上，一群人向勤政閣跑去。

宮中此時混亂不堪，到處有亂跑的宮人太監。。

「姑母，讓所有人守在自己的宮室裡，若有人胡亂走動，一律殺無赦。」顏寧又向顏皇后建言。

此時外有叛臣，宮內若是亂成一團，帝后兩人萬一被困住，叛軍就更容易衝殺了。

楚元帝昏迷著，顏皇后就是主事之人，連忙將這話吩咐下去。

一個低等妃嬪大叫：「娘娘，外面有人要殺人，您不能不顧妾身們的死活啊，妾身要守著聖上……」嘴裡說著，腳下向帝后這邊奔過來。

大內侍衛們聽了康保傳令，肖剛帶著一群人趕到栩寧宮外，卻不知如何處理這局面，不由看向顏皇后。

顏寧直接拿過一個大內侍衛手中的弓箭，向那美人凌空一箭，射在那美人的髮髻上。

那美人被這一箭嚇得傻了一會兒，才發出「啊」的一聲尖叫。

「再有不聽皇后娘娘鳳諭的，一律殺無赦！再不回宮室，一律殺無赦！」顏寧站在後面，大聲喝叫。

肖剛知道眼前情況不容他再多想，顏寧話音落地，他也跟著叫道：「都回宮室去，違抗鳳諭，殺無赦！」

十幾個大內侍衛跟著喝叫，還有宮人想要靠近，肖剛直接走上幾步，手起刀落，刺了個透心涼。

顏寧叫了一聲「小心」，將一個妄圖靠近的太監當下射殺，那太監倒地後，大家才看到，他的手上居然有一把匕首。

大內侍衛們再不敢怠慢，任何走近的人，直接下手。殺了十幾個人後，其餘像沒頭蒼蠅一樣亂竄的宮人太監們才驚醒過來，向各自宮室跑回去。

肖剛走回步輦邊上。「皇后娘娘，快跟屬下走。」

有了這十幾個大內侍衛護送，大家總算安心了些。顏皇后也顧不上儀態，跟在步輦後，步履匆匆。幸好，此時叛軍應該還未完全衝破宮門，這一路上，除了有幾個意圖不軌的太監宮人外，並未遇到叛軍，一路總算有驚無險。

顏寧看肖剛行事果斷，也不再多說，很快就到了勤政閣。

勤政閣的高臺下，接到傳令的大內侍衛和暗衛們，都聚攏到這裡。

「肖大人，快讓人將所有弓箭都帶過來。」顏寧又提醒一句。

宮門已經落匙，楚元帝還在昏迷中，沒有聖上的調兵虎符，無法調動京城內外的守軍們。

就算有人發現宮中兵變，也不敢貿然出兵，畢竟，擅自調兵進入皇城，視同謀反。萬一救駕不成，反而擔上謀反罪名，豈不是冤死？

肖剛看了看，分散在宮中各處的侍衛們都接到信號，向勤政閣這邊趕過來。

大內侍衛一共五千多人，怎麼抵擋得了靖王所帶的東營人馬？

顏寧所說的弓箭，的確是最好的法子。

幸好大楚帝皇為了顯示一覽眾山小的威儀，將勤政閣建在宮中土山上，大內侍衛們只要守住臺階，就能護住帝后安危。

有了弓箭，居高臨下，就不用先近身對敵。

此時叛軍還不知楚元帝在何處，向內宮中栩寧宮衝去。

顏寧站在勤政閣的高臺上，看著一長串的火龍，往栩寧宮方向而去。她轉頭，看到身邊站著的大內侍衛們，有些已經面如土色。

「肖大人，只要熬過一個時辰，等我皇姑父醒了，就能調城內守軍了。」顏寧大聲地對肖剛說。「趁叛軍未過來，得用些緩兵之計。康總管，宮中有沒有火油？」

康保走出門外來看情形，聽到顏寧問話，連忙點頭。「有的，內務司那邊有的。」

「肖大人，大家從內宮往勤政閣的路上，可以用火油設幾道屏障。」

大內侍衛們一聽只要守一個時辰，不由精神一振，又聽到顏寧的緩兵之計，都暗暗佩服。

肖剛往年聽過顏家軍威名，對顏明德和顏煦很佩服，對顏烈和顏寧卻覺得只是仗著父兄名頭囂張而已，如今聽到顏寧不慌不忙地說話，不由暗自慚愧。虎父無犬女，自己往日真是看走眼了。

顏寧看著皇城外，可惜宮牆高聳，夜幕森森，她只能看到勤政閣臺階下的情形，看不到宮外。

宮外，虹霓等在皇城處的角落裡，直到宮門落匙，自家姑娘還沒出來。她有些心急時，看到幾隊御林軍由宮牆兩邊奔跑著圍過來。

「換班了、換班了！」當頭的一個御林軍叫道。

「今日怎麼這般早？」正在宮牆外站崗的一個小頭領問。

「統領下令，今日提早換班。快點，你們都回營地去。」

「統領下過這令？」那個小頭領奇怪地問道。

「是啊，你看，這是手令。」跑過來的御林軍舉起手中的東西，那小頭領伸頭去看時，那御林軍卻直接拔刀，刺入這小頭領的胸膛。

他一動手，其他幾人也拔刀，將守在宮牆處的幾個御林軍們砍殺在地。

虹霓和顏府的馬夫正在角落裡，看到這一幕，瞪大了雙眼。虹霓將手摀住嘴巴，生怕自己發出叫聲。

趁著那隊御林軍將屍體拖走、找地方藏起來時，虹霓悄聲對馬夫道：「這事不對，姑娘被關在宮裡了，我們得快些趕回府中送信，我們分頭跑回去。」

她嫌裙子礙事，也顧不上儀容，將裙襬給撕了，綁在腳上，又拿出顏寧藏在車上的匕首。待一切妥當後，她與馬夫相視點頭，各自矮下身子，沿著牆根跑起來。

「那裡有人！什麼人？站住！」

虹霓跑出一段路後，聽人叫道。

「那裡也有人，是個女的，快！」

很快，又有一隊人來搜尋時，看到虹霓的身影，向她這邊追過來。

虹霓轉頭看了一眼，那些人竟然不是御林軍的服飾，看那衣飾，好像是守軍？她顧不得掩藏身形，索性不管不顧，左右閃躲著，拚命狂奔。

那隊人看她跑的方向，拿起弓箭，嗖嗖幾聲，射了過來。

虹霓只覺得肩膀一痛，肯定是中了一箭。此時也顧不上疼痛包紮，忍痛跑上了十字大街。「救命啊，有劫匪啊！」

那隊人看虹霓帶著箭傷衝到十字大街，還叫了出來，猶豫地互相看了一眼。幾人正踟躕要不要追時，便聽到皇城那邊傳來集合的信號。

「走！回去！」領頭的那人不想節外生枝，掉頭往皇城方向跑回去。

虹霓叫了幾聲，十字大街上居然沒什麼人。她不敢大意，往一條巷子中跑進去。巷子陰暗中，竟然藏了一個人，一雙手向她肩膀攻來。

虹霓「啊」的一聲慘呼，身子往前一撲。

那人看虹霓倒地，走上兩步，就想拍下一掌，將她拍死。

虹霓卻是忍痛轉身，手中抓著的匕首往上揮去，刺中了那人的腹部。一擊即中後，虹霓也顧不上害怕，站起來，拔出匕首又是連著刺了好多下，等到那人倒地，虹霓才鬆了口氣，這才看清，那人竟然是二皇子府裡人的打扮。

箭矢被那人一個拍落，讓她鬆了口氣，可那痛感又讓她覺得有些昏沈。她腳步踉蹌，還是以最快速度往顏府方向跑去。

姑娘還在宮裡，得回家去報信！

虹霓撐住一口氣，一路腳步不停，終於看到顏府大門在望，衝到大門前，叩響了門環。

「開門！快開門！」

顏府的門房打開大門，面前居然沒人。

門房走出一步，跨出門檻，奇怪地想要張望，一隻手抓住他的腳。「快，讓我見老爺！」

那門房嚇了一跳，低頭才看到虹霓倒在門檻前，連忙一迭連聲地叫著來人。

虹霓被抬到屋內時，腦子已經有些昏沈。

顏明德大步走進來，看到她這樣，一邊吩咐叫大夫，一邊讓人給虹霓灌了一碗參湯。

虹霓喝了幾口，神志清醒了些，低聲虛弱地道：「老爺，姑娘進宮了。皇城，御林軍殺人，奴婢回來……回來路上，有、有二皇子府的人……」她喃喃說了幾句，到後面只見嘴唇抖動，聲音卻聽不到了。

顏明德聽到她說皇城御林軍殺人，又提到二皇子府，想起顏寧讓綠衣來告訴自己的話。

顏寧陷在宮裡，這可怎麼辦？

「來人，去看看三皇子府有什麼動靜！回來……」

顏明德的吩咐還未說完，門外一個家將衝進來。「將軍，有京郊東營的人進了皇城；還有東宮，京郊東營的人去打東宮了。」

攻打東宮？

「二公子去東宮了嗎？」

「二公子下午帶著人，跟著封先生去東宮了。」

幸好顏烈已經帶人過去，應該可以抵擋一時。

京郊東營——是靖王造反了？

想到虹霓提到二皇子，顏明德知道楚昭暉也脫不了關係。京郊東營兩萬多兵馬，就算只有一半人跟著靖王造反，也不是東宮那幾百御林軍和大內侍衛能守住的。只是，他沒有調動京城內外守軍的虎符，顏家家將家丁合起來，也才幾百人。

關鍵是，他不知道宮中情形如何，楚元帝情形如何，若是帶人去東宮解救楚昭恒，那楚元帝醒了後，他救太子不救天子，就是一樁大罪。

若是衝進皇宮，要是東營的兵馬已經將宮門拿下，那自己這點人未必能衝得進去。就算衝進去，也不知道元帝在哪裡啊。

他走了幾步，想了一下。「來人，去家中花園的高閣上看著，看看宮中哪裡人聲火光最盛。」

他相信，楚元帝所在的地方，肯定是叛軍攻打之處，必定火光通天。到時，他就能知道楚元帝藏身在宮中何處了。

「老爺，三皇子進宮去了，將家中的侍衛都帶出去了。」

楚昭業此時，的確是在宮中。

柳貴妃母子一直都夠蠢。他知道，當楚昭暉覺得無路可走時會鋌而走險，但是沒想到，他竟然會夥同靖王造反。

靖王，按宗室輩分來說是父皇最小的堂弟，有些才能又一向老實，所以楚元帝登基後，為了顯示兄友弟恭，讓靖王管了京郊東營。沒想到，現在楚昭暉竟然說動靖王一起兵變逼宮。

這真是失算了。

楚昭暉這次的打算，連趙易權都不知道。

楚昭業站在御花園，聽著內宮各處不時響起的慘叫，應該是叛軍在找楚元帝時，殺了一些人。往日裡，未入夜就燈火輝煌的宮廷內院，此時一片漆黑，只有叛軍手中的火把照亮了天空。

「聖上在勤政閣！」一個叛軍大聲叫道。「快，我們去勤政閣！」

隨著他的叫聲，各處火把都向勤政閣湧去。

楚昭業咬著牙。他也知道，沒有楚元帝的虎符，沒有人敢擅自帶兵救駕。

剛才帶人摸進宮來時，他聽到有叛軍正在攻打東宮，不知道楚昭恒能不能逃過這一劫？他希望靖王帶的這些人能有用點，殺掉楚昭恒。

「爺，這些叛軍……人數太多了，我們、我們該怎麼辦？」李貴跑回他身邊，氣喘吁吁地問。

「皇城外有什麼動靜？」

「沒看到動靜啊，到處都是叛軍，這些叛軍都是從內宮門那兒進來的。御林軍的副統領打開了內宮門。」

楚昭業對這早有預料，倒不吃驚，可是叛軍若不壓住，這一夜時間，憑著大內侍衛那點人，再加上他府中這些人，跟京郊東營比起來，還是壓根兒就不夠看。

「爺，娘娘派人找您了。」李貴的聲音又響起來，他身後跟著的正是林妃宮中的心腹宮人。

「三殿下，林妃娘娘讓您快帶人去。」

「你怎麼出來了？快回去，讓我母妃保重。你們兩個跟著她回去，護住我母妃。」楚昭業毫不猶豫地指了兩個有些拳腳的內侍，讓他們跟著這宮人去，自己咬咬牙。「走，我們去勤政閣。」

那宮人聽到他這話，張了張嘴，還想說話，楚昭業已經從一條小徑繞出去，他得趕在叛軍之前到達勤政閣。

楚昭業摸到勤政閣外的路上，碰上了扛著火油回來的肖剛一行人。

肖剛一看到楚昭業等人，不敢絲毫放鬆，直接提刀而立。「三殿下，您怎麼會在宮裡？」

二皇子造反，要是這三皇子也帶人來造反，那今夜他們這些人是真活不下去了。

「我在宮外，聽人說靖王逼宮，特來救駕。我父皇現在如何了？」楚昭業焦急地問道。

肖剛聽說來救駕的，鬆了口氣，但是也不敢透露楚元帝的情形。「下官只接到命令說護住勤政閣，聖上的情形，下官不清楚。」

「那到勤政閣去再說。」楚昭業知道肖剛沒說實話，卻暫時也無心與他周旋。

肖剛聽楚昭業要去勤政閣，猶豫了一息，對自己身邊一個大內侍衛使了個眼色。

那侍衛看到頭兒這眼色，退後兩步，悄悄先往前竄，顯然是要問一下勤政閣中顏皇后和顏寧的意思。

楚昭業看到這個情形，只作不知，跟著他們疾走。走了片刻後，那大內侍衛返回，對肖剛點點頭。

肖剛知道上面的人同意了，不再拖延。他帶著人跑到勤政閣外，讓人將浸滿火油的幾條繩索繞到地上，又在附近倒上火油。

「肖統領好計謀啊，這緩兵之計，可抵擋一時。」楚昭業笑著誇獎一句。

這三皇子倒是好膽量，眼看周圍叛軍火把逼近，甚至能聽到呼喝聲，他還是面不改色。

肖剛不想貪顏寧的功勞，甕聲說：「殿下誇獎了，這計謀不是下官想的，是顏姑娘指點的。」

「顏姑娘？是顏府的顏寧？」

「是。」肖剛應了一個字，再不多言，附近的火把多了起來。他打了幾個手勢，讓人準備好火箭，低聲道：「殿下，您快去勤政閣那邊吧。」

楚昭業沒想到顏寧這麼晚居然還在宮裡。

「殿下，勤政閣到了，叛軍若是圍住這裡……」李貴眼看勤政閣越來越近，低聲提醒。

「我們去守住勤政閣。」楚昭業回了一句，走了幾步，叫過一個侍衛。「你去顏府，就說顏皇后、顏姑娘和太子殿下被叛軍所困，希望顏將軍帶人救駕。」

皇城內外，占地極大。

從叛軍的情形來看，他們分了一部分兵力去圍困東宮，其餘人要守住宮牆，還要攻下勤政閣，這樣一來，人數倒是分散了。

要是能說動顏明德帶著府中家將來解圍，那拖延時間等援兵，就更有把握了一些。

親妹妹、親外甥，最重要的是，他親生女兒也被困住了，以顏家人重情的性子，顏明德應該很快就會帶人衝進來。

李貴看楚昭業已經決定，不敢再多嘴，只好跟在自家殿下身後，迅速走上勤政閣臺階。

勤政閣的高臺屋簷下，顏寧正站在那裡，叫人搬了些桌椅出來當箭垛。

有大內侍衛看到楚昭業這幾十個人跑上高臺，都看著顏寧等她下令。

顏寧點頭，示意大內侍衛們放行。

楚昭業跑上高臺，看到勤政閣的大門關著，康保守在大門外。「康總管，我父皇怎麼樣？」說著，作勢就要推門。

康保走上兩步攔住了。「三殿下，太醫正在幫聖上醫治，皇后娘娘下令不許打擾。」

「三殿下好有孝心，來得好快啊。殿下難道是守在宮門口，一看叛軍攻進來，就趕進宮來了？」

「寧兒還有閒心玩笑啊，我在府裡聽到宮裡傳來喊殺聲，就帶人來看看，沒想到妳也在宮裡。」楚昭業不慌不忙地解釋。

「殿下來了這裡，林妃娘娘那兒可安排妥當了？」顏寧諷刺地問了一句。

看楚昭業來的方向，應該是從內宮那裡穿過來。他若是去過林妃那裡，路上就免不了遇上叛軍。

她站在這高臺上，沒見內宮有什麼打鬥。楚昭業這群人裡又不見林妃，顯然這人是聽到楚元帝在勤政閣，就立即趕過來了。林妃要是知道自己兒子這做法，不知會不會寒心？

林妃的臉色，當然是不好看。

她聽說楚昭業已經進宮來，卻只讓兩個太監來保護自己，心中既怒又悲，只覺得一陣陣心寒。危急關頭，兒子忙著奔皇位去，連自己這個母妃，都不顧了？

「聖上在勤政閣？那我們……我們去勤政閣。」林妃想到剛才那宮人說楚昭業往勤政閣去，又抱著一絲希望。

「皇后娘娘下了鳳諭，宮中所有人都緊守自己的宮室，若有違抗者，殺無赦！」

「什麼？難道讓我們待在自己宮裡等死嗎？」林妃聽到這道鳳諭，怒不可遏。「你再去……再去林尚書府上，找林尚書。」

「娘娘，出不去了，宮門都被叛軍給看住了。」這宮人連忙回話。

林妃聽說宮門也被看住，耳邊聽到不時響起慘叫聲，顯然是叛軍在宰殺遇到的宮人太監，她只覺得手心裡拽著一把冷汗。

「娘娘，殿下命令奴才兩個護著您，要不，先到附近沒人的宮室暫避一時吧？」楚昭業派來的一個太監建議道。

沒人的宮室？在這宮裡，躲哪兒都不安全吧？

林妃很想遷怒地呵斥，但是沒了指望後，她的頭腦反而清醒了些。「下令，緊閉宮門，沒我的命令，誰也不許開門。將宮中所有的燭火都熄了。」

林妃下了這命令後，帶著兩個太監，往宮裡深處走去。

內宮裡其他妃嬪們也和林妃一樣，下令熄滅火燭。

偌大的皇宮，寂靜得聽不到人聲，就好像此時這裡是一座空城。

一枝枝火把在各處閃過，偶爾有太監或宮人被殺時，發出一、兩聲慘叫。

林妃躲在宮室角落裡，心裡想到的是小時候聽先生們與楚昭業所說的帝王之道：夫明君者，治下子民無親疏，一視同仁……

第四十章

林妃的心寒，楚昭業自然不知道，他聽著顏寧譏諷的話，毫不在意，避而不答，反而指著東宮方向，慢慢道：「宮中到處都是叛軍，我怕父皇落入叛軍之手。寧兒，妳看，那邊是東宮呢，我過來時，聽說有三千叛軍去攻打東宮了。」

不用他說，顏寧也猜到東宮必定會被圍攻。楚昭暉既然想靠兵變逼宮，只殺了楚元帝當然不行。他既然有了京郊東營的人馬，分出幾千去攻打東宮，殺了太子楚昭恒，自己即位才能更名正言順啊。

站在勤政閣這高臺上，隱隱約約能看到東宮那邊傳來火光，聽不到聲音，從火光凌亂中，也能猜出形勢危急。

下午，她讓二哥到東宮去，也不知二哥帶了多少人，會不會遇到危險？

顏寧雖心中焦急，在楚昭業面前還是做到了面不改色，甚至還能帶上一絲笑容。「東宮那兒還好說，殿下應該看看腳下。你看，宣武門那邊還有人衝進來，殿下要是再不走，就要被困在勤政閣了。」

「寧兒都不怕了，我堂堂男子漢，好歹不能太差勁啊。」楚昭業玩笑般說了一句，手中捏緊了刀。

「顏姑娘，皇后娘娘請您進去。」康保將勤政閣的大門打開一個口子，走出來對顏寧說道。

門後是勤政閣的正殿，帝后和太醫們都在勤政閣內室的寢宮中。

顏皇后心焦地站在楚元帝的寢宮前屋簷下。「寧兒，聽說叛軍也在攻打東宮？」

「姑母，我下午讓二哥帶人去守東宮了，您不要太心急。」

顏寧的沈著冷靜，讓顏皇后也平靜了些。

「看我，還要妳來安慰我。」顏皇后緩了口氣，拉著顏寧到近前，悄聲道：「寧兒，趁叛軍還未把勤政閣給圍住，妳快換上宮人的衣服，離宮出去吧。這裡反正有大內侍衛們，妳留在這裡也沒用。」

「姑母，寧兒不走，寧兒在這兒陪著您。」顏寧拉緊顏皇后的手。「若真有什麼萬一，寧兒帶您衝出去。」

「妳這孩子，說什麼傻話。」顏皇后轉頭，看了一眼寢宮的大門。「姑母是皇后，聖上還活著，姑母這皇后怎能獨自離開呢？這要傳出去，對顏家、對恒兒都不好。妳聽話，快點走吧，別忘了，姑母可也是顏家女，也看過兵書的。」

「姑母，別說啦！寧兒遇上了，只好待在這裡，求姑母庇護了。」顏寧眨眨眼。「是不是聖上有什麼不好？」

如果楚元帝醒了，就可以拿出虎符召集援軍，也可以登高一呼，讓叛軍不敢肆無忌憚。現在，顏皇后絕口不提楚元帝如何，只讓她快些走，那肯定是楚元帝沒有醒過來。

「太醫正在給聖上用金針排毒，只是這施針排毒，前後要兩個時辰。就算排毒順利，聖上也不能馬上醒過來。」

顏皇后斟酌地說著。太醫正的原話是「能不能醒過來，還要看聖上」，她怕說了後，顏寧更不肯走了。「寧兒，這幾個時辰，大內侍衛們守著勤政閣，必定能守住的。妳拿著我的手諭，離宮後去東宮，將太子殿下接出去。」

顏寧明白顏皇后的意思，只是要她丟下自小對自己疼愛有加的姑母不顧，她做不到。「姑母，叛軍已經將外面圍住，勤政閣是整個宮裡最安全的地方。您去照顧聖上，寧兒先到外面去。對了，姑母，小宮人的衣裳不要了，您倒是快讓人給我準備一身箭袖裙褲來。」

她還穿著進宮時的百幅裙，走動之間搖曳生姿，不過對敵的時候，就不利了。

顏皇后還想再勸，顏寧已經轉身走出去。她嘆了口氣，只好讓惠萍去找顏寧所要的衣裳，又讓人從勤政閣的府庫裡，找了兩把削鐵如泥的匕首，自己拿了一把，另一把讓人送去給顏寧。

「娘娘，您還是到裡面坐著等吧。」惠萍看著顏皇后將匕首藏於袖內，忍不住紅了眼眶。

「惠萍，別哭。小時候，我們在玉陽關，也算見過生死了，這種時候，可不能讓人覺得顏家人膽怯。」顏皇后看惠萍的樣子，鎮定地說道。

「奴婢不怕，奴婢只是擔心娘娘和表姑娘。」惠萍說著，拿出手絹擦了擦眼角。「看奴婢，越活越回去了，還不如表姑娘呢。」

「好了，別哭了。走，幫我梳妝一下吧。」

顏寧換好箭袖衣裳出來，看到顏皇后雍容華貴地從內殿走出，惠萍也換上了箭袖衣裳，一身俐落的裝扮。

看到顏寧站在那兒打量，惠萍姑姑一笑。「表姑娘，妳看，奴婢不穿這一身，可有二十來年了。」

「姑母、惠萍姑姑，有寧兒在呢。」顏寧笑道，將顏皇后所給的匕首插在腰間，大步走出大殿。

顏皇后聽著越來越近的喊殺聲，看著染紅了夜空的火光，一臉鎮定悠然。

顏寧回到勤政閣外的高臺上，肖剛已經回來了。

遠處，地上竄起的大火將叛軍阻隔在外。有人來不及逃避，被火燒到身上，發出一聲聲淒厲慘叫，如一個火球翻滾著。

「快，滅火！滅火！」叛軍中，有將領大聲下令，分出一些人力，去御花園各處湖中取水來澆滅。

雖然有火油，火勢看著很猛，但是一旦燒盡，這火也就滅了。

眼看越來越多的火把聚集，很快闖出了一條路，那些火把匯聚成一條火龍，浩浩蕩蕩地往勤政閣而來。

守在勤政閣上下的大內侍衛們，都咬緊了牙關。

肖剛看著下面，對顏寧稟告道：「顏姑娘，叛軍衝過來了，您要不先到殿內去？」

就算顏寧獻了火攻計拖延叛軍，一直鎮定如山，在肖剛眼裡，她也只是個十多歲的小姑娘。

顏寧知道他是好意，搖頭道：「肖統領，今日有幸，要跟你一起禦敵了。」

肖剛看顏寧一臉英氣，點點頭。「好！肖某三生有幸，能和顏家人一起抗敵。」他自稱肖某，未再自稱什麼下官、末將。四下看了一眼，他提氣喝道：「自古以來，亂臣賊子，哪有什麼好下場！」

楚昭業正從後面巡視回來，聽到肖剛這話，暗自點頭。這位大內侍衛統領才上任不久，在這種時候倒是看出幾分血性來。

這時，勤政閣下，已經被團團圍住了。

一個將領騎在馬上，揮舞刀身，大聲叫道：「大家殺啊！」

顏寧拿起一副弓箭，走到一根石柱後，張弓搭箭，對準這個將領一箭射出。

大家只見到那將領揮刀向前的手垂下，然後「咚」的一聲，從馬背上栽下來。他倒地後，大家才看到他的喉間插著一枝羽箭。

隨著顏寧一箭射出，大內侍衛們的箭呼嘯而下。

叛兵們猝不及防之下，被射倒了一片，紛紛往後退去。

「衝啊！快衝！」又有幾個叛軍將領叫喊著，催促士卒往前。

叛軍們圍成人牆，層層逼近，同時他們也向高臺上不斷射箭，很快地，就逼近了高臺第一階臺階，與守在第一階的大內侍衛們纏鬥在一起。

兩邊人馬膠著纏鬥時，大家都放下弓箭，拔刀廝殺。

肖剛大喝一聲「跟我上」，帶人翻身向下，衝進纏鬥的人群中。

顏寧手中還是拿著弓箭，瞄準叛軍中騎馬的將領，她一箭射出，就會有人倒下。

「快，那個石柱後面，給我射！」有人發現了她，架起幾副弓箭往她那裡呼嘯而去。

楚昭業拔劍衝到她身邊，砍落幾枝箭矢。「去那邊！」他大叫著，拉著顏寧，往高臺另一邊退去。

顏寧一下被他拉動了四、五步，堪堪躲過那陣箭雨。

「寧兒，小心！」楚昭業叫了一聲，揮劍，又砍下一枝雕翎箭。他幫顏寧擋開了這枝箭，再也躲不開另一枝，那枝箭眼看就要射入他的肩膀，顏寧不自覺拿弓一撥，將箭矢撥開。

兩人對視一眼，都在對方眼底看到了血色翻湧。

「妳小心！我一定會護住妳的。」楚昭業大聲說了一句，將她往後面一推，自己提劍而下。

顏寧有些愣神。想不到重生之後，她居然會欠楚昭業人情？

她搖搖頭，看下面還在纏鬥，大聲下令。「對著遠處的叛軍，快射箭！」

勤政閣的高臺下，血流成河。

大內侍衛們原本心中有過懼意，但是人殺紅了眼，就只剩下廝殺的念頭。這種時候，每個人都變成了亡命之徒。

叛軍們沒想到，這些大內侍衛們戰意會如此濃烈，很快地，雙方都各自鳴金退回。

肖剛的刀上，有血在滴下。

顏寧上前，打量肖剛一眼。「肖統領，沒事吧？」

「嘿，沒事。做了這麼多年侍衛，今日才算真殺過癮了。」肖剛抬起袖子，擦去臉上的血跡。

「叛軍只是暫時退兵，可能在等其他援軍過來。」楚昭業在邊上說道。

顏寧看了一眼。柳貴妃哪來的本事，居然能說動這麼多人一起造反？

「靖王爺在京中經營多年了。」楚昭業看她向下打量的眼神，靠近顏寧耳邊，低聲道。

「今夜，看來我們不會有援兵了。」顏寧也輕聲說道。

「我來之前，讓人去顏府給妳父親送信了。」

顏寧看了他一眼。「三殿下要失望了，沒有聖旨，我父親不會進宮來的。」

楚昭業一把拉住她。「寧兒，我沒有其他意思。此時宮中危急，只有妳父親才可能帶人撕裂叛軍的守衛。」

「殿下有沒有其他意思，臣女並不關心，但是，我父親不會擅自帶兵闖宮的。」顏寧拂開他的手，往肖剛那邊走去。

父親，一定不要進宮來。就算自己死在今夜的宮變中，她也不要父親冒險闖宮，給人留下把柄。

顏明德此時在府中接待的，卻是大家都未想到的一個人。

看著面前堪稱美貌的少年，顏明德掩不住驚訝之色。「楚世子，怎麼忽然來京了？」其實，他更想問的是，怎麼半夜三更跑我家來了？

楚謨一身風塵僕僕。「南詔戰事已了，南詔國主樂正弘要派使求和，我是進京送信來的。到了京中，一時找不到落腳之處，就來世伯家中了。」

楚謨非常熱情地一口一個世伯叫著，只聽得顏明德額角青筋跳動。

我和你父親，除了當年一直打架外，沒別的交情啊，你叫我「世伯」，這攀交情未免攀得太快了吧？再說，你是城門已關的時辰才進京的，你都敢這麼進來，會找不到地方落腳？京城裡那些客棧，都是擺設嗎？而且一封求和書信，要勞動鎮南王世子親自送進京？

顏明德挑了挑眉頭，嘴上當然不會如此問。萬一人家是奉楚元帝密召呢？

「顏世伯，靜思和顏姑娘都不在嗎？」

楚謨是城門要關時，才到京城城外。聽到守軍說有叛軍攻打皇宮後，他拿了楚元帝給的進京詔令開了城門，進了城，就看到皇城裡火光沖天；再聽說東宮也被圍，他一心急，就跑到了顏府。

顏明德摸不著楚謨的來意。雖然顏烈和顏寧從南方回來後，都說楚謨是可信可交之人，但是現在京城中出現的是造反大事，他總不能拉著楚謨說：楚世子，京城裡有叛軍，您是要跟著造反，還是跟著平叛啊？

楚謨心裡也很急，他想知道顏寧在哪裡？照那姑娘的性子，出了這種大事，她肯定會在顏明德身邊啊。如今他來了半天，卻不見顏寧，難道她跑去東宮了？

想到顏寧對楚昭恒的維護，楚謨心裡閃過一絲酸意。

就在顏明德和楚謨兩人面面相覷，心裡各自盤算時，顏府管家又帶進來一個人。「老爺，封先生來了。」

封平此時可算狼狽，一身衣裳凌亂，跟在他身後的兩個侍衛，身上都帶著傷，其中一個，明顯是靠另一個扶著在走的。

「管家，去叫大夫來。你們兩個，先下去包紮吧。」顏明德直接安頓兩個侍衛，又看向封平。

「我沒受傷。大將軍，是太子殿下讓我來的。東宮那裡，大概有三千多叛軍想要衝進去，我出來時，好像抽走了不少人，說是要增援宮裡。二公子帶人守著宮門，暫時還無礙，殿下讓您等天亮後，拿著他的印信去調人。」封平說著，從懷裡摸出一個印章，交給顏明德。

顏明德接過來一看，是太子的寶印。憑著這印信再去調動人馬，的確就名正言順多了。

「靜思在東宮守門？那顏寧呢？」楚謨看封平狼狽的模樣，再聽說有幾千人攻打東宮，又遲遲未聽到顏寧的消息，忍不住插口問道。

封平進門時，一門心思只看到顏明德，乍一看到楚謨，問道：「楚世子，您怎麼在這兒？姑娘被困在宮裡啊。」

「那宮裡的叛軍有多少？」

「二皇子和靖王爺打著清君側的名號，京郊東營的人，估計被靖王爺都帶進宮去了。御林軍裡也有一部分人跟著作亂。」

「東宮那裡，就靠著御林軍和那些大內侍衛，守得住嗎？」顏明德直接問道。

「東宮宮牆高，結實，守住了大門，就不怕叛軍進來，暫時無憂。」封平答道。

他說的也是實話。皇城的城牆高約三丈有餘，易守難攻，若不是有御林軍做內應，靖王那幫人想攻入皇城是不容易的。

東宮在皇城中東邊一角，獨立的一塊地方，宮牆夠高、夠結實，只要大門不被攻破，要守一夜應該沒什麼問題。

楚謨聽了封平的話，心中盤算一下。京郊東營至少有兩萬多人馬，這麼多人攻打皇宮，顏寧又在宮裡，她怎麼守得住？

顏明德想了一下。「京郊東營裡有忠於聖上的人，靖王不可能帶著東營裡所有人一起造反，進宮之前，東營裡可能有過一陣廝殺了。」

「就算只有一萬來人，顏寧也守不住皇宮啊。」楚謨急著插話。「顏世伯，不如我先帶人進宮去看看吧？」

顏明德看楚謨連著提了顏寧幾次，狐疑地看了他一眼。

楚謨這次進京，本就打算在顏明德面前表明自己對顏寧的心意，哪會怕他打量。

顏明德也是少年人過來的，看楚謨那神情不似作偽。

此時進宮，若楚昭暉造反成功，楚謨就失去了投誠機會；若楚昭暉造反失敗，楚元帝醒來的話，楚謨作為鎮南王世子，擅自進入皇城，也可能招忌諱。

「世姪稍安，宮中大內侍衛也有幾千人，應該能守住一時的。」

聽到顏明德喚自己世姪，楚謨心裡竊喜了一下，很快地，又被擔心所掩蓋。

封平也點頭，說了自己聽到的消息，帝后在勤政閣被圍，大內侍衛們正在勤政閣對敵。

三人正說著話，顏府總管又氣喘吁吁地跑過來。「老爺，宮裡有人來了！」

「是誰？快帶進來！」顏明德驚喜地叫道。

楚謨和封平也驚喜地看著門口，卻看到一個穿著三皇子府衣裳的侍衛走進來。

三人對視一眼，都從對方目光中看到驚訝之色。

三皇子府的這個侍衛，將楚昭業的話傳了一遍，又道：「我出來時，聽到勤政閣那兒喊殺聲震天，聖上和皇后娘娘都在勤政閣裡，顏姑娘也在。」他又細細說了一遍叛軍在宮中見人就殺的做法。

顏明德不是傻子，聽了他的話，不動聲色地問道：「三殿下讓你出來，除了給我傳信，還給何人傳信？」

「三殿下說只有大將軍才能解了這危局，所以讓小的火速過來報信。」這侍衛對楚昭業忠心耿耿，為了說動顏明德，不惜送了頂高帽子。

「好，我知道了。」顏明德點點頭。

那侍衛等了半天，看他不再說話，急了。「大將軍，您何時帶人去解圍啊？」

「沒有聖上的聖旨，我不敢擅自進宮。」顏明德心中再焦急，在他面前卻一副不動如山的樣子。

那侍衛看顏明德不打算帶人去。「大將軍，顏姑娘也在宮裡。」

「我不能為了女兒，違抗聖意。」

「如此，告辭了。」那侍衛說著，轉身就走。

封平見他要走，與楚謨對視一眼，大叫了一聲「慢著」，那侍衛停步，轉頭，楚謨卻掏出一把飛刀射出。

那侍衛毫無提防地露出自己的要害，等飛刀入身，再想說話已來不及了。

「大將軍，此人不能放走。將來若是傳出三殿下讓您救駕，您卻置若罔聞，豈不是禍害？」封平解釋。

楚謨拔下了自己的飛刀，跟著點頭。他這一出手，就是跟顏家共進退了。

顏明德咬咬牙，知道殺人滅口是最好的法子。他在戰場之外，還從未無故取人性命，看到封平和楚謨兩人默契的想法，只能暗嘆自己老了。

楚謨拿回飛刀後，道：「顏世伯，顏姑娘和靜思都受叛軍所困，我們不能進宮，但是，我們可以去靖王府啊。」

這話一出，顏明德和封平都是雙眼一亮。是啊，靖王府可不是皇宮。

圍魏救趙，的確是一個妙計。

「靖王既然敢造反，靖王府必定固若金湯。」封平思索半晌，提醒道。

「靖王不可能安排幾千精兵守著府邸。顏世伯，若您信得過，讓小姪帶人去拿下靖王府吧。」楚謨起身，正色請命道。

「怎能讓你去冒險！」顏明德想也不想地否決。「楚洪只有你這獨子。再說，這事到底關係著阿烈和寧兒，我帶人過去。」

「世伯，您就留在府裡居中調度，靖王府這種地方，還是讓小姪代勞吧。」開玩笑，多好的拍馬屁機會啊。得到未來岳丈的好感，就在此一舉，這種千載難逢的良機，怎能錯過？

楚謨心中想著好機會，臉上滿是躍躍欲試的神色。「難道世伯不信小姪能帶兵打仗嗎？」

他話都說到這分兒上，顏明德不好再拒絕。「好！我府裡的家將一共有八百多人，我點六百人讓你帶去靖王府。」

「多謝世伯信任！」楚謨躬身一禮。「小姪必當不辱使命！」

顏家的家將，個個武藝精湛，而且都是久經沙場的人，說以一當十都不為過。靖王就算留下精兵守著府邸，那些沒怎麼見過血的京郊兵士，哪會是顏家家將的對手？

顏明德心懸著女兒和兒子的安危，思量定了，讓人直接在顏府校場擂鼓召集。凡是顏家人，聽到鼓聲，都得到府中校場集合，就連秦氏這樣不通武藝的婦人，聽到鼓聲後，都趕到了校場。

顏明德看到夫人也到了，只是遙遙點頭，自己還是站在校場高臺上。不過半炷香的工夫，所有家將都身穿甲衣，來到校場。

八百多人，神情肅穆，步履整齊，列隊之後，不動如山。

顏明德點了六百人。「你們跟著楚世子去，務必拿下靖王府！」

被點到的六百人，齊聲領命。

楚謨換上了勁裝甲衣，一馬當先。越早拿下靖王府，顏寧才越安全。

秦氏聽說要去拿下靖王府，心中有些欣慰。

顏明德看著楚謨帶著六百人離去，又下令讓其餘人等在府中待命，隨時準備出發；家中懂武的僕婦們也都各司其職，在府中巡邏，以防有人趁亂入府為禍。

校場中所有人散開後，他走到秦氏身邊。「五娘，妳先回內院等候吧。」

「老爺，您定要讓阿烈和寧兒都回來啊。」秦氏終究忍不住擔心，囑咐了一句，看著顏明德，想要得到一個保證。

「阿烈和寧兒知道怎麼保全自己。妳放心，我一定會想法子的。」顏明德不能承諾什麼。作為人父，他恨不得馬上帶兵去把自己的兒女拉出險境，但是顏家上下，上千條人命，他不能由著自己的心去做。

秦氏死死抓著王嬤嬤的手，轉頭回了內院，跪在家中供著的觀音像前。

顏明德回到正廳，封平還等在那裡。

「大將軍，得讓人把楚世子帶人拿下靖王府的消息，送到東宮和宮裡去。」

「嗯，你放心，我會安排妥當人去送信的。」

「太子殿下命我再去太傅和少傅的府上走一遭，那我先去了。」

「送你出來的兩個侍衛，一個傷得很重。我另派兩人護著你。」顏明德不問太子有什麼打算，只叫了兩個侍衛，吩咐他們兩人保護封平。

封平帶著兩個侍衛，走入夜色中。

顏明德看著他們離去，看了看天色。才過了子時，離天亮還早得很呢！

京城裡，除了皇宮那邊傳來的聲音，其餘是一片寂寂。有多少人在觀望，明早，又有多少人會選擇盡忠呢？

顏明德的問題，顏寧也正問著楚昭業。

經過半夜廝殺，兩人的衣衫上，都有不少血跡。

叛軍又退去後，楚昭業喘息著，走到高臺的半腰處，倚靠在欄杆上，大口大口地喘息著。「寧兒，看來妳父親是真不管妳了。」

「顏家上千條人命，比我的命重。」顏寧對楚昭業此時還說這種話，有些好笑。「三殿下，你後悔嗎？剛才不走，現在可走不了了，到現在還沒援軍。若是勤政閣被攻下，你猜，明早那些大人們，有多少人會選擇盡忠呢？」

楚昭業苦笑一聲。若勤政閣真被攻下，別人他不知道，自己這些人可沒選擇機會，都會死在這裡。他看著顏寧那明朗的臉。和她死在一起？好像也不算太糟。

這時，一個身穿東營兵服的人飛快地跑進來，大叫了一聲。「姑娘！」

顏寧一看，連忙喝道：「不要放箭，讓他過來！」

來者是顏府的斥候，也不知他從哪兒扒了一套東營兵服穿在身上，倒是混進來的好法子。

後面的叛軍看到一個身穿自己人衣裳的人，跑上勤政閣，都是一愣。很快有人反應過來。「拿下奸細！放箭！」

楚昭業眼睛一亮，揮劍大叫。「接應他上來，快放箭接應！」

兩邊人馬又是一通亂箭，很快又膠著地打在一起。

那斥候身形靈敏，閃過了幾枝箭矢。

顏寧跑下去，揮劍刺死了兩個跟上來的叛軍。「你怎麼來了？我父親有什麼話？」

楚昭業也緊緊跟在她邊上，側耳凝聽。

「姑娘，楚世子帶人去攻打靖王府了。」那斥候喊出了一句話。

聽到的大內侍衛們，都是精神一振。

叛軍的攻勢卻緩下來，很快地，叛軍左右散開，又一群人衝過來。當先騎在馬上的人，正是楚昭暉和靖王爺。

楚昭業一看到楚昭暉，大聲喊道：「楚昭暉，你叛君弒父，天道有眼，不會讓你成皇的！」

靖王笑了一聲。「呵呵，三殿下，你也是不認命之人。怎麼今夜卻談起天命來？」他揮了揮手，後面幾排弓箭手上前。

顏寧一看，大叫道：「快，找地方躲避身形！」

靖王帶來的這批人，拿的都是軍中慣用的強弩。這種弩弓，射程遠，穿透力強。

肖剛聽顏寧這麼叫，也認出這是強弩，連忙讓人躲避。

一輪弩弓射完，躲得慢的大內侍衛們倒在地上。

「你們聽著，走下高臺投降，就可活命！」靖王身邊的一個侍衛大聲叫道。

隨後有幾人跟著他喊叫，聲音傳到了勤政閣高臺上下每個人的耳朵裡，有的大內侍衛們的臉上甚至顯出猶豫之色。

顏寧大笑一聲。「二殿下，您是要做兒皇帝嗎？怎麼不聽您發令啊？」

楚昭暉聽了，臉色一變，甚至有了幾絲屈辱。

靖王看了一眼，笑道：「顏明德的女兒，嘴皮子也這麼索利了？」

他譏諷地說了一句，看大內侍衛們沒人動彈，手又抬了起來。

顏寧一看他那動作，不待他下令，連人帶劍衝下高臺，衝入叛軍之中。

肖剛一看，哪還有不明白的，弩弓只能遠射，近了就無用，也跟著衝下。

靖王沒想到顏寧居然一聲不吭就衝下來，來不及讓弩弓手準備，就看到這群人已經殺入己方陣營。

廝殺一輪之後，楚昭業讓人找了兩桶火油出來，顏寧和肖剛帶著大內侍衛們退回高臺。

楚昭業直接將火油倒在地上。勤政閣地勢高，叛軍所在的地方地勢低，這兩桶火油一點燃，總算讓叛軍又手忙腳亂地避讓滅火。

靖王沒想到他們還藏著火油，等滅完火，又是一個多時辰後了。

「二殿下，看來消息是真的。聖上必定不在了，不然都這時候了，怎麼不見聖上出來？」

楚昭暉進宮後就去了栩寧宮。栩寧宮裡，柳貴妃早已身死，楚元帝不知去向，問了幾個宮人，都說顏皇后帶人救駕，將楚元帝送去勤政閣了。

他擔心楚元帝未死，心中猶疑。看這麼久過去，楚元帝都未露面，也覺得必定是死了。

「靖王叔，那我們該怎麼攻下勤政閣？」

「二殿下稍安勿躁，待火滅了後，我們就衝上去。那群大內侍衛們，架不住我們人多。」

「好，一切仰仗王叔作主了。」楚昭暉拱拱手。「我必定不會忘記王叔今日相助之恩。」

靖王爺笑了一下，眼中閃過一絲輕蔑。不過那絲神色閃得太快，楚昭暉根本未看到。火很快就滅了，靖王催馬走上幾步。「哼！你們還有什麼詭計？拖延一時又有何用？」看著顏寧，他心裡倒是慶幸。幸好顏明德沒為了女兒不管不顧地衝進宮來，否則今夜能不能拿下勤政閣，真是兩說了。「都說顏明德愛女如命，現在看看，也不過如此嘛。」

叛軍喊叫投降的聲音，也傳到了勤政閣內殿。

顏皇后聽了，面色一寒，提步就想走出去。楚元帝未醒，她這個皇后得去穩定人心了。

「吱呀」一聲，寢宮的門打開了，太醫正滿臉喜色地走出來。春日的天氣，他卻是一身衣袍都被汗水浸透。他抬袖擦了擦額頭的汗水，還未走到顏皇后身邊，就高興地叫道：「皇后娘娘，聖上醒了！」

了？」

顏皇后一聽，收回了提起的腳步，轉了個方向，往寢宮走去。「聖上醒了？能說話了？」

「聖上醒了，就是……毒性太過霸道，傷了元氣，而且下官才疏學淺，未能完全解毒，只能將毒壓制在腿上。」

顏皇后一聽那毒還被壓制在腿上，猛地停了步子。「那會如何？」

「娘娘不要擔憂。壓制在腿上，然後一點點排毒，這樣，才能少傷身體。」太醫正解釋著，看顏皇后還看著自己，低了頭，慚愧地道：「下官無能！」

「你無須自責，我知道你已經盡力了。能讓聖上醒來，你不愧是我大楚的太醫正。」顏皇后吸了口氣，安慰太醫正。

太醫正聽了，沒有喜色，反而更覺得慚愧，暗暗想著要調整方子，盡快給聖上解毒。

顏皇后說完，走進了寢宮。

楚元帝正躺在龍床上，臉色蒼白如紙。

康保在楚元帝耳邊，低聲將這一夜的事稟告一遍，看到顏皇后進來，住了口。

柳貴妃下的毒，霸道凶猛，明眼人一看楚元帝的臉色，就知道聖上這次是被毒給傷了根本。

楚元帝想要轉身，卻感覺腰部以下無法動彈。「朕這是要癱在床上了？」

顏皇后往前快走了幾步，走到床邊，坐在床沿。「聖上，太醫正說您的毒還未全解。先將毒壓制到腿上，等毒排清，就能動了。」

楚元帝點點頭，視線投在皇后身上，看到她一身盛裝。「妳怎麼……」後半句「怎麼這麼打扮」的話，未說出口。

顏皇后一笑。「叛軍正在勤政閣下。妾身想著，若是今夜不能倖免，總不能不顧儀容。」

楚元帝閉眼，手掌緊了緊，捏著的拳頭又鬆開。「外面如何了？」

「肖統領帶著大內侍衛們抵擋叛軍，靖王和二殿下，正在外面。」

「康保，拿朕的虎符，去調……調城外南營的人進城，讓顏明德統管，擒拿叛賊。」楚元帝說完，大口喘了幾口氣。

康保一聽要調援兵，不敢怠慢，連忙取了虎符。可手裡拿著虎符，他為難了。「聖上，勤政閣被團團圍住了。」

楚元帝恨恨地一捶床，卻一時無計可施。堂堂帝王從未如此狼狽過。

「你送到外面交給寧兒，讓她想法子。」顏皇后看楚元帝氣得血色盡失，連忙安排。

康保看著楚元帝也點頭，才領命出去了。

第四十一章

勤政閣外，無人知道楚元帝已甦醒。

靖王那句似嘲笑似挑撥的話，讓顏寧一陣冷笑。真是奇怪，楚昭業如此，靖王也是如此，都想賭父親會不會為自己這個女兒，置顏家上下於不顧？

不待顏寧開口，楚昭業在邊上說道：「顏大將軍是否愛女如命先不說，靖王叔你是不是愛子女如命呢？楚致遠已經拿下了靖王府。王叔，您造反，只為了您一人的富貴嗎？」

這些話，楚昭業是故意提氣大聲說出的。

下面的叛軍們聽了這話，有些譁然，靖王也是一驚，隨即鎮定下來。

不可能，他留了一千精兵守衛府邸，三殿下是想亂自己心神啊！哼，自己怎麼可能上當？

「你不信嗎？顏家家將驍勇善戰，鎮南王世子楚謨有勇有謀，你留府中的那點精兵能抵擋得住嗎？」

靖王一驚。他知道顏家家將八百多人，自己那一千精兵，能守得住嗎？

「囉嗦什麼，殺！」當務之急，是速戰速決。

靖王當先衝上前，餘下的叛軍跟著要衝上高臺。

顏寧、肖剛和楚昭業看了一眼，捏緊手中刀劍，衝了下去。

雙方正再次殺成一團時，外面傳來一陣馬蹄聲，一支精銳衝了進來。

這支精銳如一枝利箭，衝破叛軍的層層包圍，喊聲震天。

「靖王府上下伏誅！」

「繳械不殺！」

「放下兵器！附逆者，殺無赦！」

漫天火光中，楚謨銀衣銀甲恍如天人，他的槍尖掛著兩顆人頭。「靖王妃人頭在此，靖王世子人頭在此！附逆者，殺無赦！」

叛軍們回頭，看到血肉模糊的兩顆人頭。「真的是世子！」

「天啊，真是王妃啊！」

靖王看到妻兒的人頭，心中一慟，有些愣神。不等他回過神來，顏寧已經衝到他邊上，當胸一劍刺去。

靖王只覺得胸口一涼，低頭，看到自己胸口處竟然被刺了一個窟窿，護心鏡都碎了。順著劍身，他看到顏寧一臉冰冷地看著自己。

多年圖謀，好不容易天賜良機，怎麼會是這樣的結局？自己怎麼會被一個小姑娘殺死？

他腦子裡轉過這個念頭，還沒等他想出答案，隨著顏寧拔劍，他的胸口一股血飛出，人直接滾下馬背，腦中只餘下一片空白。

「靖王已伏誅！」楚昭業看到靖王掉下馬，大叫了一聲。

「靖王伏誅！繳械不殺！」

其餘的大內侍衛和顏家家將們，都跟著喊了起來。

「靖王都被我家姑娘給宰了，你們還要找死嗎？」

「小子，跟我們打，老子教你怎麼打仗！」

顏家家將一看自家姑娘大展神威，嘴裡呼喝起來。

叛軍沒想到，激戰了一夜，形勢忽然就逆轉，好像不過片刻工夫，靖王妃和靖王世子被殺了，靖王爺被殺了。這一切，像作夢一樣。

一時軍心渙散，楚昭暉狂呼著。「快殺！攻下勤政閣！」

可惜，他不是靖王，京郊東營的人是跟著靖王造反的，誰會聽他號令呢？

楚昭暉還在狂叫，只覺腿上一痛。「啊，痛死了！」他看到自己腿上居然插著一枝羽箭，痛得伸手想要捂住傷口，一下就掉下了馬背，忍不住痛呼起來。

楚昭業走到他邊上，提刀砍去，肖剛見了想要攔，被叛軍絆了手腳。

等他騰出手腳，只看到楚昭業正站在楚昭暉的屍體旁，楚昭暉的身邊還倒了一個叛軍。

楚昭業注意到肖剛的目光。「這叛軍竟然趁亂殺了我二哥！」

顏寧殺了靖王後，有些脫力。她拿劍杵在地上，大口大口地喘氣。

「寧兒，妳沒事吧？」旁邊出現一個關心的身影，原來楚謨下馬走到她邊上。

「你怎麼來京了？」顏寧看著楚謨毫不遮掩的關心之情，心中湧起一股暖流。

沒想到危急關頭，她都以為自己要命殞今夜了，還遺憾地要和楚昭業死在一起，沒想到轉眼之間死裡逃生，還看到了楚謨。

「你不該插手這事的。」心中再甜，顏寧還是嗔怪地說了一句。只是臉上的神情，是怎麼也遮掩不住的喜色。

「妳在這裡，我當然要來了。」楚謨一笑，所有寵溺盡在其中。

「不要胡說！快，帶人去東宮救我二哥和太子哥哥！」顏寧被甜言蜜語迷惑了一時，立即清醒過來。

楚謨心中忍不住醋意翻滾。算了，她是擔心她二哥顏烈吧……

楚昭業透過層層人影，看到楚謨牽著白馬，深情地看著顏寧，顏寧含羞帶嗔地低頭。漫天火光中，銀甲將軍，少年英武，箭袖窄服的少女，手中的劍還在滴血，英氣的臉上，卻透著甜意。

這一幕，只是一瞬，在他心裡，卻好像有百年之久。霎時間，只覺心中有說不出的空落落。

楚謨對顏寧有意？顏寧，已經心繫楚謨了？

「爺，小心！」李貴狂叫道。

楚昭業憑著本能一個側身，肩膀上被一個叛軍手中的刀劃開一道口子，深可見骨。

楚昭業忍痛，轉身，架住叛軍砍來的第二刀，往邊上一撥，順勢一刺，將那叛軍砍殺在地。

李貴衝到他身邊，急得團團轉。「爺，去找太醫看看吧！」

「慌什麼！快去林府，讓我舅舅帶人去東宮救駕！」

李貴一愣，明白過來，左右看了看，往外衝去。

康保拿著虎符，匆匆跑到前殿，站在殿門口，看到面前的屍山火海，他忍不住腿肚子就是一陣哆嗦。他扶著門框，才站穩了。

高臺下，「靖王伏誅」、「繳械不殺」、「二皇子伏誅」的喊聲，還在傳來。

大內侍衛們忙著砍殺對敵，誰也沒看到康保這個御前大總管站在殿門前。

康保吸了口氣。靖王和二殿下都死了？

他看看自己手裡捏著的虎符。這東西用不上了？還要不要交給顏姑娘，去調京郊南營進宮護駕呢？

顏寧在勤政閣這裡，迎來了楚謨這支援軍。

另一廂的顏烈在東宮，更早地迎來了一支援軍。誰也沒有想到，安國公李繼業居然帶著自己府中的家丁護衛們衝進內宮，來到東宮門外。

「太子殿下，李繼業特來護駕！」安國公衝破叛軍封鎖後，衝到東宮宮門前，大聲喊道。

顏烈在門裡，聽人說安國公帶人來護駕。「你說誰？」

「安國公啊。」

顏烈看著楚昭恒，等他下令。

他心裡直嘀咕。這年頭，老子靠不住啊，他以為好歹他老子會是最早趕來救援的，沒想到，自家老爹沒來，居然是安國公來了？這算什麼事啊？

楚昭恒坐在正殿的正座上，想了一下。「開門，讓安國公帶人進來。」

「殿下，會不會太冒險了？」顏烈急著問道。

萬一安國公是來騙開門的，他們這邊門一開，那邊叛軍跟著來了，不是死路一條？

「放心吧，安國公不會投到靖王那邊去的。」楚昭恒安撫顏烈。「再說，安國公進來，就是將自己的命交到我們手上了，他可不是捨身成仁的人。」

顏烈親自來到東宮門前。有楚昭恒的話在前，他還是決定穩妥為上。「安國公，太子殿下讓您先進來，您帶來的人，請稍等。」

李繼業知道自己這麼過來，往日又不是旗幟鮮明的太子的人，難怪顏烈心有疑慮，自然答應。

顏烈看李繼業答應了，讓人將大門拉開一條縫，放李繼業進來。他仔細看著李繼業，果然沒有夾帶什麼，放心了。「安國公，失禮了！太子殿下是命我放您和您帶的人進來，只是我不放心。」

「那是自然、那是自然，小心駛得萬年船嘛。」安國公哪會反對。

「您讓您的人都過來吧。」顏烈吩咐一聲，讓人帶安國公去見楚昭恒，自己讓趴在大門兩邊牆上的人注意警戒，又拉開大門，將安國公帶來的人放進來。

外面的叛軍想要跟著衝進來，被亂箭給射了回去。

顏烈透過門縫，看了外面一眼。「奇怪了，居然撤走一半，難道去打宮裡了？」

原本至少有兩千多東營士兵們圍攻東宮，忽然撤掉了一半，讓顏烈他們守起來感覺輕鬆了些。

「都警醒些！屋頂上的，注意四面看仔細！你們帶著這些人分批守衛。」顏烈一一吩咐著。他仔細看了看安國公帶來的家丁護院們，這些人身形孔武有力，不過一看走路的架勢，就知道沒幾個真正的高手，也就博個人多而已。

他將這些人打散開來，安插到防守各處的大內侍衛中，這樣一來，安國公若有不軌之心，這些人就可以逐個兒擒拿了。

安國公走進東宮正殿，看到楚昭恒坐在上首，旁邊招福、招壽和明福站在邊上伺候，神情都不見絲毫慌亂。他上前幾步，下跪請安。「臣救援來遲，望太子殿下恕罪。」

「安國公請起。」楚昭恒作勢要起身去扶。

明福連忙走上幾步。「殿下傷口還未痊癒，讓奴才代勞吧。」他說著，走到安國公身邊，雙手扶起安國公。「安國公的忠心，太子殿下知道呢。殿下傷口未癒，您可別嫌奴才僭越。」

「明總管這話，折煞老夫了。」安國公就著明福的手勢，站了起來。他當然知道，明福這些話，等於是向他解釋太子殿下不是托大。

他就著起身的姿勢，打量楚昭恒一眼，感覺楚昭恒的氣色好了些，雖然還是有些蒼白；而邊上站了一個老頭子，應該就是幫太子殿下醫治的那個神醫了。

「太子殿下，臣無能，不能調動人手，只好帶著家中的家丁護院們來護衛殿下。」

「危急之時，才見人心。安國公能不顧危險前來，我已經很感激了。」楚昭恒當然不吝表態。「安國公快請坐下。」

安國公也不客氣。他武藝一般，帶人衝進來已經不容易。他看了東宮內外防守，暗暗吁了一口氣，覺得自己這一把，應該是賭對了。

自古富貴險中求，安國公府不能在自己手中沒落。可他也有自知之明，自家文不成，武也不就，那麼唯一能靠的，就是這危急之時的忠心了。

他在家中觀望了半天，聽到的消息是四皇子楚昭鈺死了，三皇子楚昭業在勤政閣護衛帝后。從叛軍闖入內宮，到現在過了三個多時辰，卻還未拿下勤政閣。

楚昭暉夥同靖王起兵叛亂，看著氣勢洶洶，但是，時間拖得越長，就越不利。楚元帝只要發出虎符，就能調集精兵拿下叛臣，若是楚元帝真死了，太子楚昭恒就可登高一呼。再說有顏家軍在，楚昭暉和靖王想坐穩皇位，是白日作夢。

安國公看事還是很明白的，他就不信，若是楚昭恒真到了生死關頭，顏明德還能坐得住？所以聽到顏家家將前往靖王府後，他立即帶了家中家丁護院們，來到東宮。

不過，到底是一番真刀真槍的廝殺，他身上多少還是掛了彩。

楚昭恒請孫神醫為李繼業看傷。「安國公，您先歇息一下。叛軍要攻入東宮，並不容易。」

門外又傳來叛軍們扛著圓木撞門的聲音，還有「架雲梯」之類的叫聲，安國公有些不安，楚昭恒卻若無其事地拿起杯子，喝了口茶。

孫神醫也淡定地端藥過來。「太子殿下，熬夜傷身，您把這藥喝下吧。」

過沒多久，顏烈又帶著一人匆匆進來。「太子殿下，我父親讓這人帶消息來了。」

來的這人，穿著顏府侍衛衣服，身上倒沒多少血跡。他是從東宮後院的狗洞爬進來的，差點被當叛軍給宰了。

幸好姑娘和二公子經常來東宮，居然連東宮有狗洞的事都知道，要不然，自己還得拚殺一陣呢。

顏烈瞪了他一眼。「別的廢話別說了，快說說我父親讓你帶什麼消息來了？」

當著安國公的面，說鑽狗洞進來的，顏府的臉面何在？為了壯威風，顏烈可是特意從死人身上抹了血，給他在身上擦了，怎麼也得顯得是廝殺進來的啊。

來的斥候很委屈。他也覺得鑽狗洞很丟臉，可是他想快點送消息進來啊。跟叛軍廝殺，萬一他被人一刀宰了，消息還怎麼送？二公子那一臉嫌棄的樣子，真的很傷他的忠心啊。

楚昭恒看了這人的衣裳一眼，握起拳頭，抵在嘴上，低頭咳了一聲。

顏烈這小子，要裝也不裝得像一點，那人身上的土一看就是趴地上爬了才有的啊。

他咳了好幾聲，才勉強忍住到嘴的笑意，端著臉說：「你拚殺一場，辛苦了。舅父讓你帶了什麼消息來？」

「太子殿下，將軍已經派人去攻打靖王府了。」

這話一出，正殿裡的幾人都是喜上眉梢。

「我父親帶人去的？」

「鎮南王世子來京了，他帶人去的。大將軍說他會找京中大人們和宗親們商量。」

楚謨怎麼到京了？顏烈和楚昭恒有些疑惑，當著安國公的面，兩人沒有多問。

楚昭恒點點頭。「你辛苦了，先去歇息一下吧。」

李繼業在邊上聽到楚謨帶人去攻打靖王府，心中更是暗喜，今日這一把賭對了。鎮南王府和顏家都支持太子殿下，何愁太子殿下的皇位不穩？

「太子殿下，叛軍又有增援了，來了兩百多黑衣人，身手比普通士兵們好多了。」廳中人正鬆了口氣時，姜嶽從外面衝進來，他又補了一句。「那些人的身手，比當日官道行刺的人，只好不差。」

顏烈一聽兩百多高手增援，立時站起來。「姜侍衛長，你快帶三十個侍衛守著太子殿下，門口布上弓箭，擅闖者立即射殺。」

「太子殿下，二公子，西邊……西邊被人闖進來了。」

「二公子，宮門那兒有人翻進來，快擋不住了。」

顏烈話音剛落，接二連三來了幾人，報說守不住了。

顏烈狠狠一跺腳。「守不住也得守！除了宮門那裡，其他地方的人都調到這裡來，給我守住正殿！」

他說著，自己拔刀跑到宮門那裡去。

安國公沒想到，楚昭暉還有這殺手鐧。兩百多高手，這要怎麼辦？

隨著顏烈將守住圍牆邊的人調過來，姜嶽手裡有了足夠的人手，在門外調配起來。很快，一座正殿，護得水泄不通。

有十幾個黑衣人發現了正殿，妄圖闖入，還沒摸到院門，就被射殺了。

顏烈跑到宮門，正有黑衣人打算殺了守門的侍衛打開宮門。

顏烈拔刀衝入戰局，以一敵二，一下就殺了兩個。「就這十來個人，你們還殺不了？」

侍衛們被顏烈輕蔑的語氣一激，為了爭口氣，立時悍勇不少。黑衣人身手雖好，但此時只有十多個人，而守在這裡的侍衛們卻有上百人，很快就被殺了不少。

這時，正殿那裡，一聲呼哨聲傳來，還活著的幾個黑衣人對視一眼，放棄了宮門，向楚昭恒所在的正殿衝去。

「不要管別的，守好宮門！快，射箭！」

門外的叛軍看到有人翻進東宮，軍心大振，對著東宮宮門開始猛攻，還有人挖宮牆。

「二公子，他們有了盾牌，箭射不到啊！」

原來外面的叛軍剛才沒閒著，不知上哪兒找了上百面盾牌，侍衛們的箭射下去，紛紛射到盾牌上，不能傷人分毫。

「媽的，不能被人壓著打！」顏烈狠狠吐了口唾沫。「誰有膽子，跟我衝出去殺個痛快？」

幾個顏家的護衛和剛才的斥候都站出來。「二公子，這種事當然是我們上！您留這兒指揮！」

「什麼話？什麼時候老子做過縮頭烏龜了！」顏烈想也不想地拒絕了。

大內侍衛們心裡不是滋味了。「顏二公子，顏家人是好漢，我們也不是孬種！」

「好！」顏烈點點頭，點了二十個身手好的。「準備，我說衝，大家就跳下去！」

二十多人爬上宮門邊的牆頭。

叛軍後退了一丈多，準備用圓木衝門時，顏烈一提刀當先跳下宮牆。「上！」

叛軍沒想到裡面忽然有人跳出來，等他們回過神來，顏烈這二十人已經殺到他們面前。盾牌兵們手中的盾牌沈重，對敵應變就慢了，顏烈等人砍倒了盾牌兵，同時宮門內的侍衛們，爬上宮牆，再次射出羽箭。

見殺了不少，顏烈見好就收，帶著人後退。

正殿那裡，火光沖天。

「他們在燒正殿！」有人叫了起來。

從宮門那裡，聽到有人叫：「護著殿下到宮門那裡去！」

顏烈從那些混雜的人聲中，聽到了姜嶽的這聲大叫，一時進退維谷。若是衝出去，靠著三百來個侍衛，再加上安國公帶來的那些家丁護院，怎麼跟一千精兵打？何況，還有兩百多身手過人的黑衣人。

他咬咬牙，情急生智，叫過斥候。「等會兒你帶著太子殿下從你來的路溜出去，再找個跟太子身形相仿的人，換上太子的衣裳。」

「讓太子殿下鑽……」那斥候愣了一下，話未說完，張大嘴巴看著前方，沒聲音了。

「你倒是快去啊！」

「二公子，不用去了，您看前面……」

顏烈看向前面，見顏寧騎著馬，帶著顏家家將們衝開叛軍的包圍圈。他高興地一拍大腿，大聲叫道：「有援兵啦，快護好太子殿下！有援兵啦！開宮門！」

東宮內外的人，一個個在大叫「來援兵」了，大家都有逃出生天的感覺。

顏寧帶著的人，有一個用槍尖挑著靖王的腦袋，大叫道：「靖王人頭在此！繳械不殺！靖王人頭在此！繳械不殺！」

叛軍沒想到，東營上萬人馬，靖王爺還被殺了，一時軍心渙散，不少人開始潰逃。

東宮內的黑衣人聽到外面來了援兵，加緊了攻勢。

東宮門大開，姜嶽護著楚昭恒往宮門外走去，那些黑衣人看到外面的顏家軍，領頭者叫了一聲「撤」，紛紛往後退去，跳過宮牆，消失在宮牆外，來去如風。

叛軍一潰散，楚昭恒就帶著孫神醫往勤政閣趕去。「顏烈，你帶御林軍和大內侍衛們去守住宮門；寧兒，妳先帶人回家去。」

楚昭恒吩咐顏家兄妹後，又轉向安國公道：「安國公，你先帶人回府安頓，若有受傷的，還請厚待。很快，就要早朝了。」

聽楚昭恒說到早朝，大家抬頭看看天色，夜色已退去，竟然已經寅末了。

顏烈和顏寧聽了楚昭恒安排，各自帶人離去。

安國公李繼業今夜的目的也達到了，更不會在此刻違背太子殿下的命令。更何況，太子殿下都提醒他要上早朝了，其中親厚之意不言自明。

楚昭恒到達勤政閣時，京郊南營也在主將帶領下進宮了。

南營這幫人，救駕是用不上他們了，進宮之後，負責抬屍體的活兒。兩人合抬一具，叛軍的屍體放一邊，侍衛們的屍體放另一邊。

肖剛帶著餘下的大內侍衛們，守在勤政閣門口，看那架勢，楚元帝應該是打算親自上早朝。

楚謨和楚昭業也站在門口等著。

見到楚昭恒，楚昭業笑得欣慰。「太子殿下來了？幸好昨夜勤政閣雖然凶險，太子殿下總算無恙。」

「辛苦三弟了。幾個兄弟中，只有我未能習武，說來慚愧，竟然被叛軍困在宮裡，未能趕到父皇這裡來。」楚昭恒伸手扶起楚昭業。「三弟武藝過人，消息也便捷，才能及時趕來護衛父皇啊。」

楚昭業眼神閃爍了一下。自己的大哥，言詞之間，與以往不同了。

楚謨也上前向楚昭恒見禮，又說自己是奉了楚元帝之令進京，昨夜在城外看城內火光，才貿然持著楚元帝的密令叫開了城門。

說話間，楚元帝坐著步輦，從勤政閣正殿內被抬出來。

楚昭恒帶著眾人，上前跪下迎接，山呼萬歲。

楚元帝臉色還是蒼白，他坐在步輦上，看著身形不動如山，只有他自己知道，光是撐直了背坐穩，就用盡他全身的力氣。

顏皇后滿眼擔心地扶著步輦，將楚元帝送到大門處，身上還穿著昨夜換上的盛裝。看到楚昭恒站在殿外，形容有些憔悴，但是看著沒有受傷，她心裡鬆了口氣，又轉頭看向楚元帝。

自從登基後，楚元帝總是板著臉，少有笑容。一夜生死邊緣，尤其是昨夜顏皇后寸步未離，他眼裡浮上了幾絲難得的溫情。「妳也一夜未睡了，回去歇息吧。」

「好，妾身聽聖上的。」顏皇后不再堅持，目送楚元帝的步輦走出勤政閣。

楚元帝看著高臺下清出的路，那些石板上，屍體雖然都不見了，但斑斑血跡還未清除，透露出昨夜的血戰。他將肖剛叫到步輦邊。「你們昨夜護衛勤政閣，辛苦了。」

「臣愧不敢當。聖上，昨夜之事，臣不敢居功，多虧了顏姑娘的調度，才能拖住叛軍。」肖剛經過昨夜，對顏寧是一萬個信服。他是個實誠人，聽楚元帝誇獎他們護衛勤政閣，立時把顏寧說出來。「還有三殿下，昨夜也是苦戰了一夜。」

楚元帝已經聽康保說了昨夜的事，自然知道詳情，他打量了一眼。「顏烈和顏寧呢？」

「父皇，兒臣怕宮中守衛有失，讓顏烈帶著御林軍去守宮門了；顏寧有些支撐不住，回府了。」

楚元帝點點頭，楚昭恒這安排，深得他心。顏家兄妹這一夜的功勞太大，大得他還未想好如何封賞。

聽楚昭恒說完，他抬手往前指了指。「走，上朝！」

午門外，文官以太傅鄭思齊和右相葉輔國為首，武將以顏明德為首，分列左右。這裡遠離內宮，但是空氣裡仍飄著淡淡的血腥味。

昨夜的京城，看著街道上空無一人。實際上，這些大臣們，誰沒盯著宮裡呢？

安國公趕著宮門開的時辰，趕到了午門外進入朝班。

大臣中，有相熟的，互相竊竊私語打聽著昨夜情形；有人對安國公的投機行為不屑，也有人佩服他的膽子。不管如何，安國公這一把豪賭，總算贏了。大家對他，比往日更多了幾分關注。

宮門一開，滿朝文武魚貫而入，再無聲音。

楚元帝坐在龍椅上，看到朝臣們走進，他看了康保一眼。

康保會意，上前大聲道：「聖上有旨，靖王謀逆伏誅，二皇子楚昭暉死於亂軍之中。此次靖王謀逆一案，交由太子審理，著三皇子楚昭業輔佐。」

隨後，楚元帝與大家議起朝中政務來。

朝臣們都是人精，見此無人再提起昨夜之事，而是奏起與職責相關的事務。二皇子楚昭暉和靖王的宮變，好像一滴熱油掉進水鍋裡，泛起一點油花後，了無痕跡。

這日早朝，退朝比往日還要晚一些。

退朝之後，楚元帝將楚謨召進宮裡說話。

第四十二章

顏寧回到家中，秦氏早已經等在門口，看到她一身狼狽地回來，又是心疼又是著急，聽顏寧再三保證未受傷後，才放她去歇息。

顏寧洗漱之後，換了衣裳，聽綠衣說起虹霓受傷之事，強撐著探望，看虹霓無礙之後，才放心地睡了。

這一覺睡下，顏寧直到第三天才緩過來。

顏明德本想斥責女兒的大膽，可來了兩次，女兒都躺在床上，搖都搖不醒，到第三天，他請了孫神醫回府替顏寧把脈。

楚昭恒以為顏寧受傷，派了招福一日幾趟地過來。

至於楚謨則被楚元帝拖住了，說起南詔之事。此時乃非常時刻，楚元帝正忌諱君權旁落之時，他也不敢明目張膽探望顏寧，怕給顏家和太子招來不必要的麻煩，於是他只能私下拉著顏烈再三打聽，知道孫神醫把脈之後，只說顏寧是脫力了，休息就好，才算放下心來。

顏寧睡飽了三天，才歇過來。從床上起來後，便聽說楚元帝當日退朝回到宮中，就支撐不住了。太醫正說毒入臟腑，就算現在清了，也要調理，最好能靜養。

而安祿的身分也有了下文，他是原大皇子的餘孽，當年大皇子與楚元帝爭位敗了，安祿卻一直留在宮中，後來不知怎地與靖王勾結上。

這些都是秦氏進宮探望顏皇后時，顏皇后透露出來的。

顏寧點點頭。前世，楚元帝可能就是查到安祿的身分，才在後宮大開了一次殺戒；這次，還沒等他開始殺，就先被柳貴妃下藥了。

楚元帝將與安祿有牽連之人，都關入了慎刑司，眼看著就是殺頭了。而對於這次叛變，早朝上已經說明是靖王謀逆，而楚昭暉只是附逆。這意思，就是要給楚昭暉最後的體面了。

「劉妃娘娘也是可憐。這次，四殿下是被人亂刀砍死在內宮門前的。劉妃娘娘聽到消息後，要趕去看，聖上和皇后娘娘怕她受不住，都沒讓她去看。」秦氏與顏寧說起最大的消息。

顏寧暗暗嘆口氣。楚昭鈺派人對她下手時，她是想過要他命的。沒想到，四皇子居然相當識相，投向了楚昭恒這邊，她也就沒好意思再下手，結果，楚昭鈺還是逃不過死劫啊。

「母親，姑母有沒有說起四殿下是被誰殺的啊？」

「妳姑母沒細說。要不是我們說話的時候，有人來說劉妃娘娘鬧著要見四殿下一面，也不會說起這事。皇后娘娘讓人將四殿下梳洗體面了，再讓劉妃娘娘去見。」

顏寧知道楚昭鈺的死訊後，想到二哥提起的那幫來去如風的黑衣人。幸好，當日守衛東宮的人都勇猛，自己帶人去得又及時，不然……

「妳姑母還說，那夜真是多虧妳了，聖上也跟娘娘誇妳巾幗不讓鬚眉呢。」

「母親，這話妳以前不是不愛聽嗎？」

「這是聖上誇妳的原話。」秦氏嗔怪地看了顏寧一眼，有些無奈地道。

她不愛聽，也不敢去跟楚元帝說，她家女兒是打算嬌養的，沒打算做什麼巾幗。

顏寧聽秦氏那無奈的語氣，笑了。她知道，母親是被顏家代代征戰殞命的男人們嚇到了，不想顏寧沾上任何武事。

聽王嬤嬤說，那夜秦氏一夜沒睡，就跪在小佛堂磕頭燒香，還許願要親手抄一千遍金剛經獻到佛前。

「母親，女兒愛惜著自己呢，妳別擔心。」顏寧撲到母親身上撒嬌。

重生一世，她怎麼敢不愛惜自己這條小命啊？當然，若是那夜注定不幸，她是打算拉著楚昭業和楚昭暉一起死的。

秦氏知道顏寧是故意做了小女兒樣子來寬慰自己，只好再無奈地一笑。

母女倆正說著話，顏明德大步走進來，王嬤嬤帶著綠衣跟在後面。

「夫人、寧兒，妳們明日要去城外上香？」

「是啊，你不用安排人跟我們去。我都打算好了，明日一早走，下午就能回來了。」秦氏以為顏明德是要安排護送的人。

「明兒午門前要大殺一批人，那邊可能不好走呢。」顏明德勸了一句。「要不，換個休沐的日子，我和二郎送妳們去？」

「我有寧兒，你們父子送不送有什麼差別？你這當人父親的，反正該在時也不在。」

顏明德聽到秦氏這話，也是無奈。

那夜謀反，他不能帶人去闖宮，秦氏知道輕重，當時並未說什麼，沒想到事後倒是記起來了。因顏烈不在，他求助的眼神，只好看向顏寧。

顏寧知道父親的意思，先與秦氏說：「母親，明日我們還是不要出門吧。這次，少說也要殺個幾百人了。」

她一開口，秦氏自然答應。原本是想挑個好日子去佛前燒香，感謝佛祖保佑顏烈和顏寧都平安無事，但是，這好日子成了殺人的日子，那她說什麼也不願選這天去廟裡了。

「母親，您也別提那夜的事啦，父親這麼做，也是為了顧全大局。」

秦氏也知道是這麼個理兒，可明知道兒女在險境卻不能去幫手，這滋味太過難受。看顏寧還眼巴巴地看著自己，她岔開話問道：「太子殿下這次不求情嗎？」

太子楚昭恒接了楚元帝的聖旨，調查靖王叛亂一事。他一改往日溫文作風，做事雷厲風行，一下就拿下不少靖王餘黨。楚昭恒、鄭太傅與潘少傅還有封平等都商議過，趁此機會，一舉掃除一些二殿下和靖王在朝中的影響，為楚昭恒立威。

對楚元帝來說，一個賢名在外的太子是不錯，但更需要的是一個既有賢明也能冷血的帝王之才。

楚昭恒將謀逆一案調查之後，就具摺上奏了。

據說楚昭恒去勤政閣遞摺子時，楚元帝當時看著上面那近兩百多人的名單，列了哪些是參與謀逆、哪些是附逆，還有哪些人是往日與逆賊親近但此次並不知情。這些人有京官也有外任的官員，且都證據確鑿。

短短半個多月，能查得如此詳盡，殊為不易。

「太子，這些人，你看如何處置為好？」

「父皇，兒臣以為，對謀逆者當誅九族，附逆者斬立決。往日親厚但此次未參與的官員人數較多，不如徐徐換了，也免得再有餘孽。」

「哦，這可要殺不少人。」

「兒臣以為，本朝從未有謀逆之事，得重懲才可以儆效尤。」

「好，那就這樣辦吧。」楚元帝贊同了。

這才有了明日的處決。

顏寧沒有告訴秦氏，明日的殺人只是一部分，慎刑司還關著幾百個太監宮人，還有抄家滅族的那些人。這一殺下來，好歹也要上萬人吧。

從來謀逆，不論成敗，都得死一大批人，差別不過是死的是哪些人罷了。

顏明德陪著秦氏和顏寧聊了幾句，看夫人臉色稍緩，對顏寧道：「寧兒，妳跟為父到書房來一下吧。」

又要跟女兒說什麼政事了？秦氏柳眉一皺，就想反對。

王嬤嬤在門外高聲稟告道：「夫人、姑娘，安國公夫人和姑娘來訪了。」

秦氏只好忍下想說的話。「快請進來，我和姑娘這就去迎迎。」

顏寧也去不成書房了。「父親，晚點我再來書房找您吧。」

顏明德聽到是安國公夫人和姑娘來訪，皺了皺眉。「也好，晚點再說話吧。」走了幾步，他又回身道：「安國公前兩日碰到我，說過選秀這事。皇后娘娘還沒意思透出來，妳們可不要自專。」

秦氏明白了。「你放心，我心裡有數。」

顏明德聽夫人這麼說，也不耽擱，他走出院子，先去外書房。

顏寧虛扶著秦氏，兩人快步走出去，在二門內，迎到了安國公夫人母女倆。

一段日子沒見，李錦娘清減了些，原本圓潤的下巴都有些尖削；臉上帶著笑，只是那笑容裡，多了幾絲愁滋味。

安國公最近混得風生水起才對，顏寧看她那樣，再想起她對太子哥哥的心思，難道李錦娘是為父親剛才提起的選秀擔憂？

顏寧心裡想著，腳下不停，與安國公夫人見禮後，拉著李錦娘的手。「李姊姊，好久沒見了。」

「寧兒，妳沒事吧？上次來府，聽說妳睡著，就沒敢來擾妳。」李錦娘拉著顏寧打量。

「我沒事，謝李姊姊關心。」

秦氏和安國公夫人聊了幾句，看顏寧和李錦娘在後面，吩咐道：「寧兒，快招待李姑娘去園裡玩吧。」

顏寧應了，拉著李錦娘到自己的薔薇院去坐著。

李錦娘到了薔薇院，更自在了。「寧兒，妳可真厲害，現在大家私底下都說妳救駕的事呢。」

「很多人說嗎？」

「這幾日母親帶我出去訪客，很多人都說起妳，劉側妃還說後悔自己沒習武呢。」

劉側妃？太久沒提起這人，顏寧愣了一下才想起來，劉側妃是濟安伯府的劉琴。

「劉側妃懷著身孕，也出來見客了？」

「昨兒在南安侯家遇見的，她比以前清減了些。靖王謀逆那夜，她剛好回濟安伯府去才沒事。聽說三皇子府也衝進叛軍了，三殿下在宮裡，家裡沒主子在，那些叛軍就離開了。」

「那好端端的，劉側妃怎麼說起我啊？」

「就是……閒聊提到那夜凶險，就說起妳救駕的事了。劉側妃還說聖上和皇后娘娘都感激妳呢。」李錦娘話到嘴邊，轉了個方向。

顏寧知道那閒聊的內容肯定不是隨口提到的，話題是劉琴挑起的？

「先不說聖上和皇后娘娘身分尊貴，光皇后娘娘是我姑母，我那夜不就應該那麼做嗎？再說，除了舞刀弄槍，我別的也做不了啊。」顏寧輕描淡寫地說了一句。

李錦娘看她神情淡淡的，顯然不想再談這個，就說起明日的事。這種事，安國公自然也會聽到消息。

「寧兒，我父親說太子殿下提議要殺雞儆猴，怕會寒了人心呢。他聽說今兒我母親要來府裡，還讓我母親把這話告訴妳母親，看看能不能透給皇后娘娘和太子殿下知道？」

顏寧看著李錦娘雙眼一瞬不瞬地看著自己，那眼神裡，有緊張、有擔憂，還有……一絲算計的打量。

她嘆了口氣。人一旦長大，就身不由己，多了算計。何況，她和李錦娘本就不是親厚的人。

「李姊姊，這些話，我母親怎能說啊？安國公現在是太子殿下的人，他勸誡才適合啊。」她重重地咬字，叫了太子殿下。

李錦娘笑容熱切了一些。「那夜，我父親說要帶人去救太子殿下，還交代我母親，說他要有個萬一，就讓母親帶著我們一家子回鄉去。那時，可把我們一家擔心死了，還好，大家都平安。」

「是啊，我二哥回來說過那夜的凶險，我父親也說安國公是忠心為國的忠臣呢！聽說安國公為了護衛太子殿下，還受傷了？」

「只是輕傷。後來聖上、皇后娘娘和太子殿下，都賜了很多藥材。」

顏寧說的自然是客套話。那夜安國公會受傷，用顏烈的原話說就是「沒見過那麼笨的人，人，生怕自己不見血，一定要往人刀口上湊一下」。

當時，顏寧帶人衝開了叛軍的包圍，那群黑衣人又在撤退，楚昭恒其實已經無事了，可不知怎麼搞的，安國公忽然叫了一聲「殿下小心」，然後被一個要退的黑衣人給劃拉一下。

那傷口顏烈見過，並不重，李錦娘說只是輕傷，還真不算謙虛，只能說是實話。

「對了，寧兒，那夜聽說是鎮南王世子帶著妳家的家將，殺進了靖王府？」

「是啊，幸好那夜鎮南王世子爺來京了，不然，要是我父親那迂腐的性子，還真危險了。」顏寧一臉劫後餘生地感慨。

李錦娘看著，話題一轉，說起鎮南王世子楚謨的樣貌風姿。

顏寧心中暗笑。李錦娘這是怕自己要和她爭太子妃之位，所以要引自己去關注楚謨了？

顏寧配合著問話，聽李錦娘說了更多楚謨的傳聞，什麼自小聰慧、三歲作詩、文武雙全打遍南疆無敵手，還有容貌過人、性情又好等等。

難得她一個閨中女子，搖身一變，變出一張媒婆的利嘴。不過聽著楚謨被人這麼誇，顏寧心裡還是挺高興的。

不對，誇的又不是她，她為什麼要高興？

顏寧撇撇嘴。什麼打遍南疆無敵手，哼，他可未必是自己的敵手，只能說南疆人都太弱了。

心裡這麼想著，她有些手癢。哪天得找楚謨比武。

安國公夫人和李錦娘這一趟待了一個多時辰，才告辭。

秦氏帶著顏寧，將她們母女倆送到垂花門口，兩人對視一眼，都鬆了口氣。

往日與安國公家相處還好，但是今日對安國公夫人母女來說，她們來的不是顏家，而是皇后娘娘的娘家、太子楚昭恒的外家，因此秦氏母女與她們說話，就格外心累。

「寧兒，妳說李家姑娘……能如願嗎？」秦氏看著那母女兩人上車後，吐出一口氣，問顏寧。

剛才安國公夫人拉著她感慨，李錦娘感激太子殿下的救命之恩，聽說東宮遇險，一定要安國公帶人進宮云云。她也是做人母親的，女兒若真心喜歡一個人，做娘的當然希望自家女兒能如願以償。再者，秦氏覺得李錦娘還是不錯的姑娘，模樣、性情、家世樣樣不差。

顏寧笑了笑。「這個，就得看姑母和太子哥哥的打算了。」

她這話說得有些敷衍。若按現在的情形看，李錦娘八成是能如願的，只是安國公夫婦層層緊逼下的如願，李錦娘以後還能得到太子哥哥多少真情呢？姑母對這個兒媳婦，又能有多少喜歡呢？

由李錦娘，想到了楚昭恒做了太子，就沒什麼能按自己的喜好，等太子哥哥做了皇帝，那就更是時時刻刻都要算計著利益得失。

「母親，您下次進宮，給太子哥哥帶些野果吧。姑母在宮裡，肯定也吃不到。」

前幾日，家裡有人買到一籃山中的野果山桃，倒是新鮮。

「知道了，妳姑母真是沒白疼妳，有好吃的就想到姑母。」秦氏有些酸溜溜地道。

「母親，那女兒不也想到您啦。」顏寧好笑地道。

「不耽擱妳了，妳父親還在書房等妳呢，快去吧。」秦氏不留顏寧閒話，直接趕人。

顏寧趕到外書房時，封平居然也在，顯然剛才已經與顏明德商議了一些事。

看到顏寧進來，顏明德問了一聲。「安國公家的人走了？」

「嗯，走了。」

「寧兒，最近外面多了不少傳言，都是關於妳那夜在宮裡的事……」

「父親，剛才李姊姊也說了，劉側妃最近頻繁出門。不過，那些流言不礙事，我們沒有那念想，要不要防人家都無所謂。」

劉琴最近頻頻說的，就是顏寧在宮中的神勇，暗示的無非就是顏寧這次功勞大，有可能與太子殿下來個親上加親。這，應該是楚昭業的擔憂了。

顏明德同意顏寧的話。「為父也是這麼想的，不管別人如何口舌是非，也傷不到什麼。只是，明日處決完犯人，接下來，聖上就得考慮行賞了。」

的確，逆賊處決了，接下來就要論功行賞。顏烈和自己在這次宮變中，都是立了大功的人。

「父親，我想著，若聖上問起我們想要什麼，二哥不如就說想去玉陽關吧；若是問起女兒，您不如就說勤政閣那夜，女兒擅自用了內藏的一把匕首，覺得那把匕首很好，求聖上賜給女兒好了。」

顏明德點點頭。顏家已經位極人臣，手裡又掌握北境調兵虎符，楚元帝對自家兒女的賞賜的確為難，不如由他主動開口，也算為君王分憂。他這幾日想了好久，不知該求些什麼才能恰到好處，顏寧這主意不算好，但還過得去吧。

封平知道顏家父女都是明白人，就將楚昭恒的意思說出來。「太子殿下的意思，這賞賜若是要得太輕了，也不好。」

畢竟，若顏寧和顏烈的賞賜太輕，那其他人的賞賜該怎麼定呢？這兩個人可算是當夜抵擋叛軍的大功臣。

楚昭恒這顧慮有理，顏寧也知道，只是想不出求什麼才算有些難度，又不會讓楚元帝覺得為難？

「太子殿下的意思，是由皇后娘娘開口，求聖上將來若顏大將軍相中了什麼人家，聖上給個賜婚的旨意。」封平說出楚昭恒的想法。

這個要求，說大不大，說小不小，又的確和顏烈、顏寧切身相關，若是顏明德相中的人家不願結親，那楚元帝就等於幫著搶婚了；若是顏明德相中的人家有意結親，那楚元帝的賜婚旨意就是錦上添花的體面。

如此一提，也算是回應楚元帝的意思，表明顏家沒有再讓女兒嫁進皇家的意思。

太子哥哥倒是深謀遠慮，只是，怎麼忽然想起賜婚之事？

有了楚元帝這道聖旨，萬一將來她真要與楚謨成親，楚元帝就算心裡不願意，也得成全了……哎呀，想到哪裡去了！

顏寧忽然發現自己的思緒被帶偏了。都怪今日李錦娘過來，有的沒的說了一大堆。

「父親，太子哥哥這個主意好，回頭您就跟聖上這麼提吧。」心裡想著，顏寧嘴上還是極快地贊同了。

「嗯，好。」顏明德點頭。

兩人說得坦然，估計秦氏要是在場，又要長嘆了。女兒說起婚事竟然沒一點羞澀，顏明德這做父親的，也不知讓女兒迴避一二。

這兩人，拿婚事當政事一樣，正經地說了半天。封平與顏家人相處久了，對他們的粗神經早就見怪不怪。

「如此，我馬上回東宮去告知太子殿下。」封平說著站起來，打算離開，卻看到顏寧沈思的樣子。他想起東宮那位主子，出這主意時，不知心裡是何想法？於是對顏寧說道：「這幾天，楚世子經常拜訪太子殿下，他們相談甚歡。」

封平與楚昭恒待久了，對這主子日漸熟悉，也日漸欽佩。他忽然說了這一句，說完又有些後悔。自己說這一句，是什麼意思呢？

顏寧聽完驚訝了一下。原來楚謨這幾日都跑東宮去啦，不知在忙什麼。她雖然好奇，卻未詢問，只是跟著顏明德將封平送到書房外。

之後，顏皇后向楚元帝說了顏家的請求，楚元帝答應了。

鎮南王世子楚謨，當夜帶兵進宮救駕，他所求的賞賜是婚事要自己作主。

楚元帝跟顏皇后笑道：「如今的孩子，主意都大，一個個都想著婚事了。」

過了幾日，早朝上，楚元帝連下了幾道旨意，最引人矚目的，自然是有關太子妃的聖旨——安國公嫡女李錦娘，美而賢，堪為太子妃。

這道聖旨一下，肖剛由大內侍衛副統領升任正統領等等，皆不算什麼了。

一下早朝，文武百官們紛紛向安國公道喜。

楚昭業在宮變之夜後，養了幾日傷，這日也上早朝了，聽到這道旨意，也笑著恭喜安國公。他說笑了幾句，就當先離去，身後跟著林文裕等一班三皇子一派的人。

想到剛才在朝堂上，楚昭恒站在楚元帝身邊，聽著太子妃那道旨意時，那眼中的淡漠。

楚昭業笑得更歡了，看到楚昭恒從殿後出來，他對身後的大臣們示意先行離去，自己滿臉笑容地走到楚昭恒身前。「太子殿下，恭喜了。」

「多謝三弟。」楚昭恒也笑道。

「太子殿下，最難消受美人恩，未來的太子妃對您一片深情，您可真是好福氣啊。」

「三弟說笑了。我還有事，就先走了。」

「太子殿下慢走，臣弟恭送太子殿下。」他看著楚昭恒大步而去，那腳步，甚至有些落荒而逃的意味。

我為了皇位，犧牲了那麼多，楚昭恒，你憑什麼不捨點東西呢？皇位，本就是要捨下一切去奪取的。

太子妃人選終於落地。

秦氏聽到消息後，也帶著顏寧趕去安國公府道喜。她們到得晚了，到國公府門前，只見車水馬龍，都沒地方下車了。

安國公夫人和李錦娘聽說秦氏母女到了，丟下滿堂賓客，親自到二門垂花門處迎接。

顏寧跟著秦氏，先到正廳去與其他的夫人們見禮，再與李錦娘到花園玩去。

此時，正是春日好時節，滿園花開，花團錦簇。各府的姑娘們精描細畫，妝扮得人比花嬌。

「李姊姊，恭喜妳了。等妳進宮，見到妳，我可就不能叫妳李姊姊啦。」顏寧向李錦娘道喜。

今日的李錦娘，一身桃紅衣裙，興許是夙願得償，笑容又甜蜜又帶著羞澀的紅暈，面不撲粉而白，唇不點朱自紅。

「寧兒，連妳也笑話我。」李錦娘不依地跺腳。

其他姑娘們看到李錦娘親自帶著顏寧進來，沒什麼意外。顏寧可是太子楚昭恒的嫡親表妹，皇后娘娘對顏寧的寵愛也是出名的，不少人都圍上來，自然又是恭維一番。

李錦娘比往日越發練達了。

顏寧說了幾句，有些不耐，拉過李錦娘，悄聲道：「李姊姊，妳知道我不耐煩這些應酬，我今日是陪著母親來道賀的，回頭我再自己來給妳道賀，我要先溜啦。」

李錦娘看顏寧說得坦白，悄悄笑道：「妳以後難道都能躲過這些應酬？好吧、好吧，我幫妳打掩護，妳走吧。」說話間，比往日跟多了幾分親密。

顏寧俏皮地一笑，轉身離開。

世安侯家的王貽正好走進來，看到顏寧走開，對李錦娘道：「聽說顏姑娘在太子面前很說得上話呢。」

「那是當然。」李錦娘淡淡地回了一句，轉身應對其他人去了。

乍從熱鬧喧囂的國公府出來，顏寧上了馬車，大大吐了口氣。

也不知道太子哥哥現在在做什麼?東宮那裡是不是也是絡繹不絕的賀喜賓客?

「去東宮拜訪一下吧。」她讓車夫掉頭，往東宮而去。

出乎顏寧的意料，此時東宮居然很安靜。

明福親自迎出來。「顏姑娘，您可好久沒來看太子爺了，太子爺在院裡等您呢。」

「明總管，今日沒人來賀喜啊？」

「有，不過太子殿下說身子不適，不見客，讓奴才打發走了。」明福說著，帶著顏寧往後面走去。

楚昭恒正站在花園中，薔薇架下，一身白衣常服的他，背影竟然有了孤寂蕭索之意。

「太子哥哥，你怎麼一個人在這兒啊？」顏寧不知為何，看著這背影，心中有些酸澀，故意大聲嚷道。

楚昭恒聽到她的聲音，轉身，臉上還是往日溫和的笑容。「妳今日怎麼來了？」

「跟著母親去安國公府了。那裡人太多，我待得不耐煩，溜出來了。」顏寧走到楚昭恒身邊，看看楚昭恒身前，也沒什麼花啊。「太子哥哥，你一個人在這兒躲清靜啊？太聰明了。我跟你說，我剛才去見了李姊姊，她那兒的人，都快擠破屋子了。」

顏寧嘰嘰喳喳地說著，掏出荷包。「給你吃，剛才在街上買的乾果。我剛才吃了一粒，覺得味兒不錯。」

楚昭恒接過幾顆乾果，也看不出是什麼，吃到嘴裡酸酸甜甜的，回味之後，就只有一股酸味，那酸味直透到他心底去。「傷全好了？我聽說那夜，妳也受傷了。」

「沒什麼傷。」顏寧轉了一圈。「哪那麼嬌弱呢，我將來可是要上陣殺敵的。太子哥哥，將來我幫你打仗，你說打誰，我就幫你打誰。」

楚昭恒被她說得一笑。「要妳帶兵打仗，別人不說，阿烈就得跑來拆了我這東宮了。」

顏寧嘿嘿一笑，不說了。

「致遠這幾日來了幾次，跟我說起不少你們在南州的事。寧兒，鎮南王府，人口是簡單，不過鎮南王妃，聽說是個難纏的女人。」

「我才不怕呢，她要是囉嗦，我就把她扔水池裡去。」顏寧滿不在乎地說。

「哈哈，那妳就是忤逆不孝。」

「那你幫我扔。」

「好，我幫妳。」楚昭恒應諾。

顏寧也不知為何要來東宮？只是看著安國公府的熱鬧，就想來看看楚昭恒。從小，在她記憶裡，太子哥哥就是寂寞的，現在，太子哥哥身邊有那麼多人伺候，她卻覺得他更孤單了。

看著楚昭恒那掩不住的寂寥，她暗暗嘆了口氣。希望李錦娘嫁入東宮後，能照顧好太子哥哥吧。

在孫神醫的調理之下，楚昭恒的身子已經好了，自然也更忙碌。兩人站著沒說多久，就來了請見說事的人。

「太子殿下，是戶部的人來了。」明福進來稟告一聲。

「太子哥哥，我過幾天再來看你。」顏寧將剩下的果乾蜜餞連著荷包遞給楚昭恒，站起來告辭。

楚昭恒知道今日的偷閒就到此了，他就算有心緬懷什麼，也沒有多少時間。而且，此時他也不敢多沈浸在思緒中。

朝中的局勢，看著他已經穩占上風，但是這麼多年的兄弟，他自然知道，楚昭業從來都不可小覷。

「好，我讓明福送妳出門。有空多過來，陪我說說話。」楚昭恒輕輕地說了一句。

走出東宮大門，顏寧坐上馬車，回到顏府門口，就見孟秀急急地過來。

「姑娘、姑娘，封先生被帶走了。」

顏寧一驚，掀起車簾。「被誰帶走了？什麼時候帶走的？」

「快半個時辰了吧。在石板巷，封先生在石板巷，被三皇子府的人帶走了。」

楚昭業帶走封平？石板巷？難不成李祥的事，楚昭業察覺了？

「姑娘，是李貴親自去抓的人。說封先生與三皇子府的奴才合夥，偷了王府的東西。他們手裡抱著一包東西，說是從石板巷裡搜出來的。」

盜竊、銷贓這種事，輕了是受杖刑，重了卻可以要人命。比如偷的東西裡，要是有御賜之物……

「姑娘，封先生會不會有事？」

顏寧下了馬車。「綠衣，妳再去一趟東宮，把這事告訴太子哥哥，就說我已經趕去三皇子府了。」

顏寧說著，騎上孟秀牽過來的馬。「孟秀，帶上四、五個人。」

她一調轉馬頭，孟秀帶著五個人，也跟著上馬，往三皇子府而去。

第四十三章

顏寧騎在馬上，猛抽一鞭，馬跑了起來。快到三皇子府的十字街口時，被冷風一吹，她急躁的心，忽然冷靜下來。

不對，楚昭業就為了殺封平嗎？他不會不知道抓了封平，太子哥哥不會坐視不理，顏家也不會坐視不理。

她忽然停下，孟秀幾人連忙一拉馬韁。幸好他們都騎術了得，不然姑娘這冷不防停下，就要撞上了。

「姑娘，怎麼了？」孟秀著急地問道。他和孟良與封平相處最久，感情也深厚，乍一聽到封平被抓，要不是他知道進不了三皇子府，早跑去救人了。

「姑娘，雖然封先生是給太子殿下做事，但是、但是您可不能不管封先生啊。」他囁嚅著說了一句話。

顏寧還未說話，皇宮方向又是兩騎跑來，走近了些，看清來者是顏烈。

「二哥，你怎麼過來了？」

「我聽說封大哥被三殿下抓了，我要去看看。」

「今日不是你當值嗎？誰告訴你的？」

「御林軍裡的人啊。」

「你沒跟上官告假，就來了？」顏寧皺起眉頭，低聲喝問道。

「我著急……」

「你著急也不能擅離職守！軍中擅離職守是什麼罪？你快點回去，給你報信的御林軍，把名字告訴太子哥哥那邊的明福，摸摸他的底。」

「那封大哥……」

「封大哥那兒我會去看，你快回去當值。若有人問起你為何離開，你就說皇后娘娘派人找你，問我為何今日沒進宮去？你著急，就自己跑出來了。回去後，立即找你上官請罪，當眾請罪，看到的人聽到的人越多越好。記住了沒？」

顏寧說著，也不等顏烈再說話，直接踢了他的馬頭一腳。顏烈都來不及說話，那馬被踢了一腳，直接往回跑了。

「哎……我自己會……」顏烈想說我自己會調轉馬頭，可惜馬跑得太快，都沒來得及說完一句話。

顏寧叫了孟秀過來。「你快回府找王嬤嬤，把我剛才和二哥說的話，遞進宮裡去，讓皇后娘娘去聖上面前為二哥求情，然後再把我剛才這些話，去東宮也說一遍。」

顏寧看著孟秀離去，心裡還是不安。楚昭業是為了讓二哥得個擅離職守的罪？二哥今日當值，就接到了封先生的信。

她緊緊抓著韁繩，只覺得手心裡冒著冷汗，有沒有疏漏什麼？楚昭業還會有什麼後手？

街上的行人看到他們高頭大馬擋在街口，只好繞行。也有認出這是顏府姑娘顏寧的人，自然更不敢多說話。
顏寧察覺到四周的視線，眼神交錯間，感覺有一道目光如針，刺向自己。她在人群中看了一眼，就看到一個面容平凡的男子，正看著自己這方向。
有人一直在跟蹤自己？
她又叫過侍衛，低聲吩咐了幾句，那侍衛領命，連忙往顏府跑去。
顏寧帶著剩下的四個人。「走，我們去三皇子府。」
「姑娘，要不要回府再叫幾個人？」一個侍衛擔心地問道。就自己四個人，萬一姑娘陷在三皇子府可怎麼辦？
「不用，就我們幾個夠了。走！」顏寧說著，一踢馬腹。
顏寧到了三皇子府的大門口，門房攔住他們。「顏姑娘，我們殿下吩咐了，今兒誰也不見。」
「我不要見三殿下，我是來找人、找東西的。」顏寧大聲說了一句，跟著的侍衛聽到這話，一把推開那門房。
那門房顯然沒想到，有人竟然就這麼大剌剌闖進三皇子府，他爬起來大叫。「顏姑娘，這可是皇子府，妳不能亂闖！」
顏寧對他的話置若罔聞，大步走了進去。
封平此時正被綁在三皇子府後院的一間房內。這間房子從外面看，只是個無人居住的小院，進了門就會發現，這是一間刑房。

李祥倒在地上，乍一眼看去，只覺得是一團紅彤彤的血肉被扔在地上，要不是他還有呼吸起伏，喉間還有咯咯響聲，都不會想到這是一個人。

封平被鐵鍊綁著，雙腳只能靠腳尖沾地，身上還是乾乾淨淨的。他看著地上的李祥，暗恨自己為何不聽顏寧的話，還要去石板巷呢？

李祥除了被威逼著去找洪太醫說過幾句閒話外，未再透露過一句三皇子府的消息。只是，這些話說出去，有誰信呢？

見識過世間冷暖，他憐惜李祥和大娘。所以，他總忍不住會去看看大娘，想幫幫她。就像當初顏寧救了自己一樣，如今卻因為自己的任性，將他們拖入這種境地！

「封先生，你的那些東西，還是交出來吧。」楚昭業坐在一邊並不開口，旁邊的李貴代他說道。

「三殿下要我交什麼？我封平堂堂正正，可沒有做賊，更沒有拿三皇子府的東西。」

「是嗎？封先生，李祥還有口氣，要是再受刑，不知道能不能挺過去？不過，也沒事，他死了，還有石板巷那個老婆子。」

聽到石板巷那個老婆子這幾個字，地上的李祥想說話，可除了喉間的咯咯聲，再沒別的聲音。

封平死死咬著嘴裡的軟肉，只覺得氣血在嘴裡翻湧。這半個時辰裡，他除了開始時挨了鞭子，後來就只被這樣吊著。

李祥叫著他沒有背叛王府，叫著封平沒有問他王府的事，求楚昭業放了封平和大娘。

「既然你要求情，就代他受刑吧。」楚昭業漠然地說了一句。於是，每次李貴木然地要封平交東西，封平拒絕了，就會看著李祥受一次刑。

那還是個孩子啊！

「你們給我上刑，有種給我上刑吧！」封平大力地掙動起來。

「封先生說的是什麼話，您可是客人，哪有客人受刑的道理。」李貴還是不慌不忙地說著，語氣客氣而有禮，好像地上的李祥與他毫無關係。

「李貴，他是你徒弟啊，他真心感激你，說為了你，也不會說任何三皇子府的事。」封平對李貴大叫道。

「奴才竟然帶了這種吃裡扒外的人，是奴才死罪。自從跟著殿下，連奴才這命都是三殿下的。」李貴卻是毫不心動。他對楚昭業的忠心，讓他恨不得將李祥剝皮拆骨。

「動手！」李貴看封平還是不開口，對著地上的李祥指了指。

「你們殺了我！殺了我！」封平只覺得滿腔血腥，恨不能跳起來拉住他們，卻不能動彈。「給你們！我說！」

他再也受不了這種折磨，看著一個孩子在自己面前受刑。交給他們吧，他心裡一個聲音叫著，然後，就叫了出來。

李貴擺擺手，讓來拖李祥的人退下，剛想開口問話，就聽到門外有動靜。

一個王府中的侍衛匆匆忙忙跑進來，跟門口伺候的人耳語了幾句。門口的人連忙進來，想要走近李貴低語。

「什麼事？」楚昭業抬起眼問道。

「三殿下，是顏家的顏姑娘闖進來了，就快到這裡了。」

「誰帶的路？」

「沒人帶路，她自己闖進來了，奴才們沒攔住。」

王府的侍衛們真要攔，人數上還是占優的。只是，他們得到的命令是不可傷人，這就攔不住了。顏寧不管不顧地往裡闖，那些侍衛們擋在她面前，就會被顏府的侍衛們揍。

三皇子府占地不小，楚昭業以為顏寧進府後，好歹也要轉悠半個多時辰才能找到這裡，居然這麼快就找過來了？

他看了李貴一眼，李貴會意。「先把他們帶下去！」

地上的李祥卻忽然掙扎起來，明明都快斷氣了，不知哪來的力氣，他直直地盯了封平一眼，然後縱身直接向封平旁邊掛著尖刺鐵鍊的牆撞去。

眾人還未反應過來，李祥已經撞上了。鐵鍊上的倒刺直直扎進他腦袋裡，他抽搐了幾下，再無聲息，整個人就這麼掛在鍊子上。

封平只覺得渾身血液都被凍住了。李祥是不願活著受罪，才撞死的！可是，剛才那麼多的酷刑之下，李祥都沒有自盡。是因為聽到顏寧來了，知道他能活了，才放心自盡嗎？

除了封平的淚水，房內其他人，眼都沒眨一下。

李貴上前，伸手探了探，確定沒氣了。

顏寧這時來到了這小院外，門外守著的侍衛不再如剛才的那批，而是真的動手了。可是，顏寧帶來的幾個人，身手都不弱。

三皇子府去年建成後，她從未來過。但是，前世她可是這座皇子府的女主人，當她走進大門，看到那熟悉的布局時，就直接往這小院而來。

前世，楚昭業若是抓了人，或是懲罰犯錯的奴才時，都會到這小院。前世的李祥，就死在這小院中。

顏寧大步走著，到後面，幾乎是本能地往這裡大步而來。走到院門口，一股濃重的血腥氣撲鼻而來。難道自己來晚了？

「閃開！」她衝開攔在她面前的人，踢開了那間房門。

門開後，坐在房內的楚昭業，撣了撣下袍，站了起來，面帶微笑語氣溫和地問道：「寧兒，妳怎麼來了？」

架著封平要離開的人，在門口被攔住，封平大力一掙，終於掙開了。

顏寧看了封平一眼。還好，看著受了鞭打，沒什麼重傷。

封平掙開後，就向牆上的李祥撲去。

顏寧跟著他的動作，視線落在李祥身上，只覺得這房內的寒氣刺骨而來。

「狗子，小狗子！」封平叫了大娘常叫的李祥的小名，自然沒人應他。李祥身上皮肉全破了，讓封平想把他抱下來，也無從下手。

顏寧忍不住轉開頭。前世，楚昭暉逼死了李祥，今生是自己逼死了他！一時，只覺得滿心蒼涼。

封平想把李祥的雙眼合上，抹了幾把，卻還是合不上。

顏寧走上前，看到李祥額頭一個大血洞，血漸漸凝住不流了，雙眼大睜著，顯得那張臉分外猙獰。看著這張臉，顏寧想到前世被拋屍荒野的自己。自己是因為不甘心，李祥呢？是因為不放心吧？

「我們會照顧大娘的，你安心吧。」她看著那張臉，低聲說了一句。

「對的，我們會照顧她的，你安心。」封平聽了，也喃喃說著，終於，把李祥的雙眼合上了。

「帶上人，我們走！」顏寧對身後的四人下令道。

「寧兒，妳是打算從我王府搶人了？別忘了，這可是我三皇子府。」楚昭業說了一句，三皇子府的侍衛立時圍上來，將顏寧五人和封平圍在中間。

楚昭業打量了一下。封平只是個普通男子，顏寧就算武功高強，她帶來的四個侍衛身手過人，這也才五個人……

顏寧看到楚昭業漸漸冰冷的眼神，手，握緊了剛才搶來的刀。從剛才的悲傷失神中，她冷靜下來。

楚昭業的手，慢慢抬了起來，還未有其他動作，顏寧忽然往前滑了幾步，手中的刀指到他的喉間。「三殿下，封先生可是我太子哥哥的幕僚，你擅自拿人，不該給個交代嗎？」

「哦，我府中的奴才私盜財物，拿贓時封先生剛好在場。為了還封先生一個清白，就讓他一起來對質一下。」楚昭業對指著自己喉間的刀，恍如未覺，輕飄飄地說了一句。

「那現在，三殿下覺得事實如何呢？」

「封先生說他未盜財物，可能是被這奴才連累了吧。寧兒，妳用刀指著我，不怕得個藐上的罪名嗎？」

「三殿下，我只是和你鬧著玩的。你知道，我從小就胡鬧。」顏寧冷冷地說道。「既然審完了，就勞您送封先生出府吧。」

楚昭業看了顏寧一眼。「寧兒，妳變了！」

從前的顏寧，可說不出這種賴皮一樣的話。

「哪裡，都是跟殿下學的。」顏寧姑且將他這話當成了誇獎。

楚昭業只當她是在諷刺自己，顏寧說的卻是實話。前世為了後院有個賢內助，楚昭業在應對上可沒少開導她。

顏寧說著話，刀尖逼近楚昭業的喉間，楚昭業不得不後退幾步，讓開了門。

「啊，快救殿下！」門外忽然傳來一聲尖叫。

房內的人向外看去，居然是劉琴帶著三皇子府的側妃們在門外。

過了一個年，三皇子府又添了幾個側妃和貴妾。劉琴因為進門最早，家世也最好，如今又懷著身孕，作為管家側妃，身分自然不一樣。在三皇子府的後院，還是以她為尊的，她不知什麼時候帶著女人們來到門外，身邊站著李貴。

「妳別看屋裡。」楚昭業對劉琴說了一句，語氣裡帶著幾絲恰到好處的關懷之意。

他又主動往外走了幾步，顏寧幾人自然也跟著走出房門。

他這動作，大家自然是覺得他體貼劉側妃正在孕中，怕看到房中的屍體和血腥氣，而受到驚嚇。

「妳怎麼來這裡了？快回去，我這兒沒什麼事。」

劉琴的臉色原本有些蒼白，她挺著肚子，看著顏寧，臉上神色有些奇怪。「顏寧，妳好大的膽子，難道想謀殺皇子殿下嗎？就算妳顏家權貴，妳背後有皇后娘娘和太子殿下，妳也不能不講理。我要請母后娘娘救命！」

劉琴說著，轉身走了出去，那步子邁得有些急。

顏寧打量劉琴一眼。以前見面，劉琴對自己一直很親熱，她做了側妃後，見到自己也還是溫和有禮的，這還是第一次對自己這麼怒斥呢。只是那神色裡，除了怒意，還有其他的，顏寧一時分辨不出。

「劉側妃，妳懷孕幾個月了，怎麼還在奔波操勞啊？皇長孫身分尊貴，妳不為自己想，也得為肚子裡的皇長孫著想啊。」顏寧看著劉琴的背影，想起這段日子她到處作客，說著自己的種種。

劉琴的腳步停了停，後面的李貴跟上去攙扶，劉琴未再停留，大步往府外而去。

「寧兒，要鬧到我父皇、母后面前去了，妳快把刀拿開，我先去宮裡吧。」

「我跟殿下一起去宮裡。顏寧無禮，得去請罪。」顏寧把刀放下，只是還站在一步左右的距離，這種距離有個風吹草動，她隨時可以再將楚昭業抓過來為質。

在幾個皇子裡，楚昭業的武功很好。只是，他到底不是顏寧這樣從小練武的，以前鬧著玩時，兩人較量過，顏寧自信，自己三招內就可以拿下他。
「爺，劉側妃一定要進宮去，奴才攔不住她。」李貴回來，跟楚昭業稟告。
「她啊……你們都先回去吧。」楚昭業嘆息似地說了一句，又對其他幾個女人吩咐道。
「爺……」一聲嬌媚的聲音，千迴百轉。
顏寧回頭看了看，居然是前世的熟人錢氏，錢雲長的姪女。
楚昭業聽了她那叫喚，毫無反應，只讓李貴將幾位夫人們送回內院去。
錢氏叫了一句，看楚昭業沒有回應後，很乖巧地跟著眾人回去了。說起來楚昭業治理內院不錯，女人雖然多，但是都沒爭寵大鬧。
顏寧不再看那些女人們，帶著楚昭業往三皇子府大門而去。
楚昭業看眾人都退下了，帶著大家往府外走去，轉頭又吩咐一句。「李貴，幫我牽匹馬來，我要進宮一趟。」
他們到達府門口時，李貴已經備好了馬。
府外，居然還站了三個人，楚謨帶著清河和洛河，看到他們一群人出來，他先打量顏寧一眼，看她無恙後，鬆了口氣。「三殿下，這是要去哪裡啊？」
「致遠居然會來我府上，真是稀客啊。」楚昭業看到楚謨，招呼了一聲。
「來京幾日，都沒能跟三殿下好好說說話。今日看天氣晴朗，是拜客的好天氣，就冒昧來了，三殿下可別見怪啊。」楚謨笑著向楚昭業拱手。
與去年相比，楚謨的美貌多了些硬朗之氣。在沙場上歷練過的人，總會比常人多出些男子氣概，這種氣勢，讓楚謨的臉都被忽略了幾分，只會先看到他的瀟灑之姿。

楚昭業握住楚謨的手，讓他不要多禮客氣。兩人在府門前，談笑風生。

經過宮變那夜，他當然看明白了楚謨心儀顏寧，也明顯打破他們的協議，站到太子一邊去了。可他見到楚謨，卻是待之如常，從未有半點慢待。

楚謨對比過楚昭業和楚昭暉，對楚昭業的城府是深表佩服的。

顏寧沒想到楚謨居然跑來，暗怪他多事，又看他對楚昭業笑得那叫一個親切，明知只是兩人逢場作戲，還是忍不住翻了個白眼。

楚謨接到這白眼，笑得更是開懷。

清河和洛河真覺得自家世子有病啊，應該讓孫神醫給治治。一路跑到這兒，就為了得個白眼，然後，笑得跟掉到油缸裡的老鼠一樣。

好吧，什麼擔心都是藉口，楚謨心裡承認。他知道顏寧總有她的辦法，不見得最好，但是應該能混過關。只是，好久不見她，除了宮變那夜說過幾句話，其他時候他只能通過顏烈打聽近況，所以，他想要和她說話，想要看她發脾氣的樣子啊。

「致遠，你來得不巧，我這還要進宮一趟。要不你先到我府裡喝杯茶，等我回來？」楚昭業看楚謨和顏寧眉目傳情，笑問道。

「進宮啊？剛好，我也要進宮給皇伯父請安，走，一起走。」楚謨說著，直接上馬。

「顏寧啊，我聽說顏夫人叫妳回家呢，妳快回去吧。」

「致遠，顏姑娘可不能走，要和我們一起進宮。」楚昭業截住他的話。

「一個女孩子，能有什麼事啊？要不我代她向三殿下賠罪？」

「這罪，可賠不了。致遠，不是我不給你面子，你來得晚了。剛才我府裡的劉氏，發脾氣進宮了。你也知道，她懷著身孕，脾氣難免大了些，府裡的奴才不敢攔她，現在大概快到宮裡了。我得快些去攔人，免得鬧到我父皇跟前，小事變大事了。」

楚昭業這一說，倒好像是顏寧與劉琴鬧了，劉氏進宮，他得進宮幫顏寧脫關係。

顏寧看著這兩人說話，這樣的迂迴轉折，人才啊。

「三殿下、楚謨，我們快些進宮去吧。」她懶得多費口舌，直接上馬催了一句。「你們幾個，送封先生回家，找大夫看傷。」

四個侍衛有些猶豫。自己幾個都護著封平走了，姑娘怎麼辦？

「你們去吧，回頭我送你們姑娘回府。」楚謨非常熱心地說道。

四個侍衛看顏寧點頭贊同，不再猶疑。

封平手裡，還抱著李祥的屍身。

「封先生，你手裡的，可是我府上犯錯的奴才，放下吧。」楚昭業說了一句，三皇子府裡的人，立即上前，從封平手中拉過。

封平握了握拳，硬生生忍住了。在這大門口，他只要稍有不敬，就會被當成罪人。眾目睽睽之下，楚謨、顏寧，哪怕是太子殿下，也救不了他。

他知道楚昭業是故意想要激怒自己，讓他失態，自己偏不能讓他如意。

顏寧看楚昭業的作態，一手捏緊馬鞭，旁邊伸過一隻手，拉住了她。她轉頭，見那隻手的主人，是楚謨。

楚謨一雙星目，帶著擔心和勸阻，緊張地看著她，手掌又捏緊了些。看到顏寧的視線，他微微搖頭。

顏寧知道，在三皇子府內，她對楚昭業不敬還無妨，就算告到楚元帝面前去，楚昭業讓他府裡的奴才來作證也沒什麼用。但在外面，她卻必須守禮，不能留人話柄。

她知道封平的意思，她也想帶李祥出來，給他安葬，可是，楚昭業一句他府上的奴才，就硬生生堵住了他們的口。「封大哥，你跟他們先回去吧。」

封平低頭，默默上了楚謨帶來的馬車，不再言語。

「三殿下，他沒有對不起你，讓他入土為安吧。」顏寧看了李祥的屍身一眼，低聲對楚昭業說了一句，不等他回答，一抽馬鞭，往皇城而去。

楚謨看顏寧這麼跑了，連忙縱馬跟上。

楚昭業聽到顏寧近似請求的口氣，愣了一下，對李貴道：「李貴，這屍身，你看著辦吧。」

這，就是從輕發落的意思了。

顏烈與顏寧告別後，連忙回到宮門值守處。經過這些時候的歷練，就算他心裡著急，面上看著，卻穩重不少。

「顏郎將，您不是說要家去一趟？這麼快回來了？」有知道顏烈離開的御林軍裡的人，看到顏烈又這麼快回來，問道。

宮變當夜，因為御林軍的總統領跟著靖王謀反，事後被誅，御林軍裡的將官們殺的殺、降的降，位置也空出大半，不少人都獲得升遷。

顏烈因為宮變當夜護駕有功，直接升為正四品左郎將，這還是他年輕，不然大家都說他有望越級擢升為右統領。當然，顏家的家世擺在那兒，就算顏烈沒升職，御林軍裡，也沒幾個敢跟他過不去的。

「剛好碰上家裡人，說了幾句話。沒事了，不回了。」顏烈輕描淡寫地說了一句，他前後離開的時間不長。「我離開那會兒，有沒有什麼事？」

「沒什麼事。我們守在這裡，不就是打發時間的嗎？」有人說笑起來。

值守宮門，除了大臣們上朝前後忙碌些，其他時候還真的沒什麼事。像顏烈這樣，做了郎將還經常在宮門盯著的人，已經算盡忠職守了。

「頭兒，你看那小子，鬼鬼祟祟盯著我們看三、四回了。」顏烈底下的一個御林軍，朝宮門內一處地方努努嘴。「那小子，跟盯梢似的，真想揍他。」

「今日來盯梢的？」

「對啊，以前還好，就今日，您走之前我就看到他在那兒晃悠，現在又來了。」

「大家夥兒都看著點宮門啊，別瞎轉悠。回頭被逮住了，別怪我不說情。」顏烈大聲說了一句，往那人的方向走去。

那人穿著御林軍服飾，看著卻面生。

因為御林軍這次也補了不少新人，顏烈不認識他，大步走過去。只見那人臉上閃過一絲慌亂，半轉過身好像想走，隨即又強作鎮定，站直了身子。

「你哪裡當值的？」顏烈走過去問道。

「顏郎將，小的今日不當值。」

「不當值？不當值你來宮門轉悠個什麼勁？」顏烈一聽，怒了。「怎麼，看我們當值很好看？還是宮門沒看夠啊？給我抓起來。」

「不、不是……小的……」那人沒想到顏烈就兩句話的工夫，直接把自己踹倒在地，讓人綁了他，急得大叫。

「顏郎將，怎麼了？怎麼發這麼大火啊？」

顏烈這邊正叫人捆人，背後有人叫道。

顏烈轉頭一看。「錢將軍，您怎麼過來了？」

錢雲長是京郊南營的人，宮變之後，顏明德拿著楚元帝的虎符調南營進宮護駕。御林軍裡，新的將領就有從南營補過來的人。

錢雲長在京郊南營任從三品的副將，到了御林軍裡還是從三品，等於是平調。不過御林軍是天子近衛，一樣的從三品，前途可比在南營好。他剛好是顏烈的直屬上官。

地上那人看到錢雲長來了，立時叫起來。「顏郎將，我不當值，就從宮門這兒路過，不犯法吧？您說綁就綁，就算您是顏家二公子，也得講理。」

錢將軍走過來，看了看那人。「顏郎將，這是怎麼回事啊？」

這話說出來，顏烈不是傻的，自然知道這人是錢雲長的人。想到顏寧說自己若是擅離職守，被上官看到要處罰，現在看到錢雲長過來，他當然也明白了。

「錢將軍，這人偷偷摸摸在這兒躲著，路過就該大大方方地走，偷偷摸摸算怎麼回事？我覺得這人有些可疑，正打算捆了審審呢。您來了，正好，這人您帶走吧。」他說著，踢了踢地上的人，直接扔給錢雲長帶來的人。

「錢將軍，人交給您了，可得看好了。」顏烈的話說得有些陰陽怪氣。

但是，沒犯錯的情形下，誰能奈何得了顏家的公子？

這個氣，錢雲長只能忍下。「好，既然是顏郎將說可疑，我就帶回去問問。顏郎將，宮門這兒你可得看好了。」

「放心吧，為聖上辦差，我哪敢不盡心。」

錢雲長哼了一聲，帶著人離去。他到底是武將出身，面上的疑問和怒意就露了幾分出來。武將總是直腸子些，不比文官，任何時候都可以笑如春風。

顏烈看他們走了，暗自道了一聲僥倖。自己要是再晚回來半刻，現在被捆著的可能就是自己了。錢雲長一直不顯山不露水，居然是三皇子的人？

「顏郎將、顏郎將，那邊來了輛馬車。」

「這車趕得挺快啊。」

守著宮門的幾個人，看到一輛馬車飛速而來，都叫了起來。

「是三皇子府的馬車啊。」

「不知道有什麼事，怎麼還不慢下來？」

「顏郎將，我們攔不攔啊？」有御林軍看到那馬車像要直衝過來，問道。

顏烈看了一眼，的確是三皇子府的徽記。

他看了看自己身後的宮門，往裡走了幾步。「等馬車過來再看。」

馬車裡坐著的人，正是三皇子府的側妃劉琴。

劉琴此時在馬車裡，一隻手不自覺地摸上自己的肚子。她臉上沒有離開三皇子府時的怒容，只有恐懼和緊張。

馬車裡，坐著一個嬤嬤。

小年夜宮宴後，劉琴從濟安伯府帶來的人，被楚昭業換的換、殺的殺，到後來，直接給劉琴指了一個貼身伺候的嬤嬤。劉琴知道這嬤嬤是監視自己的，卻不敢拒絕。後來發現有了身孕後，她的日子才又好過起來。

這時，府裡已經添了幾個新人，楚昭業直接讓她做了管家側妃。在幾個新進府的側妃和貴妾面前，給她做臉面。所以，她現在對楚昭業又愛又怕，自己懷的是皇家的長孫，楚元帝和顏皇后非常看重，隔三差五就會派太醫進府看看。

如今，她已經懷胎五月，有時肚子裡的孩子還會踢她，看過的太醫和嬤嬤們都說這是個男嬰。

濟安伯夫人囑咐她，讓她萬事不管，一定要好好養胎，若是一舉得男，憑濟安伯府的門第，她直接扶正也不是不可能。

「夫人，宮門快到了。」車夫的聲音從前面傳來。

劉琴手中一緊，兩手交替著捏得越來越緊。

「側妃，快點喝吧，不然來不及了。」車裡的嬤嬤拿出一瓶東西，遞給劉琴。

劉琴看著那個瓶子，嘴唇哆嗦著，眼圈就紅了起來。

「側妃，殿下還指望著您幫他呢。您跟殿下是夫妻啊。」那嬤嬤又輕輕說了一句，隨後，就將瓶子塞到劉琴手中。

夫妻這字眼，讓劉琴一驚，狠了狠心，她拿起瓶子，就倒進嘴裡。她倒得太急，嗆到了，咳嗽起來。

那嬤嬤連忙接過她手中的瓶子，又掏出手帕，伺候劉琴擦擦手和臉，看看瓶中還有剩餘，又遞了過去。

劉琴直接幾口喝完了，眼中滑下一滴淚。

顏烈等人站在宮門處，就看到那馬車不要命一樣飛奔而來。

「停下，速速停下！」御林軍叫著。

那車夫作勢要拉韁繩，實際卻未阻止馬車奔跑。「快閃開，救命啊！」

馬車穿過宮門洞，到了宮門內。

顏烈站在宮門內，看到馬車直闖而入，從旁邊往前一竄，跳上馬車車夫座上。他抬腿，將車夫踢下馬車。「將此人拿下！」雙手一用勁，將馬韁繩勒緊。

那馬倒是溫順，狂奔中被勒住韁繩，居然只是往前衝了幾步，就停下來。

車內卻傳出「哎呀」一聲，一個嬤嬤掀開車簾，大叫道：「快來人啊！劉側妃被甩下馬車，動了胎氣！」

那嬤嬤一邊大吼大叫著，一邊跳下馬車，就往宮內跑去。宮內值守的御林軍和大內侍衛們，聽說是三皇子府的劉側妃動了胎氣，都不敢阻攔。

楚元帝對皇家長孫有多重視，有眼睛的人都看得到。

顏烈大喝。「快把人抬下來！這馬車得檢查！」

「大膽！你竟敢謀害皇孫！」劉琴在車內呵斥一聲，隨後又開始痛呼。

站在馬車外的御林軍，有一個拉了拉顏烈，指著馬車底下。「血！」

馬車底部，一滴一滴往下滴著血。

看那血流的樣子，大家都知道，劉琴的孩子八成是保不住了。

三皇子府的嬤嬤，很快就帶著一個太醫回來了。

宮門口的動靜太大，來往朝臣們自然都看到了。沒多久，康保帶著人匆匆而來，看到這裡的情形，他傳了楚元帝的口諭。「來人，先將顏郎將拿下！將劉側妃帶入宮中救治！」

很快，一個步輦被抬過來，嬤嬤扶著劉琴坐上步輦。

劉琴看著臉色蒼白如紙，雙眉緊皺，兩手抱住肚子不斷痛呼。

那太醫也是一臉驚慌，臉色蒼白。他暗嘆自己倒楣，怎麼就剛好在太醫院呢？沒保住皇家的長孫，這就是大罪一條，楚元帝盛怒之下，砍了自己賠命都是可能的！

第四十四章

顏烈被捆到勤政閣，顏明德剛好也在，聽說顏烈攔住劉琴馬車，劉琴甩下車動了胎氣，他連忙跪在元帝面前。

楚元帝無心理會，只讓太醫院幾個太醫速去為劉琴救治。

過了半炷香的工夫，一個太醫擦著冷汗，戰戰兢兢地走進來。「聖上，臣等無能！未能……未能保住劉側妃的胎！」

楚元帝一聽胎兒沒了，又是傷心又是氣怒。「她不在府裡養胎，出來幹什麼！」

三皇子府的嬤嬤被康保帶進來，進門請安後，哭道：「聖上，我們側妃原本是在家好好養胎的，是顏姑娘到三皇子府裡……側妃沒辦法，想進宮來找皇后娘娘。」

「我們沒想到，在宮門前被顏公子強行停下馬車，停得太急，側妃就從座上摔了下來……聖上，求聖上為我們側妃作主！」

那嬤嬤一邊哭一邊說，話卻未說完，含含糊糊幾句。

「聖上，我們側妃懷的胎都成形了，是個皇孫啊！」

楚元帝一聽，只覺得怒不可遏。「顏明德，這就是你的好兒子、好女兒！竟然敢謀害皇家子嗣！誰給他們的膽子！」

「把顏烈給我拖下去，先杖刑八十！再丟入天牢！再把顏寧關入天牢！」

這段日子，因著中毒，楚元帝身體本就垮了，又接連死了兩個皇子殿下，只覺得心痛難耐，他指望著劉琴這一胎，給皇家添點喜氣。

楚元帝只要一想到，自己滿心期待的第一個皇孫，被顏家兄妹給折騰沒了，心裡就恨不得將他們碎屍萬段。

「聖上、聖上，顏烈和顏寧雖然魯莽，但萬不敢對皇家不敬！求聖上開恩，讓他們過來說話！」

「顏將軍，你素來溺愛子女，只是事關皇孫，顏寧暫且不說，顏烈之事，卻是宮門處的人所共見的！」林文裕在邊上插了一句。

「聖上，太子殿下求見！三殿下、鎮南王世子和顏寧在宮門外求見！」康保走到楚元帝身邊，低聲稟告道。

楚元帝知道，楚昭恒此時來，肯定會為顏家兄妹求情；楚昭業來，難道是知道了胎兒之事？

楚昭業此時站在宮門外，有宮人上前，告知他劉側妃落胎之事，他滿臉沈痛。「好好的，怎麼會落胎？」

「劉側妃的馬車，被顏公子給驚了！」那宮人說了一句。

楚謨和顏寧對視一眼，從對方眼中看到了驚訝，那宮人又低聲說了楚元帝剛才的口諭。

顏寧知道，楚元帝這是想拿自己哥哥的命，來填補他失去皇孫的痛！二哥要是受了八十杖刑，不死也廢了！就算杖刑本來沒事，有三皇子在這裡，那杖刑就會變成索命的刑具。

她求助地看了楚謨一眼，又向劉琴那輛馬車掃了一眼。

楚謨會意，大步走了進去。「我要見我皇伯父！」

宮門口的人只好又進去，向楚元帝稟告楚謨求見之事。楚元帝倒是給了楚謨面子，讓人將他傳喚進去。

此時，錢雲長也帶人來到宮門這裡，看了地上一眼。「來人，將這裡打掃乾淨！把馬車拉走！」

「聖上有旨，將馬車拉進去！」

錢雲長帶的人還未動手，康保巴巴地趕出來，帶了楚元帝的旨意。

錢雲長聽了這話，眼睛忍不住往楚昭業那兒看了一眼，收回視線，就看到康保的身後，跟著太子楚昭恒。他沒膽量違抗太子殿下，更不敢違逆元帝的旨意，只好停下手，略退開了些。

楚昭恒身後，還跟了一隊大內侍衛。那些侍衛們看御林軍退開，上前趕著馬車進了宮門。

「太子殿下，您也來了。」楚昭業見到楚昭恒，看了錢雲長一眼，慢慢走過去。「聽說劉氏出事了？我想求見父皇！」他的語氣裡，帶著一絲焦急，也帶著些哀傷。

「三弟，你節哀，劉氏的事，誰都沒有想到。」楚昭恒先勸了兩句。

說著話，他抬頭，看顏寧正一臉擔心地看著自己，知道她是為顏烈擔心。

「三弟，父皇在勤政閣呢。劉側妃出了這種事，父皇很難過，母后正在照看劉側妃。原本父皇都要對顏烈行刑了，不過顏烈叫了冤枉。為了讓他心服口服，我陪著康公公出來，將馬車帶進去好好查查；還有劉側妃也要問個話。你跟我進去吧。」楚昭恒這些話，說得詳細。

楚昭業知道，這不是說給自己聽，是說給顏寧聽的。

顏寧聽到這些，鬆了口氣。只要楚元帝沒有盛怒之下，立時殺了二哥，那就都沒事。

楚昭業這局很淺顯，可是，夠狠心。二哥要是背上謀害皇嗣的罪名，那就活不了了；而顏家也會被詬病，楚元帝就算原本打算對顏家緩緩圖之，只要一想到自己下令殺了顏烈，就不會再容顏家掌著兵權。

楚元帝自從中毒後，脾氣本就比以往更加多疑且易怒。他殺了顏烈，就等於與父親有了殺子之仇。就算父親還是忠心耿耿，只要有人稍有挑唆，就會招到猜忌。

她原本想著楚昭業是要調虎離山，將二哥調出宮，安個擅離職守的罪名。難道是楚昭業看二哥又回去了，沒上當，緊接著就布了這個局？

想到這裡，她不由有些發寒。再看到錢雲長，這人現在是御林軍中的右階將軍，職位不高不低，不顯山不露水，記得前世裡，這人後來可是做了御林軍總統領，他的姪女是楚昭業的側妃。

御林軍是天子近衛，人數上，比大內侍衛還多些。

錢雲長看到顏寧直勾勾地盯著自己，避開她的視線。被顏寧這麼盯著，他有些毛骨悚然，就好像自己是待宰的豬羊，而對方正考慮著該從哪裡下刀。

「快，來人！將這些血給清洗乾淨。」錢雲長對身邊的御林軍下令。隨後，就盯著幾個御林軍拿水沖洗，好像他最專注的事，就是這一件。

楚昭業沒有再管身後的事，跟在楚昭恒身後走進勤政閣，一走進正殿，他就跪下。「父皇，您要保重身子，那孩子沒福，您不要再想著他了。」

「沒福！我皇家的孩子，怎麼會是沒福的！」楚元帝一聽，只覺得一股肝火上竄，叫了一句，就「咳咳」地咳嗽起來。

康保跟著走進來，連忙送上一杯水，楚元帝喝了兩口，才把咳嗽給壓下去。

勤政閣中的人都只好跪下。「聖上息怒！」

楚謨抬頭，又勸道：「皇伯父，不如就給顏烈一個機會，讓他說說什麼冤枉吧！這也能讓人心服口服。」

楚元帝氣過那一陣後，自然明白楚謨的意思。顏烈也好，顏寧也好，都是有大功的人，對他有救命之恩，他忽然將他們下獄，落在天下人眼裡，就是恩將仇報了。

「父皇，兒臣與顏烈和顏寧是表兄妹，本不該多說，但是兒臣覺得，劉側妃這麼貿然跑進宮裡，只怕有什麼事吧？」太子楚昭恒也開口道。

「聖上，皇孫有失，相關者按律要重罰，不罰不足以平民憤！」林文裕帶頭的幾個尚書大臣，卻是咬死了這一條。

的確，皇家人命貴重，不論顏烈有什麼理由，他驚了馬，害劉琴落胎，就這一條足夠處斬了。

「臣參顏明德治家不嚴，縱容子女危害皇嗣之罪！」有御史出來參奏。
顏明德看了一眼，是新入御史臺的一個御史，剛從地方提拔上來。
顏明德只是磕頭道：「臣子犯下大錯，臣不敢辯駁！只是，劉側妃闖宮一事，求聖上聖命！」
「劉氏是我皇家的兒媳，顏將軍，你是說劉氏不能進宮嗎？」楚昭業抬頭，淡淡地問道。
「臣不敢。皇家之事，臣不敢多嘴！只是，闖宮卻不是小事。」顏明德並未退卻。
「劉氏為何要闖宮？」楚元帝聽了顏明德這句話，轉頭問楚昭業。
楚昭業猶豫了一下，說道：「顏寧今日到兒臣府上，起了爭執，劉氏嚇壞了。」這話，和剛才陪同劉氏進宮的嬤嬤的話，不謀而合。
楚元帝只覺得，顏家兄妹這是恃寵而驕，不把皇家放在眼裡。難道是顏寧跑到三皇子府，要對劉氏不利，劉氏想進宮求救？
他剛想盤問顏寧在三皇子府，到底做了何事，卻看到一個小太監順著門角跑進來，匆匆走到康保身邊，低聲耳語了幾句。
康保聽了那些話，臉上神色有些驚訝，向楚元帝這邊偷看了幾眼。
「有什麼事？」楚元帝壓下怒氣，問道。
「聖上，側妃劉氏的馬車裡，藏了個人。」康保跑到元帝身邊，躬身回道。
楚元帝抬頭看了下面跪著的人一眼，又看了楚昭業一眼。劉氏的馬車裡藏了人？自己這三兒子，知道嗎？

「看看去。」他說著，一扶御案，站了起來，當先向外走去。

勤政閣外，正停著劉琴乘坐的那輛馬車，馬車已經被大內侍衛們拆開搜查了一番，連車底板都拆下來。

馬車旁邊坐著一個披頭散髮的人，像瘋子一樣，縮在車輪邊的陰影裡，黑乎乎的一團。

跟在楚昭恒身邊的招福，忽然「啊」地叫了一聲。在大家都屏聲斂氣時，他這一聲叫，格外響亮。

「大驚小怪什麼，還不退下！」楚昭恒略側過頭，低聲呵斥一句。

「太子殿下，這人……好像……好像是汪福順。」招福害怕地低下頭，嘀咕了一句。

他嘀咕的聲音雖輕，可他是站在楚昭恒身邊的人，楚昭恒又站得離楚元帝很近，所以他這句話說出來，楚元帝、楚昭恒、楚昭業都聽到了。

楚昭業聽到汪福順，抬眼仔細看了一下，那個像瘋子一樣的人，好像真有幾分像！

汪福順失蹤後，楚昭鈺母子倆派人找過，他也派人多次打探過，卻一直沒有消息。他以為這人應該是落到顏家手裡被滅口了，居然還活著？看他這樣子……好像還瘋了？

楚昭業不動聲色地打量一下，確定汪福順是真的瘋了。

人不知鬼不覺地將人弄進宮裡，還要塞進馬車……楚昭恒對內宮的把持超過自己的預估啊。

「聖上，馬車上還找到了一塊木牌。」一個大內侍衛端著一個盤子，呈了上來。

楚元帝也不看那塊牌子，轉頭看著招福。「你認識底下那人？」

「聖上，那人是劉妃娘娘身邊的太監總管汪福順，宮裡很多人都認識他。」招福不敢隱瞞，跪下回話道。

劉妃身邊的太監總管？

楚元帝看著是感覺有幾分眼熟。「康保，你去看看。」

康保跑到那人身邊。那人看到有人走到自己身邊，怕得更是渾身發抖。

一個大內侍衛抓起那人的頭髮，康保看了一眼，回到楚元帝身邊。「聖上，真是汪福順，只是不知怎麼瘋傻了，也不會說話，看那樣子，是被用過刑的。」

楚昭業聽到用刑，瞳孔一陣收縮，三皇子府的刑房……

「父皇，兒臣想先去看看劉氏。」楚昭業不問面前任何事，只是請求道。

楚元帝從痛失皇孫的盛怒中，清醒過來。「你去看看劉氏，順便問問，這是怎麼回事？」

「父皇，劉氏在府中並不常出門，這汪福順，兒臣也……」

「三殿下、三殿下！我不是有心衝撞劉側妃的。」被押在一角的顏烈，忽然大聲喊道。

「大膽，竟敢在御前喧譁！」一旁邊有御史大聲訓斥。

而鎖在車輪一角的汪福順，聽到「三殿下」這個稱呼，卻忽然掙扎起來，一邊「啊，啊」地亂叫，一邊轉頭四處看著，那神情，在場的幾位都感覺他是在找人。

汪福順在南州被抓，被楚謨用了刑，隨後被顏烈和顏寧帶回京中，一直關押在顏府的地牢裡。不知是嚇的還是腦袋受傷，後來居然瘋了。顏寧試過，只有聽到「三殿下」這幾個字時，才會反應特別大。

可能在汪福順心裡，是指望三殿下能救他一命的。

原本，顏寧是打算拿他去治楚昭鈺母子，可是劉妃機敏，讓楚昭鈺幫太子辦事，這人就一直沒用上。今日聽說封平被抓後，顏寧想到三皇子府的那個刑房。而路上遇到顏烈之後，她心裡更是緊張，讓孟秀回府，將這人秘密帶出來，交給楚昭恒。

楚昭恒果然沒讓她失望，這種時候將人塞到馬車裡。

顏烈不知道顏寧這些安排，但是看到汪福順，他自然也知道汪福順聽到什麼會有反應，索性大叫起來。

楚元帝如今多疑，看汪福順那樣子，問道：「他要找誰？」

「父皇，兒臣看汪福順是想說話但說不出來，不如兒臣和三弟過去看看吧。」楚昭恒在邊上說。

楚昭業皺眉。他也看出不對勁了，不想過去。

「好！」他答應了楚昭恒的話，又轉向楚元帝，問道：「父皇，顏烈說他衝撞了劉氏？」

楚元帝點點頭，示意康保將今日之事告訴楚昭業。

「父皇，兒臣沒想到是這樣，靜思職責所在，是劉氏逾越了。兒臣求父皇饒了顏烈吧。」楚昭業聽完後，忍痛向元帝求情，又轉向楚昭恒。「太子殿下，您說呢？」

楚昭恒皺了皺眉。「父皇，兒臣覺得顏烈平素雖然有些魯莽，但不至於如此不分輕重，不如，先讓他過來問問吧？」

顏烈剛才已經挨了幾杖，後背有血跡滲出。他跟著太監走上臺階，跪在元帝面前。

「顏烈，今日之事，你有何話可說？」

「聖上，末將是按大楚律法行事，雖死無憾。」顏烈抬著頭，大聲說道。

「律法？」元帝沒想到顏烈忽然來了這麼一句。

「聖上賜了末將一本《大楚律》，末將在家日夜誦讀，律法上說『過宮門須下車下馬，否則視同謀逆』。末將職責是把守宮門，劉側妃過宮門不下馬車，末將是按律拿下的。但是大楚律上沒說懷孕的側妃是不是可坐馬車過宮門，這條請聖上明示。」

顏烈居然背出一條大楚律法，大家都有些吃驚。一般是進內宮門必須步行，在外宮門處，御林軍們若不攔，也沒人會參。

顏烈說自己是按律行事，楚元帝就不能隨意處罰。他是個明君，所謂明君，下旨都需師出有名，而顏烈那句「懷孕的側妃是不是可坐馬車過宮門，請聖上明示」，是將了楚元帝一軍。

一向不喜讀書的顏烈，這下讓人刮目相看了。

「父皇，顏烈所說也有理。」楚昭恒在邊上說了一句。「若按律行事而獲罪，那以後，還有誰敢秉公執法。三弟，你看呢？」

楚昭恒問了楚昭業一句，眼睛無意之間，掃過了那邊重新安靜下來的汪福順。

「叫游天方來，這事讓他去審。」楚元帝冷著臉，說了一句，又朝下點了點。「把汪福順一併交給他帶回大理寺去。」

楚昭業沒想到，自己捨出了一個孩子，還是不能讓顏烈償命。有汪福順這個人在，他不能在這裡多待。「父皇，兒臣先接劉氏回府吧。」

游天方坐著官轎到了皇城，一下轎子，就看到顏寧站在宮門口。

顏寧一個姑娘家，就站在那兒，也沒見有什麼不自在。她看到游天方下了轎子，往自己所站的宮門處走過來，微微行了個福禮，招呼了一聲。「游大人，」又壓低聲音道：「又要有勞游大人了。」

游天方微微拱手還禮，不敢多耽擱，直接進宮門面聖。他心裡是真慶幸，還好自己不是顏明德，自家的幾個兒女加一起，都沒他家顏烈會闖禍啊。害死皇嗣，顏寧竟然還能跟沒事人一樣和自己打招呼。不過，既然顏寧敢這麼悠閒，那顏烈的命八成是沒事了。

游天方不知道，顏寧是看到他到了，心才完全安定下來。楚元帝肯讓大理寺接手，那二哥最多也就是吃點小苦頭，性命肯定能保住了。

游天方進了勤政閣時，顏烈也已經在勤政閣中。

楚元帝坐在御案後，手裡拿著一塊木牌反覆看著，那木牌，游天方看著很眼熟。

「游天方，你也來看看這牌子。」

楚元帝丟了下來，游天方撿起來仔細看了看。「聖上，這牌子，跟當初太子殿下遇刺時，刺客丟下的牌子一模一樣。」

不用他說，楚元帝自然也知道一模一樣，都有二皇子府的徽記。

現在，柳貴妃和楚昭暉都死了，在劉琴的馬車裡，居然找到一塊二皇子府的木牌。

楚元帝看了楚昭業和楚昭恒一眼。「游天方，這事交給你，好好查查。」

「是，臣遵旨。」游天方嘴裡發苦，可不敢不接這差事。查劉琴，就等於是查三皇子楚昭業。他就算想靠著太子殿下，可一點也不想此刻就與三殿下對上。

楚元帝又對楚昭業道：「你去看一眼劉氏，讓她快點回府，然後再過來。」

這話裡，有了對劉琴的不滿。

楚昭業沒有為劉琴辯駁什麼，只是躬身領命，到內宮去看望劉琴。

「父皇，顏寧還在宮門，等候父皇召見呢。」楚昭恒看楚元帝一直不說，只好提醒道。

「顏寧？讓她回去吧。」楚元帝又對顏烈說道：「你也回去，繼續好好讀《大楚律》。」

「是。」顏烈大聲應了一聲。

楚昭恒對招壽示意。招壽扶著顏烈，跟著康保出去，給顏寧傳楚元帝的口諭，順便送兩人離宮。

「你們都看看吧。」楚元帝拿起剛才放下的奏摺，遞給幾人看。

劉琴闖宮之前，楚元帝留著顏明德、林文裕等人，就是在看這份奏摺，林天虎寫的北燕入侵求援之事。

北燕往年都從玉陽關叩關，這次居然會轉到兗州的虎嘯關，有些出乎意料。從北燕皇城到虎嘯關，中間有一片鹽鹼地，對北燕人來說，讓兵馬穿越這鹽鹼地可不划算。再說，虎嘯關外的牧草，也沒有玉陽關外的肥美。

最重要的是，北燕就算攻破虎嘯關和兗州，其後還有伏虎山阻隔，大楚完全可以在伏虎山依據天險防守。

而玉陽關則不同。玉陽關外有紅河灌溉，牧草肥美，北燕兵馬在這裡就不愁馬兒沒吃的。攻破玉陽關的話，其後就是一馬平川，北燕可以直接南下，馬踏中原，所以歷年來，北燕人都是寧可打不下玉陽關，也要在玉陽關外轉悠。

因為這種地理形勢，大楚在兗州和虎嘯關的駐兵並不多，如今北燕轉攻虎嘯關，可算是出其不意。虎嘯關守軍鬆懈，所以戰事很吃緊。

楚昭恒拿起那份奏摺，掃了一眼。兗州治下糧草告急？他看了林文裕一眼。兗州府糧倉十倉九不滿，他正安排人打算徹查府庫和糧倉，兗州就糧草告急了？

楚元帝的臉上，已經看不出剛才的震怒和悲傷，好像失去皇孫這事壓根兒沒發生過一樣，可見帝王心機，深沈如海。

林文裕此時說道：「聖上，兗州告急，得先派兵支援。雖然兗州後還有伏虎山天險阻隔，但若兗州有失，總是不利。」

「聖上，林尚書言之有理，兗州不容有失。」其他幾位大臣也附和道。

的確，兗州是伏虎山和關外之間最大的城池，有了兗州，大軍就有了落腳點。

楚元帝點點頭。「兗州是我大楚的重要城池，不得有失。」

德。

「聖上，臣舉薦顏大將軍帶兵增援。」林文裕又啟奏道。

楚元帝點點頭，吐出兩個字。「准了。就讓顏烈做先鋒官吧。」他說著，看向了顏明德。

「臣代犬子謝聖上隆恩。」顏明德只好下跪謝恩。

兗州要增援是必定的，差別就是誰帶兵前去。剛才，他本想舉薦武德將軍周伯堅帶兵，因為伏虎山一帶，一直是周伯堅帶兵防守，增援最快。但是有了今日顏烈之事，再看楚元帝看過來的眼色，他只能謝恩了。

兗州的奏摺裡說，北燕五十萬大軍入侵，而此時兗州一帶只有十萬兵馬，楚元帝讓顏烈做先鋒官，也含著將功折罪的意思吧。

「軍情緊急，你帶三十萬大軍先去增援。」

「是，臣領旨。臣必定不負聖望，將北燕趕出虎嘯關去。」顏明德大聲領命。

楚昭恒張了張嘴，終究沒有阻止。兗州的糧草告急，俗話說兵馬未動糧草先行，楚元帝只安排兵馬，卻未說糧草從何處調動。

「聖上，援兵有了，這糧草該從何處調？」右相葉輔國問出了楚昭恒不方便問的話。

「兗州還有部分糧草，其餘的……」楚元帝敲了敲書案。「其餘糧草，從冀州調過去。太子，此次的糧草輜重，你親自管著。」

「是，兒臣遵旨。」楚昭恒大聲回道。這個安排正如他意，讓別人來管舅父的後防糧草，他也不放心。

楚元帝將這事交給他，未嘗沒有歷練的意思。

楚昭業沒有參加勤政閣的這場議事，他跟著一個太監，來到內宮外靠近勤政閣的一間空置宮室，劉琴正躺在那裡。

兩個太醫為她看完診，還未離開，看到楚昭業進來，連忙行禮問安。「三殿下，臣等無能，未能保住……」

一個太醫看楚昭業臉色陰沈，連忙請罪。

「辛苦兩位了。」楚昭業還是溫文有禮地道謝，李貴又遞上備好的賞錢。「待劉氏回府後，還得麻煩兩位繼續為她調理。」

「這是臣等分內之事。」兩位太醫連稱不敢，然後很有眼色地退出去。

劉琴正躺在床上，默默垂淚。錦緞宮被，襯得她臉色更加憔悴不堪。她看到楚昭業進來，哀聲叫了一句「爺」，然後就嗚嗚哭了起來。

她還不知道馬車裡發現汪福順和二皇子府木牌的事，所以哭得梨花帶雨。這種哭，有失去孩子的傷心，更多的算是撒嬌吧。劉琴雖然哭得眼皮紅腫，但樣子還是很美，比起平常，還多了幾分柔弱之美。

李貴搬過來一張錦凳，放在床前。

楚昭業坐下後，看了劉琴一眼，卻未出聲安慰，只是沈沈地看著，臉上卻看不出什麼表情。

劉琴哭了幾聲，覺得有些不對勁，停下哭聲，拿出帕子擦了擦眼角，又哀哀地叫了一聲。「爺，我們的孩子……沒了……妾身、妾身難過。」

「好了，別哭了。」楚昭業總算安慰了一句。「妳收拾一下，先回府去吧。」

劉琴沒想到就只有這麼一句話，難道是隔牆有耳？「爺，孩子是被顏烈害死的，您要給妾身作主啊……嗚嗚……」

「好了！顏烈是職責所在！」楚昭業忍不住低吼一句。

他下了一個豪賭，卻是這樣的結局。他的苦心，白費了。要成皇，就得忍人所不能忍。所以，他對那個沒見面的胎兒，並沒多少傷心，不過是一團沒成形的血肉而已。

先有大臣們說了兗州危急，然後劉琴落胎，父皇盛怒之下，顏烈就得償命。可是，偏偏馬車裡找出汪福順和二皇子府的木牌。

當時，馬車是大內侍衛拉進去的，除了楚昭恒，康保也在，難道康保已經被太子收服了？

他搖搖頭。不像，康保目前應該還是只忠於他父皇的。

劉琴看楚昭業的臉色越來越冷，有些怕了。落胎之後，人本就虛弱，她沒有精神一直看著楚昭業，只能問道：「爺，是出了什麼事嗎？」

「沒什麼，妳先回府吧，讓嬤嬤陪妳回去，好好歇著。我會讓太醫跟著回府，給妳好好調理。」楚昭業緩緩吐出一口氣，語氣溫和地安排道。

劉琴不敢再多說。

等他進了勤政閣，兗州援兵的帶兵人選等都已經敲定，葉輔國、林文裕和顏明德等人都已離開，只有太子楚昭恒還在邊上，正說著糧草籌備之事。

「業兒，你來了？剛好，在說到糧草之事，這事你怎麼看？」楚元帝看到楚昭業進來，難得語氣和緩，眼神中卻含著幾分打量。

「父皇，冀州調糧過去應該能應付了。兒臣想求父皇恩准，讓兒臣去楠江那邊，看看修堤之事。」楚昭業避開糧草問題，直接請求道。

楠江洪水後，那邊的大堤修了幾段，有幾段工程也快收尾。賑災和修理堤壩之事，一直是楚昭業管著，他想去親眼看看，倒是也合情理。

「聽說那邊還亂著，你此時去，只怕有些不妥。」楚元帝沈吟著道。

二皇子楚昭暉和四皇子楚昭鈺死後，曾有線索指向自己這個三兒子。他也知道自己這第三子一直都不是池中物，但是宮變那夜，他為守衛勤政閣負傷，這種功勞，也是人所共見的。

對楚元帝來說，最安心的辦法，是將太子和三皇子都看在自己眼皮子底下，才不怕他們出亂子。

「父皇，兒臣最近無心辦事，求父皇讓兒臣去那邊看看，權當……權當讓兒臣去散心了。」楚昭業也不多說，只跪下請求。

他絕口不提劉琴滑胎之事，只是他的表情沈痛，讓人一見就知道他為何無心辦事。

「若父皇覺得兒臣去楠江那邊不妥，不如就讓兒臣去兗州那邊看看吧。」

「三弟，你這是何必呢？楠江那邊不安穩，兗州更危險，父皇的意思是怕你出事。二弟和四弟，在京城都出了意外。」楚昭恒在邊上緩緩勸道。

「父皇……那求父皇恩准，讓我去皇覺寺，為那無緣的孩子祈福吧。」

「好吧，你去皇覺寺住幾天吧。」楚元帝終於答應了。

「兒臣謝父皇！」

「劉氏馬車裡藏人的事，你問過嗎？」

「劉氏正傷心，兒臣不忍心多問，只是聽著，劉氏壓根兒不知情。父皇，這事求父皇明察，劉氏離府時，顏寧正在兒臣府中，兒臣未能阻攔劉氏。劉氏出了這事，兒臣也有責任，求父皇責罰。」不管查出來什麼結果，楚昭業覺得自己最好先對楚元帝請罪。

在楚昭業有護駕大功，又剛沒了長子的情況下，楚元帝只能多加勸慰，最後，讓楚昭恒送楚昭業出來。

「三弟，皇覺寺離京可不近，你可要多加小心啊。」楚昭恒送到勤政閣門口後，囑咐道。

「多謝太子殿下提醒，臣弟不敢不小心，若太子殿下肯給臣弟派幾個護衛，臣弟更感激不盡。」

「三弟的護衛不夠嗎？」

「臣弟府裡，就那些侍衛，護衛當然是多多益善。」

「好，我會和父皇說的。」楚昭恒點頭應下。

楚昭業走出宮門，看到楚謨和顏寧還不曾走。

顏寧來時是坐了馬車，現在馬車不見，楚昭業略一想，就知道了。顏烈受了杖刑，不能騎馬，可能是他坐了馬車先回去，顏寧是等著家人來接吧。

宮門口的御林軍看到楚昭業，連忙問安，聲音驚動了楚謨和顏寧。

楚昭業的馬車剛巧停在兩人邊上。

兩人回頭，看到楚昭業正走過來，楚謨和顏寧兩人對視一眼。

楚謨開口道：「三殿下，聽說您要去皇覺寺？」

「是啊，我打算去皇覺寺為那孩子祈福。」

「三殿下節哀啊。」

「我與那孩子無緣，也沒什麼節哀不節哀的。」楚昭業說著，看了顏寧一眼。「顏烈回府了？」

「多謝三殿下關心，我二哥受傷不輕，先回府去了。」她瞟了一眼，又忍不住道：「不過，幸好只是皮肉傷，沒什麼大礙。三殿下會想到皇覺寺祈福，原來您也信佛啊。」

「人在紅塵中，怎能不信神佛呢。致遠，什麼時候再一起喝酒？」

「我在京中沒什麼事，三殿下何時有空了，叫我就好。」

「這樣啊，那不如等我從皇覺寺回來吧。我打算三日後一早就啟程，這樣到下午就能到皇覺寺了。路上倒也不用住宿，可以在途中的興隆驛歇腳吃個午膳。這興隆驛剛好在官道邊，也不用特意繞路。」

「三殿下這安排得很周到。」楚謨點點頭。

楚昭業細細說了自己的行程安排，怕的應該就是顏寧會在路上安排人行刺。這樣仔細地當眾說了行程，就讓人不好下手了。

剛好顏府來接顏寧的馬車來了，顏寧撇撇嘴，告辭上車。他真是小心謹慎，毫不疏漏，不過她也沒打算安排人下手。宮變那夜，殺入東宮的那批黑衣人還沒找到。

顏寧聽顏烈說過那批人的身手，她才不會隨意將人派出去送死呢。

楚謨跟在馬車邊上，有些心滿意足。走出皇城，看著大街兩旁店鋪林立，他踢了踢馬腹，靠近顏寧的馬車邊，伸手敲了兩下車窗。

顏寧掀起車簾，挑眉看他。

「寧兒，妳看有什麼喜歡的東西？我買給妳。」楚謨討好地問道。

顏寧無語。京城大街她難道沒逛過嗎？有什麼東西是自己沒買過的？

「不用了，這裡的東西也就這樣，回頭我帶你去逛廟會，那裡賣的小東西，有好玩的。」

「我還沒逛過京城廟會呢，妳可別忘啦。」楚謨高興了，顏寧一下就約好了下次的事啊。

他的笑容太亮眼，街邊的大姑娘小媳婦，看到他那張臉，好幾個都紅了臉。

想起他在南州，可是閨閣千金們的最佳夫婿人選，顏寧有些不太痛快。「你笑成那樣幹麼！」說著扯下了車簾，心想，一定是因為聽到父親和二哥要出征的消息，讓她心緒不寧。

楚謨今日還是幫了大忙呢！楚元帝下令對顏烈行刑的節骨眼上，就算是楚昭恒都未必攔得住，但是楚謨這個立了大功的姪兒開口詢問，楚元帝還是得給幾分面子。要不是楚謨攔得及時，顏烈今日可不止才挨那十幾杖。挨了十幾杖就已經皮開肉綻，若是幾十杖刑下來，不死也廢了。

楚昭恒仔細看過，那幾個行刑的人，竟然毫不留情。

想到這裡，顏寧覺得自己剛才有些無理了，她又掀起車簾。「你到我家裡坐坐吧，今日多謝你了。」

「好啊。」楚謨獲邀，更加高興。

一行人回到顏府，先去探望顏烈。

楚昭恒已送了孫神醫回來，顏烈的傷口也上過藥了。顏寧帶著楚謨到了顏烈的院子裡時，孫神醫和顏明德都在。

顏明德聽說楚謨來了，從顏烈的臥房迎出來。「今日多虧賢姪說情。」

「世伯客氣了，小姪不敢當，太見外了。」楚謨連忙客氣道。

「這裡有些雜亂，不如到外院去喝茶吧？」

「世伯，靜思的傷怎麼樣？能騎馬嗎？」楚謨關心地問道，一邊說著一邊走到顏烈房間的外廳。

顏明德看他不見外的樣子，又看顏寧也沒阻止，就在廳裡坐下了。聽到楚謨的問題，他嘆了口氣。剛才他也在問孫神醫，顏烈這傷勢多久才能好？

顏明德五日後就要帶兵馳援兗州，而楚元帝欽點了顏烈做先鋒官。這先鋒官可是要騎馬的，顏烈的傷口要是不能長好，如何騎馬？

楚謨看顏明德不答，又轉頭看向孫神醫。

「回世子，顏二公子的皮肉都破了，這傷勢最快也得七、八日才能長好。」孫神醫說道。

聽說要七、八日，顏寧也不禁皺起了眉頭。

「也沒什麼大礙，大不了離京時騎馬，出了京城，就躺馬車上養著。這樣，到了兗州，傷口也能長好了。」顏烈躺在屋裡，聽到他們在廳中的話，大聲說道。

顏寧走進房裡，看他正趴在床上，身上蓋了一層薄被。看他臉色，倒是還好。

「寧兒，幸好妳見機得快，不然，光一條擅離職守，就夠我半條命了。沒想到，宮裡的杖刑這麼厲害，比軍裡的還厲害啊。」顏烈看到顏寧，後怕地感慨。

「還好意思說，活該你挨打。什麼人說話你都聽啊，也不多想想。」顏寧又氣又心疼，數落了幾句。

顏烈撓撓頭，嘿嘿一笑，隨後想起了封平。「對了，聽說封大哥受了傷？我回家後還沒見過他呢。」

封平可能待在房裡沒有出來，所以也不知道顏烈受傷的事。「封大哥心裡不好受，可能他還不知道你受傷的事。」

「誰也沒想到，今兒會是這麼一齣接一齣的。」顏烈嘀咕了一句。

是啊，今日真是沒想到，會發生這麼多事。

第四十五章

三日後，楚昭業離京去皇覺寺祈福。

不過，顏寧是顧不上注意他的行程了。她正幫秦氏一起，準備顏明德和顏烈出行的行裝。

顏烈的傷口，就算楚昭恒送了一堆宮中的上好靈藥，又加上孫神醫的調理，到第五日出征時，傷口還是沒有完全長好。

這日清晨，顏家人就都起來了，秦氏和顏寧拿著四個大包裹，交給顏明德和顏烈的隨身小廝。

墨陽提著顏烈的行李走出來，秦氏和顏寧不約而同拿出一個厚厚的棉墊。

顏寧看看秦氏的，再看看自己備的那個，笑著將自己那個棉墊塞給墨陽。「墨陽，這個棉墊你收到行李裡，給我二哥帶著當備用的。」

她手工活兒不行，這個棉墊是她照著馬鞍的樣子畫好後，讓綠衣裁製的。

顏府的家將們已經在校場等著。這次帶了五百名家將，作為顏明德和顏烈的隨身親兵。

顏明德對秦氏說：「妳在家裡，不用擔心，我們會平安回來的。」又交代顏寧。「寧兒，為父可把家裡的事都交給妳了。」

「寧兒，妳在家可要看好家，照顧好母親啊。搞不好我回來，就要升官了。」顏烈一臉自傲地交代。

顏寧鄭重點頭。「父親、二哥，你們到了兗州，一定要保重。」她又湊近兩人，叮囑說：「你們一定要提防林天虎。不管什麼時候，都不要跟他們單獨待著。」

這些話，顏寧這幾日囑咐了一遍又一遍，卻還是放心不下。

「我們知道，妳放心吧。」

顏明德和顏烈應了一聲，翻身上馬，帶著家將們直接從校場大門而出，往京城外校場而行。

秦氏不好再送，只站在家門口，目送夫君和兒子遠行。

她剛嫁入顏家時，看到丈夫出征，會忍不住擔心地紅了眼睛。當時婆婆勸她說：「顏家的男兒為國征戰，顏家的女人，就得讓他們沒後顧之憂。」後來在玉陽關，她終於也能做到面容含笑地送親人出征。

顏寧也騎上馬。「母親，我到城外再送送父親和二哥去。」

「好，妳早些回家，不要在外面待太久。」

顏寧遠遠跟在後面，看著顏明德和顏烈帶人到了京城校場，又在校場點卯之後，帶著人馬開拔。

王師北行，楚元帝本來想親自送行，被太醫給勸阻。他罷了今日的早朝，讓太子楚昭恒代替，帶著文武百官，為一眾將領餞行。

京城的百姓們，將大軍出征看成是件熱鬧的事，都在城外圍觀。

顏寧跟在人群中送到城外，她騎在馬上，看到顏烈身姿筆挺地騎在馬上，暗暗擔心，也不知傷口會不會裂開？

直到都看不到大軍的人影，圍觀的人群才慢慢散去。

楚昭恒坐著太子鑾駕，原本看到顏寧帶著幾個侍衛混在人群裡，想要讓她一起回城，卻遠遠看到楚謨帶著兩人，擠開人群，走到顏寧身邊。他這邊文武百官們還在等著，也不再耽擱，帶著大家回城去。

「顏寧，放心吧，妳父親可是我大楚有名的常勝將軍，他此去必定旗開得勝。」楚謨擠到顏寧身邊安慰。

顏寧看到他帶著清河、洛河兩個。「你不跟著我太子哥哥他們回城啊？」

「我又不是跟著他們來送行的。」楚謨說了一聲。他是因為南詔議和之事而進京，現在滯留京城，只能算是客卿的位置。

「你什麼時候回南州啊？」

「或許要在京城待幾年吧。」

的確，楚謨這鎮南王世子的身分，就注定他要留在京城，或許要等到鎮南王傳位給他時才能回南州了。當然，也有回得早的，像他父親楚洪，是成親後就回南州了。

「我跟我父王說了，等我回南州的時候，一定要帶著媳婦回去。」楚謨說著話，還很鄭重地看著顏寧。

顏寧聽出他話中的意思，略有些不自在。「你帶媳婦回去就帶媳婦回去，跟我說什麼啊？」

楚謨也不糾纏在這話題上，反正，他知道顏明德和秦氏對自己挺看重的。只是，現在時機有些尷尬，他不能在這當口上求親。「妳知道的，我拿救駕的功勞，換了聖上的承諾，以後我的婚事，能由我自己作主。」

這事，顏寧早就知道了。

「顏寧，妳說要帶我逛廟會的，今日能逛嗎？」楚謨欣賞夠顏寧的彆扭，轉了話題。

「今兒又沒廟會，不過廟前街道那裡還是挺熱鬧的，我帶你去逛逛吧。」顏寧自在了些，看楚謨一臉熱切的樣子提議道。

可惜，楚謨還是未能與顏寧一起逛廟會。

秦紹祖夫人王氏帶著婉如，今日到了京城。

秦紹祖升任工部尚書，王氏先行上京，為一家人收拾宅院來了。

秦家在京城是有宅院的，只是多年未住，得好好修整收拾。王氏在路上聽說顏明德父子出征的事，一路緊趕慢趕，還是沒趕上為兩人出征送行。她們到京城時，顏家父子剛帶著大軍離京。

王氏母女兩人到了顏府，秦氏看到多年未見的嫂子和外甥女，非常高興。她一邊接王氏母女進府，一邊打發人出來找顏寧。

顏寧聽到王氏和婉如進京，到底是舅母和表姊，她還是很高興的。

回到家中，還未到秦氏的院子，在院外就聽到裡面的說話聲。院子內外，站滿了人，有秦氏這院子裡伺候的，也有王氏帶來的秦府下人。

「母親，我回來啦。」顏寧跑進院子，看到秦氏和王氏兩人手拉著手在坐榻上，兩人眼睛都紅紅的，顯然姑嫂倆已經哭了一次，王嬤嬤和秦婉如正在邊上小聲勸慰著。

聽到顏寧的聲音，秦氏拿起絹帕擦了擦眼睛。「寧兒，快來，見過妳大舅母和大表姊。」

「大舅母、大表姊。」顏寧依言叫了王氏和秦婉如一聲。

王氏臉上閃過一絲不自在，可能是想起在南州的事，但馬上就一臉笑容地拉過顏寧。「比去年好像長高了些，妳外祖母、舅舅他們可都掛念妳呢。」

「大舅母，二表姊怎麼沒來啊？」

「妳妍如姊姊可來不了。」王氏笑道。

原來，秦老太君和秦紹祖商量著，覺得秦妍如年紀也不算小了，她那性子也做不了宗婦，若是進京議親，怕高不成低不就，不如在南州議親。雙方知根知底，在南州，秦家的家世算高的，嫁過去也不怕被人低看。

南州這邊又有秦曆山等表哥們在，秦紹祖就算進京做官，也不怕南州娘家沒人。所以，秦紹祖接到調令後，就和秦老太君商量，給妍如在南州訂了親。秦老太君今年不打算來京城，就將妍如留在南州，到時直接發嫁也行。

顏寧點點頭。這的確是個好安排。

秦氏聽了，遺憾京城和南州到底遠了些。妍如出嫁，她這做姑母的，也不能親自去添妝送嫁。

「將來他們小倆口總是要來京一趟的，妳還怕見不著啊。」王氏勸著說。

秦婉如這次看著還是靦覥，但是比起以前話多了些。她看到顏寧，高興地拉著顏寧到一邊去，拿出不少東西，都是秦妍如、雲氏等人讓她帶進京，給顏寧的禮物。

顏寧聽說秦府宅院還未收拾，笑著提議。「母親，大舅母那邊的房子還沒收拾出來，咱們家反正有院子空著，若是大舅母和大表姊答應，不如先住家裡，等大舅進京後，再搬過去啊。」

「我也是這麼想的。大嫂，不如就住府裡吧。他們爺兒倆今日一離家，我覺得家裡空了大半，妳們住過來，剛好一起作伴。」

王氏想想，秦宅也是一時住不了人，也就沒再推脫。「那我們就叨擾一段日子了。不過說好，一應用品都我們自己張羅，妳可不能添錢。」

秦氏知道王氏也不少這些銀子，自然答應。內院裡的客院，留香園比較方便，就讓人去收拾出來，給王氏和秦婉如住。

秦婉如跟顏寧絮絮叨叨說了一堆，時不時欲言又止地看著顏寧。

顏寧哪會猜不到她的心思，笑著跟秦氏和王氏說：「母親、大舅母，我帶大表姊過去看她們歸置東西。」

「去吧、去吧，就是小心，妳表姊可不像妳，走路慢著點，多顧著些。」秦氏囑咐。

王嬤嬤連忙要跟出來。「夫人，老奴跟去幫忙看看。」

有王嬤嬤看著，秦氏自然更放心。

顏寧拉了秦婉如走出院子，讓王嬤嬤和綠衣帶幾個人過去，將王氏和秦婉如的日常東西放置到留香園去。

「大表姊，妳剛才想問我什麼啊？」

「寧兒，他怎麼樣了？」

「他？哪個他？他是誰？」

秦婉如看顏寧一臉促狹地裝傻，又羞又氣。「寧兒，妳再這樣，我……我以後就不理妳了。」

顏寧知道秦婉如臉皮薄，笑道：「哦——原來大表姊是想知道封大哥的消息啊。他挺好的，現在是東宮幕僚，很受太子哥哥重用呢。」

顏寧瞞下了封平被楚昭業抓去的事，只是揀著好事說了一些，秦婉如聽了後很高興。她以前在顏寧的信裡，也聽說一些封平的消息，但是，到底離得遠。

「今兒不方便，等明天，我打發人去給封大哥送信。他要是知道大表姊到京城，肯定高興，也許明天就來府裡見妳了。」

秦婉如羞紅了臉，低著頭，卻沒有拒絕，她也是想見見封平的。「他也忙，不急在一時的。來的時候，母親還說，要是他受到太子殿下重用，那她也放心些。」

秦婉如低聲解釋自己為何急著打聽封平的消息。

顏寧知道王氏看不上封平，但是，現在封平東宮幕僚的身分，應該能讓王氏高看一眼了吧？

第二日，顏寧提醒秦氏給宮裡顏皇后送信。

顏皇后讓秦氏帶了王氏母女，下午進宮請安說話。

這當然是顏皇后給秦氏這個嫂子做臉，所以，願意給秦氏的大嫂這個臉面。不然，就算王氏是尚書夫人，可也未必能得到皇后單獨召見，京城裡，最不缺少的就是各級誥命了。

有了皇后娘娘召見的臉面在，王氏在京城的貴婦圈裡，一下就站穩腳了。

秦氏原本從顏明德和顏烈離京後，還有些擔心，如今有了王氏陪伴，又幫忙王氏修整秦府宅院，心思倒是鬆散不少。

聽說秦婉如到京了，封平來了一次顏府。在顏寧的安排下，兩人私底下見了一面，也算一解相思之苦。

秦氏知道封平和秦婉如之事，在王氏面前提起封平時，也是讚不絕口。

「五娘啊，封先生別的都好，我唯一擔心的，就是封家三代不得入仕的旨意，以後婉如跟了他，注定是白身了。」王氏在顏寧和秦婉如沒在跟前時，與秦氏說了實話。「妳也說他有出息，可這再有出息，也只能做個布衣幕僚啊。」

「大嫂，我不大管朝廷裡的事，只是聽我家老爺說，封平很得太子殿下器重。妳別看是布衣，受到器重了，可不比人差。再說，將來要是有個恩旨大赦，也許三代不得入仕就不值一提呢。關鍵是孩子過得好，過得稱心。」

王氏聽了秦氏的話，也只能認同了。

過了幾日，世安侯府派人遞帖子，邀請秦氏和王氏過府作客。原來，世安侯這一支王氏和寧城王氏也算同出一脈，只是王氏族人眾多，分支也多。

現在，世安侯夫人下帖子邀請，只說與王氏算是親戚，王氏也不好推脫。她先進京，也是想要多結識些夫人貴婦，為秦紹祖來京開路，所以接到帖子後，不敢怠慢。

到了日子，秦氏、王氏和秦婉如就到世安侯家赴午宴。

原本秦氏要顏寧也一同前往，顏寧實在不耐煩去世安侯家應付，反正人家也不是請她，索性找個理由推脫。秦氏看她不願意去，也就不勉強女兒了。

晚間回來，王氏神情倒是高興，秦婉如就有些懨懨之色。

「大表姊，怎麼了？在王家遇到什麼事了？」顏寧拉了秦婉如出來，悄聲問道。

「沒什麼，就是世安侯家的大姑娘，聽說原本與封平是結親的。他們悔婚也就算了，怎麼……怎麼還那麼說話？」

原來是世安侯家的姑娘們，在說起封平時，詆毀他。

秦婉如不善與人爭執，為封平說了幾句話後，反而被王家的王貽等人給嘲笑。

「大表姊，妳別和她們一般見識，王家的姑娘們，可都是留著賣高價的呢。」顏寧毫不客氣地評價。

秦婉如聽她說得刻薄，仔細想想，還真是這麼回事。她氣還是其次，只是為封平心疼而已。

顏寧看她與封平感情甚好，倒是高興。「大表姊，索性妳和封大哥早些成親吧，反正二表姊都訂親了。」

「寧兒，妳胡說什麼啊。」秦婉如有些害羞。「這種事，總是……總是要我父母作主才是。」

「也是，大表姊，妳別急，等大舅進京，我讓我母親去跟他說，保管妳盡快嫁過去。」

「妳胡說什麼，妳才急呢。」秦婉如不依了，追著顏寧鬧起來。

她在南州時，還是個挺內斂的人，或許跟顏寧相處久了，比起以前可鬧了不少。

秦氏直感嘆，挺文靜的一個孩子，被顏寧給帶壞了。

楚昭業到皇覺寺祈福後，京城裡安靜不少。

顏寧覺得楚昭業不該就這麼沈寂，只是，暫時也顧不上打聽楚昭業的消息。她現在最擔心的，就是顏明德和顏烈出征之事。

顏家父子離京後，起初幾乎隔個一、兩天，就能接到兩人讓驛站送回的家書。

一封家書裡，顏明德和顏烈總會寫滿幾張信紙。

顏明德寫得簡單，平淡地說些路程順利等話；顏烈就囉嗦些，在信裡，寫自己的傷勢好了，騎馬已經一如常人，還提到往北去看到的風景。

顏寧從顏明德的家信裡，知道顏烈為了能上陣殺敵，這次沒再逞強。離京之後就老實地坐了馬車，孫神醫給的藥很好，又有楚昭恒送的宮中靈藥，所以傷口癒合得不錯。

但隨著接近伏虎山，兩人的家書漸漸少了。顏寧知道，到了伏虎山，兩人就與幾路援兵會合，一定會有很多事要忙。

她每天都會派人，或者自己跑到東宮去，打聽兗州那邊最新的戰報。這次北燕入侵，居然是北燕太子蘇力青和三皇子蘇力紅帶兵，蘇力青為主帥，蘇力紅跟隨協助。

顏寧想起當初荊楠碼頭，遇到自稱「燕東軍」和拓跋燾的主僕。若燕東軍真的就是蘇力紅的話，這人倒是不可小覷。一個外祖造反的皇子，回到北燕居然還重新站穩腳根，沒有被蘇力青給踩在腳底。這次北燕攻打大楚，他還能跟著帶兵出征，光從這一點來說，蘇力紅還是挺得北燕國主信任與歡心的。

難怪蘇力青與他爭位這麼多年，兩人都勢均力敵。要不是蘇力紅外祖一族造反，可能蘇力青還不能輕易得到太子之位。

所謂「打虎親兄弟，上陣父子兵」，沙場上講究齊心合力。蘇力青和蘇力紅兩人，在沙場要說能齊心協力，顏寧可不大相信。顏明德與他們對陣，她倒是放心不少。

兗州的戰報和顏明德的行軍等事，都是通過官差送回來的，顏家的家書也會隨同其中。楚昭恒知道顏寧必定掛念，每次收到戰報後，都會讓人謄抄了送過去。

到顏府送信的事，原本隨便打發人來做就行，可封平卻是每次都要親自送來。為這，每次秦婉如總要被顏寧和虹霓聯手取笑。

顏寧看家信中顏烈說諸事都好，心中安慰。

顏寧不知道的是，顏烈在信中寫的都不是真話。

顏明德帶著大軍，一刻不敢耽擱。顏烈受了杖刑，日夜行軍，傷口哪裡好得了？幸好後來楚元帝又讓人傳旨賜藥，顏烈坐了馬車，傷口才好得快。

兗州的戰況，比他們預想的還要糟。他們到了伏虎山，見了武德將軍周伯堅。

周伯堅與顏明德差不多年紀，兩人又是少年就開始的交情，說話自然也不藏著。「明德啊，不瞞你說，兗州這場仗不好打。我不知道林天虎是怎麼回事，虎嘯關幾乎沒怎麼打就失守了。如今北燕人有了給養，戰意更濃。」

「兗州兵力不少，一場硬仗都沒打過？」

「打過兩場，敗得厲害。你去和林天虎打交道，一定要帶著萬分小心，那小子的心眼，都用在自己人身上了。」周伯堅顯然跟林天虎打交道，是吃過虧的。

顏明德點點頭。「我知道了，明日我就帶兵去兗州。」

兗州若丟，北燕人獲得的輜重糧草就更多。如今關外牧草正肥，北燕人不缺糧草，而大楚現在，缺的就是糧草。

周伯堅知道顏明德是一心為國，才會如此緊急，也不虛留。北燕人盡快趕出關外，他這守著伏虎山關口的人，也能鬆口氣。

顏寧在家聽說了楚元帝傳過去的旨意，心中暗恨父親和二哥不知變通。

顏烈居然一路騎馬，還寫信來騙自己。就算想讓家人不要擔心，騙她也是不對的。與楚謨一起出門的時候，她恨恨地抱怨了好幾次。

這幾日，秦氏沒空拘管她，因為楚元帝下旨要為楚昭恒娶太子妃。顏皇后高興兒子要娶親了，時不時找秦氏進宮商議。

秦氏在家，也不怎麼管顏寧，但是她不在家，顏寧就更自由了。

本著姊妹情分，顏寧都會把秦婉如帶出來，有時去郊外踏青，有時去圍獵騎馬，顏寧定好地方後，就會讓人給封平送信，讓他們兩人見了幾次面。

這日，知道顏明德馬上要與北燕人交戰，顏寧難得地想去城外燒香。她雖然重生了，對神佛卻也沒變得更虔誠。

京城外最近的一座大寺廟，就是報國寺。

顏寧帶著秦婉如，如普通香客一樣進了報國寺，在天王殿燒香。轉到報國寺後園，楚謨和封平果然已經站在那兒，意外地，楚昭恒居然也在。

秦婉如還是第一次見到太子楚昭恒，不免有些拘謹。

「秦姑娘不用多禮。我也只是看今日天氣尚好，想出來走走。這後山的桃花開得不錯。」楚昭恒對秦婉如溫和地說。

秦婉如謝過，不知要去看桃花好，還是要等顏寧好？

「大表姊，妳去賞花吧。報國寺這邊的素齋不錯，我們吃了午膳再回去，等會兒我去叫妳。」顏寧看她手足無措的樣子，王氏還想讓秦婉如進宮，看她這樣子，進宮還不得給人活吃了。

秦婉如自然答應，封平也找了個藉口，跟過去了。

楚謨雖然不滿楚昭恒在這裡，但是論親戚，楚昭恒是顏寧的表哥；論身分，楚昭恒是堂堂太子，他只好恭敬地陪同在身後，偶爾哀怨不滿的眼神，向顏寧看去。

顏寧挺冤枉，又不是她把楚昭恒叫過來的，走了一段路，她終於受不了。「太子哥哥，你不會真就是出來賞花的吧？有事你就快說啊。」

楚昭恒看她那氣鼓鼓的樣子，感慨地道：「果然是女大不中留啊。」

「哼，我父親都沒說呢。太子哥哥，你不回去忙政事啊？」顏寧忍不住趕人。

楚謨聽到這話，心裡萬分高興，臉上連忙擺出勸說的樣子，勸阻地叫了一聲「寧兒」。

顏寧看他那藏不住的笑，忍不住撇嘴。

「致遠，我今日來，是有事要麻煩你。」楚昭恒正了神色道。

「太子殿下請吩咐。」聽楚昭恒這語氣，楚謨不敢再輕忽，顏寧也擺出一副洗耳恭聽的架勢。

「我三弟孤身在皇覺寺，聽說病了，我有些擔心。」

「過兩日我就去探望一下三殿下。」楚謨連忙保證道。

「太子哥哥，是出了什麼事嗎？」

「妳別擔心。」一看顏寧有些急，楚昭恒放緩語氣。「只是，這麼久了，他還未回來，我有些放心不下。」

放心不下什麼？是覺得現在的一切太過平靜嗎？

如今，與楚昭業相關的，也就是楠江那邊的賑災。他這種人，肯定不會因為一個沒出世的孩子，而傷心避世的。

楚昭恒說了這個，再沒說其他，可也沒走。楚謨覺得，太子殿下這是嫉妒自己，只好忍了。

他沒再用幽怨的眼神去看顏寧，顏寧就完全忘了這事，拉著楚昭恒，說起當年自己和顏烈在報國寺玩的趣事來。

聽顏寧說還曾在這裡砸下一個鳥窩，楚謨不禁想起當初兩人在荒山時的事，自己那下巴的烏青，幾天才恢復原狀啊。

「寧兒，那個……」

「致遠，人前你還是莫要如此稱呼寧兒，免得落人口實。」楚昭恒一副兄長的樣子，打斷了楚謨的話。

顏寧覺得有理。「對、對，楚謨，太子哥哥說得對。」

聽了顏寧的話，他忍不住看了楚昭恒一眼，意思是：聽到沒、聽到沒，顏寧正叫我名字呢，你提醒提醒她啊，讓她在人前對我恭敬一點啊，好歹我是世子。

可惜，楚昭恒完全無視他的眼神。

楚謨在心裡翻了個白眼，摸摸鼻子，不說話了。算了，沒有抱得美人歸之前，他一切都能忍。等顏寧進了鎮南王府的門，他再重振夫綱，好好教教這姑娘何為親疏有別。

只要這樣一想，楚謨就能笑得桃花滿天飛。

楚昭恒偷得浮生半日閒，遊完報國寺後園，又和顏寧他們一起吃了一頓素齋。最後，回去的路上，他還拉著顏寧，在街頭挑了幾樣別致的東西，要帶回宮送給顏皇后。

「太子殿下，您大婚在即，政務又繁忙，就由我送顏姑娘和秦姑娘回去吧。」楚謨最後不得不出聲提醒。

「是啊，太子哥哥，你快回去吧。你說的事，我記下了。」顏寧也覺得他出來太久。

楚昭恒到底也是事務纏身，招壽都來幾次了。「那麻煩致遠送妳們回府吧。寧兒，回家代我向舅母問好。」

封平也不能久留，跟著楚昭恒回東宮去。

他們離開後，楚謨不敢耽擱正事。他送了顏寧兩人回到顏府，就進宮向楚元帝請求，也去皇覺寺燒香，順便探望三皇子。

楚元帝聽他說想去皇覺寺逛逛，自然沒有不答應的理。

於是，楚謨帶著清河和洛河來到皇覺寺，聽說楚昭業正閉門不出。

他燒完香，吃了齋飯，就往楚昭業所住的客院求見。那座客院外面，站了不少侍衛守護，偶有香客路過，都不自覺地繞開行走。

楚謨走到客院前，只見院門緊閉。他也不用別人上前，自己上去叩響門環。

院門一開，一個小太監探出頭來，大聲呵斥。「何人這麼大膽，膽敢打擾三殿下！」

「煩勞稟告三殿下一聲，就說是楚謨來訪。」楚謨也不生氣，微笑道。

那小太監自然聽說過楚謨是誰。他連忙打開半扇院門，跪下磕頭，換了一張臉。「原來是世子爺。奴才不知是世子爺，萬望世子爺恕罪。」

「行了，我也不跟你計較，快去稟告吧。」

那小太監爬起來，骨碌一下轉身，就往院子裡竄去。

過了片刻，李貴跟在小太監身後走出來。「真是楚世子啊，奴才給世子爺請安。」李貴跪下行了大禮，楚謨示意後才站起來。「世子爺，快請進院內奉茶。」

他說著往裡引路，楚謨跟在後面，帶著清河和洛河，一邊走一邊對院中景致品評幾句。

楚昭業住的這院落，是前後兩進院子，極寬敞。一條石子小路，繞著院牆，將前後連接起來。

「這裡環境清幽，景致也好，又遠離俗務，三殿下住在這裡，心情應該能好不少。」

「是啊，自從三殿下到了這裡，心情好多了。剛來時聽住持方丈講經，殿下還發願要抄寫一千份《金剛經》呢。每日進了書房，直到就寢才出來。」李貴絮絮叨叨說了楚昭業如何心誠、抄經等等。

「三殿下現在在書房？」

「是啊。唉唷，看奴才這記性，剛才光顧著來迎世子爺，就忘了跟殿下稟告世子爺來了的事。殿下交代過，他進了書房後萬事都不得打擾，奴才就忘了。」李貴一邊自責，一邊帶著楚謨到了書房外的小院，他親自走到書房門口，稟告道：「殿下，楚世子來拜訪您了。」

「是致遠啊？」楚昭業的聲音由遠及近，走到書房外的軒窗邊，推開半扇軒窗。「致遠來了，本該親自陪著坐坐的。只是我答應了住持，要誠心抄經，為那無緣的孩子祈福。好在致遠不是外人，就恕我失禮了。」

楚謨看楚昭業的臉隱在軒窗邊，光線暗淡，讓那張臉有些模糊。他走近幾步，靠近軒窗，關切地道：「三殿下近來消瘦了些。」

「是嗎？」楚昭業抬手摸了一下臉頰。「我自己倒沒覺得，可能是一直吃素吧。」

他不出來，楚謨不好硬闖，隔窗勸慰楚昭業要節哀云云，然後就告辭離開了。

清河跟在楚謨後面，走出客院，看四下都沒人，忍不住湊上前兩步，問道：「世子爺，小的覺得三殿下身邊伺候的人，除了那個李貴總管，其他的有些緊張。」

剛才楚謨在和楚昭業說話時，清河沒跟著走近，留心看了院中伺候的幾個人。

「緊張？」

「也不是很明顯，就是您走過去的時候，那兩個侍衛跟著都往書房那邊挪了兩步。」清河說了自己的觀察。「那防賊似的，不知那書房裡有什麼東西？」

「書房裡沒什麼東西，你應該說，書房裡少了什麼。」楚謨眯眼想了想。「三殿下這招金蟬脫殼，不知是要去哪裡啊。」

書房裡的那個楚昭業，和楚昭業本人很像，可惜那說話的聲音，卻不是那人嘴裡發出的。

楚謨跟江湖人學藝，當然也見識過腹語和雙簧，要是換個人，或許還真能矇混過去。他這句話說的聲音很輕，清河沒聽清楚，又把耳朵往前湊了湊。「爺，您說什麼啊？」

楚謨回過神來，啪地一下拍開清河的腦袋。「沒說什麼，我們……唔……你去寺裡說一聲，就說我們今日還要住一天，明日走。」

清河領命，去寺裡交代了。

楚謨叫了洛河過來。「洛河，你現在就回京去，去顏府告訴顏姑娘，就說真人不見了。」

這話有些沒頭沒腦，但是洛河話少，也不多打聽，他領命回京了。

楚謨回頭，看了一眼那邊客院的方向。

楚昭業這麼急著離京，為了何事？又是想去哪裡呢？

北方兗州戰事，林天虎有了顏明德父子帶兵馳援，守住兗州將北燕人趕出虎嘯關，應該也就是遲早的事了。

聽說韓望之到了英州上任後，對賑災很盡心，在災民中招募少壯從軍之事，也數英州進展得最快。

楚昭業有什麼理由這麼冒險？一旦被楚元帝發覺他私自離京，可不是小事。

楚謨搖搖頭，不再多想，返身往自己的客院走去。

——未完，待續，請看文創風608《卿本娘子漢》4

2017年11月出版

龍鳳無雙

文創風 583～585

常言道：「不是冤家不聚頭」，
此番招惹了那金尊玉貴的人，
她之後還有好日子過嘛……

故事千迴轉，情意扣心弦／池上早夏

納蘭崢心裡藏著一個秘密。
七年前她莫名被害，丟了性命，卻沒丟掉前世的回憶，
如今再世為魏國公府四小姐，她步步為營，不忘查探當年真凶。
她天資聰穎，胞弟卻資質平平，為替他謀個似錦前程，
她研習兵法，教授胞弟，豈知她在這頭忙，另一頭竟有個少年慫恿弟弟蹺課！
她納蘭崢可不是那種不吭聲的良家婦女，她與少年結下了梁子，
可說也奇怪，這少年一副睥睨姿態，竟說自己是當朝皇太孫——而他還真的是！
她自知惹上不該惹的人物，豈料這誤打誤撞，反倒讓她被天家惦記上了?!
湛明珩貴為皇太孫，什麼窈窕貴女沒見過，卻偏偏被一個女娃擺了一道！
閨閣小姐學的是溫良恭儉讓，她學的是巾幗不讓鬚眉，
一口伶牙俐齒，總能教他啞巴吃黃連。
想他平時說風是風，說雨是雨，如今卻拿捏不住一個女子，
說出去豈不被人笑話？他非要讓她瞧瞧厲害不可！
怎知他算盤打得叮噹響，還沒給她一個教訓，心就被她拐了去……

屬於我的開心果

第269期：阿默　LAN

第一次見阿默時，牠在約三尺的籠子裡。中途說，阿默很兇且不親人。和牠對上的第一個眼神，確實不太友善，可當我用逗貓棒和牠互動後，默默的眼神立即從防備轉為渴望，我驀地想起牠只是一歲半的貓，還是小朋友呀！現在我仍常想起那個眼神，正因為那個眼神，我才決定帶牠回家。

我花了很多時間陪牠、等牠適應。起初，牠一見到人就躲起來，靠近牠就揮舞牠的貓拳，而現在，牠願意讓我摸摸、抱抱牠，無論是牠多討厭的事牠永遠不會出爪，甚至喊牠名字也會過來，也會等門、陪我一起睡覺。

當我收到編輯請我分享和阿默的小故事時，我發現，只要關於牠的事我都覺得有趣，像是牠有時會偷撈魚、有客人來就消失在家裡之類的；然而，讓我最高興的是牠的轉變。我覺得，只要阿默在我家能感到快樂，我就開心了！直到現如今我都很感謝中途沒有放棄牠，所以我才能和阿默相遇。

我也想當開心果

第276期：白白

白白這隻「好漢」，有著漂亮的臉蛋，身材也很健壯，雖然個性有些好強，但是有顆善良的心，懂得保護、照顧弱者，甚至也懂得分享食物。白白很期待可以找到專屬牠的主人喔～

第278期：Sun

想要可愛的米克斯汪汪作伴嗎？想要天天紓壓，趕走生活中的疲憊感嗎？可以選擇帶Sun回家唷！Sun很活潑，不怕生，極為聰明靈巧，相信Sun也能像阿默一樣，讓主人每天都感到開心唷！

第279期：黑美

溫柔的黑美，個性很開朗，也很親人，對人較為倚賴，體型亦算是嬌小玲瓏；而牠最喜歡做的事，就是「求抱抱」。所以，快來給黑美一輩子「愛的抱抱」吧！

（以上三期聯絡人：陳小姐→leader1998@gmail.com／Line：leader1998）

第280期：小八

小八是隻個性很穩重、親人，又十分乖巧的成貓，連剪指甲都能輕鬆搞定，很適合沒養過貓貓的新手們喔！快來給可愛的小八一個安心的家～（聯絡人：林小姐→dogpig1010@hotmail.com）

為流浪貓狗加油 和貓寶貝 狗寶貝廝守終生(一定要終生喔！)的幸福機會

對人來說，貓寶貝狗寶貝只是生活的一部分，但妳（你）對牠們來說，卻是生活的全部，領養前請一定要考慮清楚——

▲ 慢熟卻開朗的橘子貓　小金桔

性　　別：女生
品　　種：米克斯
年　　紀：1歲
個　　性：慢熱，熟了以後很好動
特　　徵：閃亮亮無斑紋橘橙毛
健康狀況：已結紮，已施打二合一疫苗呈陰性，
　　　　　兩次三合一預防針。
目前住所：台北市信義區

第288期 推薦寵物情人

『小金桔』的故事：

會遇見小金桔，是有一天，牠突然出現在中途慣常餵養的地方。當時的小金桔有些怯生生的，但很惹人憐愛；後來中途發現，小金桔並未結紮，因此就將牠帶去做絕育手術。

和小金桔相處一段時間後，中途察覺，牠的個性很溫和，雖然有些怕人，但若是摸摸牠、抱抱牠，小金桔都不會排斥。之後，中途的朋友過來幫忙照顧小金桔，更進一步發覺到，小金桔是隻非常聰明的貓咪，且很會跳上跳下，就像飛天小女警一樣！

中途這才了解，原來小金桔是隻「慢熟」的毛小孩，不但很喜歡人的陪伴，且偶爾也會調皮淘氣，甚至有古靈精怪的模樣。中途表示，如果想要帶小金桔回家的拔拔或麻麻，要有耐心慢慢跟牠混熟相處唷！歡迎來電0918-498-029，或來信yinchen2007@gmail.com（陳小姐）。

認養資格：

1. 認養者須年滿20歲，有穩定經濟能力，以雙北市為主，家庭尤佳。
2. 須同意簽認養寵物切結書（附身分證影本）及合照，並核對身分資料。
3. 須做居家防護，並讓中途家訪，瞭解小金桔以後的生活環境。
4. 同意送養人日後之追蹤探訪（回傳照片及能接受訪視）。
5. 須讓小金桔每日至少一餐濕食。

注意事項：

☆認養流程：電話訪談→面談看貓→家訪並溝通防護→防護完成→送貓到府並簽訂同意書→認養後聯繫。

來信請說明：

a. 個人基本資料：姓名、性別、年齡、家庭狀況、職業與經濟來源等。
b. 想認養小金桔的理由。
c. 過去養寵物的經驗，及簡介一下您的飼養環境。
d. 若未來有結婚、懷孕、出國或搬家等計劃，將如何安置小金桔？

文創風 608

卿本娘子漢 3

國家圖書館出版品預行編目資料

卿本娘子漢 / 鴻映雪著. --
初版. -- 臺北市 : 狗屋, 2018.02
冊 ; 公分. --（文創風）
ISBN 978-986-328-829-9（第3冊：平裝）. --

857.7　　106023733

著作者　鴻映雪
編輯　黃鈺菁
校對　黃薇霓　簡郁珊
發行所　狗屋出版社有限公司
地址　台北市104中山區龍江路71巷15號1樓
電話　02-2776-5889～0
發行字號　局版台業字845號
法律顧問　蕭雄淋律師
總經銷　知遠文化事業有限公司
電話　02-2664-8800
初版　2018年2月
國際書碼　ISBN-13　978-986-328-829-9

本著作物由起點中文網（www.qidian.com）授權出版

定價250元
狗屋劃撥帳號：19001626
網址：love.doghouse.com.tw　E-mail：love@doghouse.com.tw